데스마치에서 시작되는
이세계 광상곡
10

포시
강아지 귀 종족의 소녀.
타마
고양이 귀 종족의 소녀.
리자
주황 비늘 종족의 소녀.
사토
이세계를 헤매고 있는
서른 줄 프로그래머.

미아
말수가 적고 음악을 좋아하는 엘프.
아리사
쿠보크 왕국의 옛 왕녀. 전생에 일본인.
나나
무표정한 호문쿨루스.
루루
쿠보크 왕국 출신. 아리사의 언니.

"담쟁이 저택?"
"저게 그건가 보다."
『이, 인간족 꼬맹이 아님까!
「향수(리턴 홈)」 마법은 어찌
되어먹었답디까?』

데스마치에서
시작되는
이세계 광상곡
10

★★★

아이나나 히로

Death Marching to the
Parallel World Rhapsody

Presented by Hiro Ainana

C O N T E N T S

10
Death Marching to the Parallel World Rhapsody

미궁도시 세리빌라

"사토입니다. 새로운 땅을 여행할 때는 사전에 인터넷으로 조사를 해봤었죠. 이세계에서는 사람들의 소문이 주요 정보원이라서 부정확한 부분도 제법 많지만, 그 또한 정취가 있어서 좋아요."

"이제 곧 미궁도시인 거지?"

안절부절 못하는 보라색 곱슬머리. 기다리기 힘든 기색의 아리사에게 나는 대답해주었다.

"금방이야."

마차 안에 있는 동료들은 모두 아리사와 비슷한 느낌이었다.

"응, 두근두근."

창밖을 바라보며 콧노래를 부르던 미아가 앳된 미모에 들뜬 표정을 실어 이쪽을 보았다.

기세 좋게 돌아본 탓에 트윈테일로 묶은 청록색 머리칼이 휘날려 엘프의 특징인 살짝 뾰족한 귀가 드러났다.

"하늘하늘~."

하얀 단발에 고양이 귀 고양이 꼬리를 가진 타마가 채찍처럼 날아온 미아의 머리칼을 좁은 마차 안에서 화려하게 피해냈다.

핑크색의 움직이기 쉬운 옷 위에 하얀 가죽갑옷을 입었다.

미아의 머리칼이 코끝을 스치자 다갈색 보브컷 머리칼에 강아지 귀 강아지 꼬리를 가진 포치가 여유로운 비명을 질렀다.

"아우치, 인 거예요."

타마와 색만 다른 옷과 같은 가죽 갑옷을 입었다.

"미안."

"이 정도는 끄떡없는 거예요!"

미아가 사과하자 포치는 방긋 웃으며 용서했다.

"주인님."

루루가 부르는 소리가 들리기에 마부석으로 이어지는 해치를 열어 고개를 내밀었다.

루루가 돌아본 기세에 아름다운 검은 머리가 베일 안쪽에서 사르륵 흔들렸다. 무심코 눈길이 가고 말았다. 다른 좋아하는 사람이 없고, 그녀가 중학생 나이가 아니었다면 한 순간에 사랑에 빠졌을 것이다.

그녀의 미모에는 경국지색이란 표현조차 겸손하지만, 이 세계의 사람들에겐 미인이 아니다. 다들 눈이 삐었지.

또한 루루의 베일은 그녀의 얼굴을 가리기 위해서가 아니라, 햇살과 모래먼지에서 그녀의 아름다운 머리칼과 미모를 지키기 위한 것이었다.

"앞쪽에 정지한 상단이 있다고 보고합니다."

겉보기에는 거유미인이지만 실제 연령 0세인 호문클루스 나나가 무표정한 얼굴로 담담하게 고했다.

마차와 나란히 달리는 랩터 비슷한 주룡을 타고 있기 때문에 그녀의 풍만한 가슴이 리드미컬하게 약동했다.

"저와 나나가 선행하여 확인하고 올까요?"

나나의 반대쪽을 나란히 달리는 주룡 위에서 주황 비늘 종족의 리자가 말했다.

늠름한 표정으로 고삐를 쥔 리자는 도마뱀 같은 꼬리를 가졌고, 목 부근이나 손등이 오렌지색 비늘로 덮인 것 말고는 인간족과 구별이 되지 않는다.

"잠깐 기다려—."

나는 맵을 열어서 상단이란 것을 확인했다.

짐말이 아니라 느림보 사슴이란 사역 동물의 등에 짐을 실은 30명쯤 되는 상단이었다.

책임자는— 왕녀?

중앙의 마차에는 노로크 왕국이란 소국의 왕녀님이 타고 있었다. 느림보 사슴을 끌고 가는 자들도 상인이 아니라 노로크 왕국의 병사들인 모양이다. 왕녀의 호위를 겸하는 거겠지.

기사와 종자는 각각 1명씩이고, 그 사람들은 큰 뿔 사슴이란 짐승을 타고 있었다.

참고로 마차는 짧은 뿔 큰 사슴이란 새끼 코끼리 사이즈의 사역 짐승이 끌고 있었다.

"—저건 노로크 왕국의 왕녀님 일행인 것 같아."

"헤~. 서쪽 끝에 있는 소국에서 시집이라도 왔나?"

아리사가 마차 안에서 고개를 내밀었다.

나중에 들었는데 노로크 왕국을 포함한 소국군은 대륙 중앙

부에 있고, 노로크 왕국 서쪽에는 불모의 사막이 펼쳐지고 있어서 그렇게 불리고 있었다.

미궁도시를 기준으로 보면 바로 북쪽에 있는 에르엣 후작령보다 더욱 북쪽에 있는 소국이었다.

"탐색자."

아리사의 예상에 마차 안의 미아가 고개를 옆으로 젓고는 우리와 같다고 말했다.

"그건 아닐 거야. 그 소국군에서는 여성들의 사회진출을 반기지 않으니까."

그러고 보니 본래 쿠보크 왕국의 왕녀인 아리사도 학문은 필요 없다고 하며 교사를 붙여주지 않아서 독학으로 모국의 문자를 배웠다고 했지.

"라라키에는 여왕제였던 모양이고, 이쪽 세계도 시대나 지방에 따라 꽤 다른 모양이네."

내 뇌리에 남서쪽 설탕 항로에서 있었던 일들이 떠올랐다.

해룡 제도에서 구해낸 기억상실 레이를 데리고 남쪽 바다의 나라들을 여행한 것이 어제 일 같았다.

갓 딴 남국의 과일이나 설탕 공장에서 갓 만든 과자, 명랑한 뱃사람들과 나눠 마신 럼주, 맛있는 추억이 이것저것 있었지만, 역시 그중에서도 특별했던 것은 참치였다.

신선한 거대 참치의 대뱃살. 그 녹아내리는 감칠맛을 떠올리기만 해도 입 안에 침이 고일 것 같다.

그 밖에도 레이의 고향 라라키에를 부활시켜 세계를 다시 지배하려고 꾀하던 해골왕의 음모를 막기도 했었지.

기억이 되살아난 레이와 그녀의 의자매 유네이아도 함께 데려오고 싶었지만, 미궁 근처나 사람이 많은 장소는 레이의 몸에 안 좋기 때문에 남쪽 섬에서 헤어졌다.

물론 미궁도시에 잘 정착하면 엘프 마을의 아제 씨를 만나러 가는 김에 들를 생각이었다.

아제 씨나 레이 자매는 거의 매일 공간 마법 「원거리 통화」로 대화를 하고 있으니 별로 떨어져 있단 기분이 안 들기는 한다.

모래가 섞인 바람이 나를 회상에서 끌어왔다.

"사막에서 부는 바람인가—."

내가 중얼거린 소리를 포착한 루루가 말했다.

"사막이요?"

"그래. 미궁도시 너머로 보이는 능선 너머에는 대사막이 있어."

마차가 달리는 좁은 가도 양 옆에도 건조지대에 강한 베리아라는 선인장과 알로에의 동료 같은 가시 돋친 식물이 듬성듬성 있었다.

이 베리아는 미궁도시가 있는 분지 전체에 분포되어 있고, 미궁도시 너머 능선과 도시의 중간 지점부터는 거대 베리아 같은 형태의 악마 패왕나무(이블 베리아)라는 식물형 마물이 우거져 있었다.

맵을 보니, 악마 패왕나무의 침식을 막으려고 대량의 결계주를 세워놓았다.

"흐~응, 그래서 공기가 건조했구나."

"응, 습도 부족."

투덜거리는 아리사와 미아의 머리칼에 붙은 먼지를 털어주고서, 베리아를 보던 시선을 앞쪽으로 돌렸다.

왕녀 일행 너머에서 미궁도시의 높고 중후한 성벽이 위용을 뽐내고, 성문의 좌우를 수호하듯 험상궂은 얼굴의 거상이 앉아 있었다.

"뉴~?"

"빼꼼, 인 거예요."

우리들 대화가 신경 쓰였는지, 타마와 포치가 마차 안에서 얼굴을 내밀었다.

"거인~?"

"커다란 거예요!"

타마랑 포치가 성벽 문의 양 옆에 앉은 바위 거상을 가리켰다.

앉아있는데도 10미터 되는 외벽과 같은 높이에 머리가 있었다.

"저건 바위 골렘이라고 고합니다."

"강해 보이는군요. 마창으로도 상처를 낼 수 있을지 자신이 없습니다. 역시 마법으로 자세를 무너뜨린 뒤에―."

나나의 말에 이어, 자연스럽게 공략법을 생각하기 시작한 리자의 진지한 목소리가 들렸다.

내 시야에는 「바위 마거인(록 골렘)」이라고 AR표시가 떴다. 레벨이 43이나 되니까, 미궁도시 세리빌라의 수호신 같은 존재인 거겠지.

미궁하고는 반대 방향에 배치되어 있는 게 좀 의문이긴 했다.

"크으, 실감이 솟아나네! 이제 곧 모험가로 데뷔하는 거구나!"

아리사가 더 견딜 수 없다는 기색으로 몸을 떨었다.

흥분의 떨림이겠군.

"사토."

미아가 내 소매를 끌어당겼다.

"커다란 은화인 거예요."

"메달~?"

미아가 요정 가방에서 가느다란 사슬이 달린 은색 메달리온을 꺼냈다.

AR표시를 보니 「『담쟁이 저택』의 열쇠」라고 나왔다.

"기릴이 줬어."

보르에난 숲에서 토라자유야 씨의 연구소를 관리하던 집요정 기릴 씨로군.

토라자유야 씨는 미아의 엄마 쪽 할아버지이며, 엘프의 현자라고 불린 인물이었다.

"무슨 메달이야?"

아리사가 지당한 의문을 말했다.

"응, 인증의 메달리온."

기릴 씨와 용천주를 함께 마셨을 때 토라자유야 씨의 종자로서 미궁도시에 살았던 이야기를 들은 것 같다.

"아마, 엘프들이 미궁도시에서 살 때 쓰던 저택의 열쇠 아닐까?"

"응."

아리사의 물음에 대답하더니 미아가 정답이라며 고개를 끄덕였다.

"헤~ 열쇠구나—. 어쩐지 마법 도구 같아. 뒷면에 엘프 문자가 쓰여 있어."

아리사는 엘프 마을에 머무르는 동안 약간이나마 엘프어와 문자를 배웠다.

여전히 지식욕에 솔직하다고 할까, 근면하네.

"어디 보자~. 이 문자는『마력』이지. 다음은『흐름』인가?"

아리사가 중얼거리면서 메달에 마력을 흘려봤다.

"—앗."

미아가 놀라서 손을 뻗었다.

"어? 뭐 잘못한 거야?"

아리사가 황급히 마력을 멈췄지만 조금 늦은 모양이다.

"우와아아아아아아아아."

"세리빌라의 거상(巨像)이 움직였다!"

"도, 도망쳐어어어어어어어어어어."

"짓밟힌다아아아아아아."

앞쪽에서 노로크 왕국 일행의 비명이 들렸다.

그 너머에서는 세리빌라 문 앞에 버티고 있던 골렘 둘이 움직이더니 이쪽을 향해 몇 걸음 나서는 게 보였다.

"주인님, 큰일이에요!"

마부석의 루루가 긴박한 목소리로 외쳤다.

루루는 골렘에 대해 말하는 거겠지만 그 앞도 상당히 난리였다.

노로크 왕국 일행의 느림보 사슴들이 베리아가 난 황무지로 도망쳐서 고삐를 쥔 병사들이 끌려 다녔다.

마찬가지로 급반전하여 황무지로 도망치려던 짧은 뿔 큰 사슴이 마차를 옆으로 넘어뜨렸다.

기사와 종자 두 사람은 타고 있는 큰 뿔 사슴을 간신히 제어하고 있었다.

건너편에 보이는 골렘들이 한쪽 무릎을 짚고서 신하의 예를 취했다.

"봐라! 할멈! 세리빌라의 문지기 나리가 본녀의 도착을 환영해주고 있느니라!"

"공주님. 위험합니다."

쓰러진 마차에서 조금 떨어진 곳에 선 어린 소녀가 골렘을 가리키며 흥분한 기색으로 외쳤다.

바닥에 돗자리 같은 걸 깔아놓은 걸 보니 정지한 마차에서 내려 휴식하고 있었나 보다.

마차 사고에 말려든 자가 없어서 그나마 안심이군.

『마스터, 귀환을 기다리고 있었습니다.』

『마스터, 무사한 귀환을 축복합니다.』

에코가 걸린 목소리가 주위에 울렸다. 엘프어로 말하는 소리는 아리사가 든 메달리온에서 들렸다.

"혹시나, 이거 탓이야?"

"응, 이리 줘."

내 뒤에서 얼굴을 내민 아리사의 말에 미아가 수긍했다.

미아가 아리사에게 받은 메달리온을 골렘 쪽으로 들어서 보였다.

『나는 주인의 대행이니. 그대들의 인사를 기쁘게 생각한다. 그러나 그대들의 임무가 중요하니, 속히 직무로 복귀하라.』

『알겠습니다.』

『알겠습니다.』

미아가 메달리온에 엘프어로 말하자. 골렘들이 응답하고 본래 자리로 돌아갔다.

"고마워, 미아."

"응."

메달 뒤에 작은 글자가 새겨져 있었다.

미아는 그것을 읽은 모양이다.

"섣부른 짓을 해서 죄송해요……."

"앞으로는 설명서를 잘 읽어보도록."

나는 반성하는 아리사에게 그렇게 말하고 마차에서 내렸다.

골렘이 자리로 돌아가도 소란이 진정될 기색이 없는 노로크 왕국 일행을 도와주기 위해서였다.

일단 부상자의 치료와 수리 불능으로 부서진 마차 대신에 우리들 마차를 제공하는 정도는 해둘까.

◆

"호오? 화려하지는 않지만 참으로 우아하고 정성스럽게 만들어진 마차로구나."

마차에 탄 노로크 왕국의 미티아 왕녀가 감탄한 기색으로 마차 안을 둘러보았다.

커다란 눈동자 탓인지 휙휙 잘도 바뀌는 표정을 보고 있으니 질리지 않는다.

아리사와 다를 바 없는 앳된 생김새지만, 그녀는 루루와 같은 나이인 14세였다. 생김새가 앳된 것뿐 아니라, 다갈색 머리칼이 짤막한 드릴 트윈테일이라서 더욱 그런 인상을 조장하고 있었다.

도저히 이쪽 세계에서 나의 공식 연령보다 한 살 어리다고 생각하기 어렵군.

그녀에 이어서 그녀의 유모인 노파가 타고 나서야 마차가 출발했다.

이렇게 되자 정원 오버가 되어 타마와 포치는 리자와 나나의 주룡에 함께 타고 있었다.

약간 좁기에 나도 마부석으로 옮겼다.

기사와 종자 아가씨가 호위로 마차 좌우에서 달렸다.

"처음 뵙겠소! 노로크 왕국의 기사 라브나라 하오!"

투구를 벗은 기사는 귀가 아플 정도의 커다란 목소리로 자기소개를 했다.

놀랍게도 그녀는 여기사였다.

다만 여기사란 말을 듣고 만인이 상상하는 모습과는 동떨어진 인상으로, 「바위」라는 표현이 어울릴 정도로 남자다웠다. 참으로 듬직한 인상의 중후함이 있었다.

틀림없이 노로크 왕이나 왕녀님도 신뢰하며 중용하고 있을 거야.

레벨은 29에다 근접계열 전투 스킬이 뛰어났다.

또한 연령은 외견의 깊이에 안 어울리게 아직 젊은 24세였다.

"이쪽이야말로 처음 뵙겠습니다, 라브나 님. 저는 시가 왕국 무노 남작의 가신 사토 펜드래건 명예 사작이라고 합니다."

나는 무례가 되지 않도록 자기소개를 했다.

"류라입니다."

종자 아가씨도 자기소개를 했지만 이쪽은 수수한 여기사의 느낌이었다.

"그건 그렇고 승차감이 좋은 마차로다."

"예, 공주님. 과연 대국의 마차입니다."

미티아 왕녀와 유모 노파가 내 마차를 칭찬하는 소리가 안쪽에서 들렸다.

마차의 진동을 제로로 만드는 저출력 공력기관은 관뒀지만, 물리 서스펜션이나 좌석의 쿠션만으로도 찬사를 들을만한 모양이다.

"왕녀님도 탐색자가 되러 오신 건가요?"

아리사가 외부인 접대 어조로 미티아 왕녀에게 말을 걸었다.

일반적으로 꺼리는 보라색 머리칼을 감추기 위해 지금은 금발 가발을 착용하고 있었다.

"오냐. 그럴 셈이니라—."

"공주님."

"—알고 있다. 농담이니라. 본녀는 태수 나리 따님의 병을 치유하러 온 것이니라."

등 뒤에서 들리는 미티아 왕녀의 말이 신경 쓰여서 맵 정보를 확인해봤더니, 그녀는 「헤랄르온의 무녀」란 칭호와 「정화의 숨결」이란 선천성 스킬을 가지고 있었다.

레벨은 4이고 신성 마법이나 「신탁」 스킬은 없었다. 그밖에는 「예의범절」 스킬을 가졌다.

또한 태수의 4녀가 「고블린 병: 만성」, 「독기 중독: 만성」이란 2개의 병에 걸려 있었다.

이것 중에서 독기 중독만 회색으로 표시가 되어 있었는데, 정도 차이는 있지만 미궁 도시의 20퍼센트쯤 되는 사람들이 앓고 있었다.

독기에 약한 반유령(하프 고스트) 레이를 데리고 오지 않은 건 올바른 선택이었나 보군.

일반인에게 영향이 있을 정도로 독기가 짙으면, 그녀에게는 괴로운 장소일 테니까.

또한 「고블린 병」이란 건 꽤 드문 건지, 귀족의 아이들 중에서 몇 명 정도 앓는 사람이 있는 정도였다.

"이렇게 젊은데 의사님인 건가요?"

"아니, 본녀는 헤랄르온 신의 가호가 있다. 몸이 안 좋은 자에게 숨결을 불어넣는 것이니라."

왕녀가 가진 「정화의 숨결」은 상당히 편리한 기프트인 모양이다.

그건 그렇고 대화를 하는 건 대부분 아리사와 왕녀였고, 미아는 전혀 대화에 참여할 기색이 없었다.

"그쪽 소녀는 말수가 적은 모양이구나."

"네, 미아는 낯을 가린답니다."

"아니야."

왕녀와 아리사의 대화에 미아가 작은 목소리로 부정의 뜻을 표했다.

"이제야 본녀를 보아 주는— 아니 이럴 수가!"

왕녀가 좀 이상한 기색이라 마부석 뒤의 해치를 열고 안을 보았다.

"엘프님이 아니신고! 무례를 용서하시게. 본녀는 노로크 왕국의 제6왕녀 미티아 노로크라 하오이다."

"보르에난 숲의 가장 어린 엘프, 라미사우야와 리리나트아의 딸, 미사날리아 보르에난."

좁은 차량 안에서 예를 다해 자기소개를 한 왕녀에게, 미아가 만족스레 고개를 끄덕이며 자기도 자기소개를 했다.

그러고 보니 미아는 먼저 제대로 자기소개를 안 하는 상대에게는 차가운 태도를 취하지.

"보르에난! 미사날리아 님은 현자 토라자유야 님의 씨족이었던 것인가!"

"현자?"

미아는 흥분하는 왕녀의 기세에 밀려서 난처한 표정이었다.

"역시 현자님이 세운『담쟁이 저택』에 머무르시는 건가?"

"우응?"

왕녀의 물음에 미아가 대답을 망설였다.

“어디 머무를지는 주인님 나름이라서 그 『담쟁이 저택』에 갈지는 아직 모른답니다.”

“그러고 보니 『엘프가 아닌 자는 「담쟁이 저택」의 문에 다다르지 못한다』고 들은 적이 있느니라.”

왕녀는 미궁도시에 대해 꽤 잘 아는군.

맵 탐색을 잠깐 해봤는데 미궁도시 안에서 「담쟁이 저택」이란 건물은 찾지 못했다.

기릴 씨가 미궁도시를 떠난 다음에 파괴되었거나, 은폐되었거나 둘 중 하나일 테지. 내 예상은 후자다.

“왕녀님은 미궁도시에 온 적이 있었던 건가요?”

“아니, 왕국 바깥에 나오는 건 이번이 처음이니라. 그 이야기는 미궁도시에서 수행을 했던 오라버니에게 들었지.”

왕녀의 말에 따르면 노로크 왕국 사람들은 마물 퇴치약의 소재가 되는 「노로크 찔레꽃」을 정기적으로 납품하러 오는데, 그 때 덤으로 미궁에서 수행과 돈벌이를 하고 돌아가는 일이 많다고 한다.

내가 가진 서적에도 「노로크 찔레꽃」을 사용한 마물 퇴치약 레시피가 있었다.

그 책의 설명을 보니 이 레시피로 만든 마물 퇴치약은 다른 레시피보다 싸고 효과가 오래 가는 게 특징이었다.

그런 대화를 듣는 동안 미궁도시의 동문에 도착했다.

아까 문 앞의 거인 골렘이 갑자기 움직인 사건이 있었던 탓인지 구경꾼이 모여 있고, 어쩐지 소란스런 분위기였다.

그것을 흘려 보면서 입시 수속을 밟고 문을 통과했다.

"어느 쪽으로 갈까요?"

동문 앞 광장의 왼쪽에 관공서를 겸한 태수공관, 오른쪽에는 탐색자 길드, 정면 큰길을 100미터쯤 나아가면 성벽으로 둘러싸인 궁전 같은 태수의 거주지가 있다.

맵에 따르면 남서 방향으로 보이는 성 같은 구조물은 미궁방면군의 주둔지였다.

"머무르는 동안 태수 각하의 저택 별채에 방을 준비해주신다고 들었다만, 기별도 없이 방문해서야 실례가 될 것이다. 한번, 태수공관으로 가서 인사를 하고 기별을 넣지."

바위의 여기사가 말하고 말머리를 왼쪽으로 돌렸다.

우리는 태수공관 앞의 입구에 마차를 대고 여기사와 둘이서 태수공관 안으로 들어섰다.

나는 온 김에 편지를 전하러 왔다.

설탕 항로에서 표류하고 있던 것을 구해준 태수 차남 레일리 씨의 편지와 내 인사장이었다.

다른 영지의 귀족이 방문했을 때 인사가 없어서는 실례가 되지만, 태수 부처(夫妻)는 미궁도시를 비운 모양이니 인사장을 준비했다.

레일리 씨의 말에 따르면 미궁도시 세리빌라의 태수를 맡는 것은 왕도의 문벌귀족 중에서도 최상급의 권세를 가진 상위 귀족뿐이었다.

또한 미궁도시에는 레일리 씨의 동생들이 살고 있으며, 그의 누나와 형들은 왕도에 있다고 했다.

"노로크 왕국의 미티아 왕녀님, 이십니까?"

마중하러 나온 중년 관리가 당혹스런 표정으로 여기사에게 확인했다.

"그렇다."

여기사가 중년 관리의 태도를 보고 기분이 상한 낌새로 대답했다.

"잠시만 기다려 주십시오. 금방 응접실을 준비하겠습니다."

중년 관리는 부하에게 응접실 준비를 지시하고 자신은 예정표 같은 서류를 확인했다.

"—실리질 않았군. 소켈 태수 대리에게 확인하고 와라."

"소켈 님은 아직 나오지 않으셨습니다……."

"또냐! 태수 부처께서 자리를 비우셨다지만, 태수 대리씩이나 되는 자가— 어차피 창관에 가 있겠지. 목에 밧줄을 걸어서라도 끌고 와라."

미간을 찌푸린 중년 관리가 부하에게 작은 소리로 명령하는 것을「엿듣기」스킬이 포착했다.

아무래도 소켈 씨라는 작자가 일을 안 한 탓에 미티아 왕녀를 맞이할 준비를 못한 모양이다.

잠시 지나자 응접실 준비가 됐다며 여성 직원이 보고하러 왔다.

"그러면, 우리는 여기서 실례하겠습니다."

미티아 왕녀를 배웅하는 역할도 끝났으니 우리는 이쯤에서 물러갈까.

"뭐냐. 사토 공은 벌써 가버리는 게냐? 본녀는 아리사와 미사날리아 님과 조금 더 이야기를 하고 싶으니라."

"공주님. 너무 억지를 부리시면 안 됩니다."

미티아 왕녀의 귀여운 억지를 유모가 타일렀다.

"미티아 님도 미궁도시에 머무르시는 거죠? 그러면 언제든지 이야기할 수 있어요. 머무를 곳이 정해지면 연락드리겠습니다."

머뭇거리는 미티아 왕녀 일행이 응접실로 가는 것을 배웅하고서, 관리들이 있는 공관 창구를 향했다.

내 모습을 본 중년 관리가 안에서 달려 나왔다.

"왕녀님께 무슨 실례가 있었습니까?"

"아아, 아뇨. 저는 태수 각하께 보내는 편지를 맡기러 왔을 뿐입니다."

중년 관리의 오해를 풀며 품에서 가문 문장이 들어간 천으로 감싼 편지를 꺼냈다. 천의 안에는 내 인사장과 태수 차남 레일리 씨의 편지 2통이 들어 있었다.

중년 관리가 정중한 태도로 나에게 편지를 받고서 우아한 세공이 있는 접시 위에 올렸다.

문득 중년 관리의 눈썹이 움찔 움직였다.

"—달튼, 휴가 중인 나를 불러낸 이유는 그 애송이인가?"

뒤에서 거만한 목소리가 들려 돌아보았다.

그곳에는 20세쯤 되는 청년이 있었다. 탐미계열 미모를 기분나쁜 기색으로 일그러뜨리며 이쪽을 가늠하듯 시선을 보냈다.

그가 태수 대리인 소켈 씨였다.

"처음 뵙겠습니다. 무노 남작의 가신 사토 펜드래건 명예 사작이라고 합니다."

"어딘가 소국의 왕족인가 했더니, 단순히 명예 사작—."

소켈 씨가 이쪽을 깔보는 발언을 하다가 도중에 얼굴을 찌푸렸다.

"—펜, 드래건, 이라고?!"

아까 전의 표정이 사라지고 깊은 증오가 떠올랐다.

나는 그와 초면일 텐데 어째서 이렇게 부모의 원수처럼 노려보는 거지?

"용사에게 빌붙어 전하를 업신여긴 그 역적이냐!"

"무슨 오해가 있는 모양이군요."

나하고 접점이 있는 사람 중에서 시가 왕국 귀족이 전하라고 부른다면 공도에서 시비가 붙은 샤로릭 제3왕자일 것이다.

"네놈 탓에 전하께선 호국의 성검 클라우 솔라스도, 시가8검의 지위도 잃으셨다!"

어허? 내가 분장한 용사 나나시 탓이라고 한다면 또 모를까, 사토로서는 왕자하고 거의 접점이 없었을 텐데?

그리고 성검 클라우 솔라스는 내 스토리지 안에 있지만, 공식적으로는 국왕에게 건넨 위작이 진짜라고 되어 있을 텐데?

아마 성검 클라우 솔라스를 「잃었다」는 것은 왕자의 손에서 벗어난 것을 말하는 거겠지.

왕자가 공도의 노란 피부 마족 사건에서 노화한 탓에 치료와 요양을 위해 왕도로 송환됐다는 얘기는 들었지만, 그대로 시가

8검의 지위도 잃은 것은 몰랐다.

"제 탓이라고 말씀하시지만 무슨 뜻인지 모르겠군요? 공도의 만찬회나 테니온 신전에서 두 번쯤 대화를 나눈 정도고, 그밖에는 딱히 접점이 없습니다."

그 두 번도 온갖 비꼬는 소리를 들은 정도였던 것 같은데.

"변명할 셈이냐! 이 범부— 편지? 용사 다음에는 태수 부인께 빌붙을 셈인가!"

소켈 씨는 격앙하는 도중에 중년 관리가 든 접시에서 내 편지를 가로채 격정에 따라 움켜쥐었다.

중년 관리와 태수공관 사람들이 그의 무례한 행동에 얼굴을 찌푸렸다.

내 편지는 그렇다 치고, 태수의 아들인 레일리 씨의 편지까지 구겨 버렸다.

"그 편지 말입니다만—."

태수 아들인 레일리 씨 거라고 말하려는데, 제3자가 끼어들었다.

"—그러면 안 됨**이어요**."

기묘한 말투를 쓰며 펑퍼짐하게 살찐 부드러운 생김새의 노귀족이 나타났다.

그의 테마 컬러는 녹색인지, 의복뿐 아니라 액세서리나 소도구에 이르기까지 녹색 계통 색의 물건으로 통일되어 있었다. 정중하게도 녹색 매니큐어와 입술연지까지 발랐다.

AR표시를 보니 미궁도시 세리빌라에 거주하는 귀족으로 백작가문의 예전 당주였다.

말 끝이 이상하기에 만약을 위해서 종족이나 상태를 확인했는데 극히 평범한 인간족이고 빙의도 되지 않았다. 말 꼬리만 듣고서「마족일지도 모른다」고 의심하는 건 좀 실례였나 보다.

"포프테마 상담관님!"

중년 관리가 안도한 기색으로 녹색 귀족의 이름을 불렀다.

녹색 귀족과 궁합이 안 좋은 건지 소켈의 표정이 어색하게 변했다.

"모처럼 온 편지를 이런 식으로 다뤄선 안 됨이어요."

소켈의 손에서 부드럽게 편지를 빼냈다.

"이것은 분명히 태수님께 전할 테니 안심함이어요."

"감사합니다."

생긋 웃는 포프테마 상담관의 눈이 웃지 않는 것이 신경 쓰이지만, 나로서는 레일리 씨의 편지가 그의 부모에게 전달되면 불만이 없으니 순순히 인사를 했다.

"흥. 어울려줄 수가 없군."

주변에서 공기 취급을 당하던 소켈이 분노로 어깨를 들썩이며 응접실 쪽으로 도망쳤다.

그를 상대하게 될 미티아 왕녀가 걱정됐지만, 바위의 여기사와 유모도 있으니 괜찮겠지.

나는 포프테마 상담관이나 태수공관 사람들에게 소란 피운 것을 사과하고 물러가기로 했다.

그건 그렇고 소켈 같은 생각 짧고 정서불안정인 자가 태수 대리로 임명되다니……. 레일리 씨에겐 미안하지만 그의 부모님이자 여기서 태수를 맡은 아시넨 후작은 그다지 유능한 통치자는 아닌가 보다.

앞으로 미궁도시 생활이 조금 걱정되는군.

◆

"있지, 일단 길드로 가서 모험가 등록을 하자!"

태수공관을 나와 마차에 타자 아리사가 말했다.

우선 숙소부터 잡아야 하지 않을까?

그리고 모험가가 아니라 탐색자야.

"그래서, 그래서! 일단 F랭크 모험가로 등록하는 거야! 그러면 『여자와 아이들이 할 수 있는 일이 아닌데?』 그러면서 못된 중견 모험가가 시비를 걸고, 그걸 가볍게 때려눕히는 거지!"

귀족을 상대로 시비를 거는 무모한 녀석 없을 것 같은데.

그리고 F라니—.

과거의 용사나 전생자들이 전했는지 알파벳 자체는 존재하는 모양이지만, 솔직히 마이너한 문자니까 쓰이지 않을 것 같다.

"그래서! 주목을 모은 다음에 미궁에 들어가서 신입은 절대 못 내는 성과를 내서 접수원 언니가 기겁하는 거야."

기겁하게 만들면 안 되지.

"그리고 성과들 중에 희귀한 변이종 같은 마물 토벌 부위가 있어서 길드장의 방으로 불려가서 특별히 C랭크나 B랭크까지 단숨에 올라가는 거지~."

하늘을 바라보면서 거친 콧김을 뿜으며 말하는 아리사에게 아이들이 아낌없는 박수를 보냈다.

"우후후, 주인님. 행선지는 탐색자 길드면 될까요?"

"그래, 부탁해."

즐거운 기색의 루루에게 대답하자, 잠시 지나 마차가 태수공관 앞 탐색자 길드 뒤쪽에 있는 주차장에 들어갔다.

마구간 지기로 보이는 길드 직원의 유도를 받아 비어 있는 공간에 마차를 넣었다.

마구간 지기의 딸인지, 초등학생쯤 되는 여자애도 돕고 있어서 흐뭇하다.

"먼저 간다!"

"기다려~?"

"인 거예요!"

"치사해."

땅에 발이 안 닿은 것 아닌가 싶은 아리사를 따라서, 포치, 타마, 미아 세 사람도 다다다 경쾌하게 정문 쪽으로 달려갔다.

리자와 나나에게 주룡의 고삐를 맡고 아이들을 따라가라며 먼저 보냈다.

주위를 둘러보니 다른 마차는 마부가 남아 있었다.

나는 손이 빈 도우미 여자애한테 말을 걸었다.

"미안, 이 애들을 등록하러 왔거든. 잠시 마차와 주룡을 부탁할 수 있을까?"

"네, 냐으, 나으릿."

혀가 꼬여서 부끄러운지 얼굴이 빨개져서 고개를 숙였다. 머리를 톡톡 가볍게 쓰다듬어주고 「잘 부탁한다」고 부탁한 뒤에 팁을 두둑하게 주었다.

"가자, 루루."

"네, 주인님."

나는 메이드복 차림의 루루를 데리고 탐색자 길드 정문으로 갔다.

바깥은 초여름 같은 기온인데 탐색자 길드 안은 선선하고 쾌적했다. 바닥이 대리석이라 왠지 대기업 로비 같은 분위기였다.

들어가서 오른쪽에 회의 부스 같은 장소가 있고, 길드 직원으로 보이는 사람과 상인 같은 인물이 상담을 하는 것 같았다.

플로어 안쪽에는 은행처럼 카운터가 있고, 8개쯤 되는 창구 중에서 2개만 접수 직원이 있었다. 접수원은 20세쯤으로 보이는 커리어 우먼 같은 여성과, 30세쯤 되는 미남 둘뿐이었다.

먼저 들어온 아리사 일행은 여성 직원의 창구에서 이야기를 하고 있었다.

그밖에 손님이 없는 모양인지, 남성 직원은 우리 애들을 흐뭇한 표정으로 보고 있었다.

"얼른! 얼른!"

"주인님~?"

"이쪽인 거예요!"

"이쪽."

떠들썩한 어린 소녀들에게 불려 카운터로 갔다. 직원 누나가 쓴웃음 지었다.

"처음 뵙겠습니다, 사작님. 제가 오늘 담당을 맡은 케이나라고 합니다. 오늘은 등록을 하신다고 했는데, 보통 등록을 하실 건가요? 아니면 특별 등록을 하실 건가요?"

공도에서 친해진 탐색자들이나 엘프 스승들에게는 그런 얘기 못 들었는데.

그리고 내가 사작이란 건 애들이 미리 이야기한 정보 같았다.

"그 두 종류의 등록은 어떤 차이가 있죠?"

"특별 등록은 탐색자 신분증으로 처음부터 황금증을 받을 수 있습니다. 물론 보통 등록과 달리 유료지만, 이쪽은 마법 도구라서 정기적으로 위치 특정 신호를 발신합니다. 미궁에 돌입했을 때 탐색 귀환 예정을 등록해 두신다면 유예 기간을 지난 다음에 그 신호를 쫓아 구조부대가 급행합니다."

위치 특정은 노땡큐인데.

그리고, 정기 신호 발신 간격이 하루에 몇 번이라고 하니까 굳이 따지자면 구조를 위해서라기보다는 유품 회수가 목적인 것 같다.

"그렇게 깊게 들어갈 예정도 없으니까 보통 등록으로 부탁하죠."

"네, 알겠습니다. 그러면 여러분의 성함을 부탁드립니다."

어째서인지 신분증 제시를 요구하지 않기에, 만약을 위해 확인했다.

"신분증은 필요 없나요?"

"네. 처음 등록에서는 이름만 알려주시면 됩니다. 소수지만 탐색자들 중에는 가명이나 통칭으로 등록하는 분도 있습니다."

어허. 관리가 꽤 느슨하군. 자원을 산출하는 국유 광산 같은 장소에 들어가는데 관리를 하지 않는 건지 조금 신경 쓰였다.

"그러면, 이상 8명이면 되겠습니까?"

직원의 확인에 수긍을 하려는데 난입자가 나타났다.

"기다리거라! 본녀도 함께 등록하겠느니라."

아까 태수공관에서 헤어졌던 미티아 왕녀가 나타났다.

"라브나 경은 함께 안 오셨나요?"

"오냐. 무례한 귀족과 싸우고 있어서 그 틈에 탐색자 등록을 하러 온 것이니라."

바위의 기사 라브나와 소켈이 맞지 않을 거라고 생각은 했지만 왕녀를 팽개치고 싸우다니 곤란한 일이군.

"그러나, 멋대로 등록하면 혼나지 않을까요?"

"이래 봬도 내년에는 성년이니라. 부왕께도 등록만 하는 거라면 괜찮다는 언질을 받았으니 괜찮으니라."

보호자의 허가를 받았다면 괜찮겠지.

"그러면 미티아 님 것도 등록을 부탁할게요."

나는 직원에게 「전하 것은 황금증으로」라고 귓속말을 하고서, 테이블 위에 대금인 금화가 들어간 주머니를 놓았다.

아무래도 왕녀님한테 나무증을 들려주는 건 위험할 것 같으니까.

황금증이라면 이번처럼 미티아 왕녀가 바위의 기사들을 따돌리고 미궁에 들어가도 추적할 수 있겠지.

"알겠습니다."

직원이 왕녀의 풀네임과 연령, 체류 예정 장소를 확인하고 기록했다.

이름만 대면 되는 나무증하고는 차이가 크군.

"황금증 발행에는 시간이 걸리니 후일에 태수님 별관으로 보내겠습니다."

"오냐, 부탁하마."

미티아 왕녀가 기쁜 기색으로 고개를 끄덕였다.

"전하!"

바위의 기사가 문을 부술 기세로 나타났다.

"과연 라브나, 빠르구나—."

아무래도 왕녀가 사라진 걸 깨닫고 찾으러 왔나 보다.

"—조금 더 늦었어도 괜찮았을 것이거늘."

왕녀가 작은 소리로 불평했다.

"돌아오십시오, 전하."

"하는 수 없구나. —또 만나지, 아리사, 미사날리아 님. 그리고 사토 공도, 방금 조력해준 것에 감사하니라."

미궁도시에 올 때 태워준 건 인사를 했었으니까, 지금 그 감사는 황금증 대금을 대신 낸 걸 말하는 거겠지.

우리는 왕녀 일행을 출구까지 배웅하고 직원에게 돌아왔다.

"기다리게 해서 죄송해요."

"아뇨, 괜찮습니다."

나는 직원에게 사과하고 수속을 재개했다.

"그러면, 이것이 나무증입니다."

직원이 끈 달린 작은 나무판을 우리들에게 건넸다.

"이 나무증이 탐색자로서 당장의 신분증이 됩니다. 나무증은 수습 탐색자용으로, 미궁에 들어가서 한 사람당 5개 이상의 마핵을 가지고 돌아오면 정식 탐색자의 증거인 청동증을 드립니다."

신분증은 나무증, 청동증, 적철증, 미스릴증, 황금증의 다섯 종류가 있었다.

적철증은 달마다 일정한 수의 마핵을 회수할 수 있는 중견 이상의 탐색자에게 주고, 미스릴증은 「계층의 주인(플로어 마스터)」을 쓰러뜨릴 수 있는 일류 탐색자에게 준다.

황금증은 아까 설명을 들은 것처럼 귀족이나 거금을 아낌없이 쌓을 수 있는 부호들 전용이다.

"나무증은 다다음 달까지 마핵을 하나도 가져오지 못하면 효력이 상실되니 주의해 주세요."

과연, 신분증이 목적인 자는 떨쳐내는 거구나.

"저기요, 이걸 받았으니까 미궁에 들어가도 돼요?"

"네, 괜찮아요."

여성 직원이 생긋 웃으며 고개를 끄덕였다.

"하지만, 장비를 제대로 갖춘 다음에 가야 해요?"

"네~에!"

"네잉~?"

"네, 인 거예요!"

"응."

아이들의 즐거운 목소리가 길드에 울렸다.

미궁행을 내일까지 미루는 게 무리인 분위기다.

기왕 왔으니까 숙소를 잡고 마차와 주룡을 맡긴 다음에 잠깐 미궁을 구경하고 와야겠다.

"생각보다 좋은 방이네."

우리는 탐색자 길드에서 소개해준 「영광의 검」정이란 고급 여관에 5박 6일로 방을 잡았다. 마차도 관리해주고 말을 잘 보살핀다고 정평이 났다고 한다. 새끼 양 요리도 자랑이라고 했다.

숙소의 방은 1박에 금화 2닢이라 꽤 비쌌지만, 8명분의 요금이라고 생각하면 그리 비싸지 않은 것 같기도 하다.

인간족만 묵는 동과 아인이 함께 묵는 동이 나뉘어 있는 건 트러블을 방지하기 위해서겠군.

"그러면 장비를 갈아입은 다음에 불러. 로비 앞의 다과실에서 차라도 한 잔 마시면서 기다릴게."

나는 그렇게 말한 뒤 옷을 벗기 시작한 동료들을 두고 방을 나섰다.

조금만 더 부끄러움을 가르치는 편이 좋지 않을까 싶군.

복도의 창에서 마구간이 보이기에 잠깐 들렀다.

탐색자 길드가 보증한 곳이라 그런지, 말과 주룡들은 만족스런 기색이었다.

내 부유마차는 주차할 때 외견만 똑같은 보통 마차로 교환했기 때문에 비밀이 들킬 염려는 없었다. 「위작」 스킬의 보조 덕분에 세세한 얼룩도 확실하게 위장해냈다.

"젊은 나리, 죄송합니다. 그쪽 마차의 세정은 전문 업자가 온 뒤가 되오니……."

"아니, 잠깐 말들 상태를 보러 온 것뿐이야."

황송해하는 마구간지기에게 대답하고 마구간을 떠나 다과실에서 차를 즐겼다.

고급 여관이라 그런지 좋은 찻잎을 쓰는군.

"—주인님, 기다리셨습니다."

다 갈아입은 리자가 부르러 왔기에 방으로 돌아갔다.

리자의 무장은 여전히 마창 도우마지만, 그것 말고 다른 장비는 미궁용으로 새로 마련한 것들이다.

"새로운 갑옷도 잘 어울리네."

"화, 황송합니다."

칭찬을 해봤더니 리자가 새빨개지며 부끄러워했다.

언뜻 하얀 가죽 갑옷에 딱정벌레 계통의 갑각을 사용한 가슴 보호대와 어깨 보호대를 추가한 경장 전사풍 장비였지만, 실체는 시가 왕국의 중장 기사를 훨씬 뛰어넘는 방어력을 가졌다.

가죽 갑옷 부분의 표면은 단골 소재인 「갑옷 도롱뇽」의 가죽으로 위장했지만, 안쪽에는 대괴어 토부케제라의 지나치게 강인한 껍질이 숨어 있었다.

더욱이 성검 수준의 공격에도 버틸 수 있도록 오리하르콘 금속 천 옷도 덧댔다.

좀 지나치게 과보호가 아닌가 싶기도 하지만, 동료들이 다치지 않도록 최대한의 배려를 했다.

또한 갑각은 단순한 장식이니까 대포 한 발 맞으면 깨져버리겠지.

갑각의 표면에는 금속 세공 스킬을 연습할 겸 너무 화려하지 않도록 무늬를 그려봤다.

"마스터, 한 사람씩 등장할 테니 찬사를 기대한다고 고합니다."

아무래도 패션쇼 형식인가 보다.

처음은 리자였고, 다음은 나나로군.

"아다만타이트 합금의 대형 방패로 동료를 지킨다고 맹세합니다!"

나나가 수호기사 같은 포즈로 국어책 읽기 대사를 말했다.

어쩐지 소셜 게임의 캐릭터 참전 장면 같았다.

나나의 장비는 리자와 거의 같지만, 사슬 갑옷이 오리하르콘제의 중후한 것으로 바뀌어 있었다.

갑각도 장식이 아니라 안쪽에 아다만타이트 합금제 판금으로 보강을 했다.

대형 방패도 아다만타이트 합금이지만 바깥쪽에 전투 사마귀의 갑각을 둘러 위장했다.

리자와 마찬가지로 무기인 마검은 전과 같았다.

칼집은 갑옷이나 방패에 맞추어 새로 마련했다.

그리고 자세히 안 보면 모르지만, 나나의 장비 세트에 새긴 무늬는 응원하는 병아리의 대군이었다.

"그래, 굉장히 듬직해 보여."

"마스터의 찬사에 감사한다고 고합니다."

알기 어렵지만 부끄러운 모양이다.

"짜잔~?"

"짜자자자~안, 인 거예요!"

세 번째와 네 번째인 타마와 포치가 방으로 들어와서, 슈팟과 타탓 포즈를 취하고 움직임을 멈추었다.

분명히 칭찬의 말을 기다리는 거겠군.

"둘 다 아주 귀엽고 멋져."

"니헤헤~?"

"포치는 해내는 거예요!"

타마가 몸을 꼬물거리며 쑥스러워하고, 포치는 섀도우 복싱 같은 스타일로 의욕을 어필했다.

두 사람의 장비는 굉장히 닮았지만 세부적인 곳이 약간 달랐다.

포치는 나나의 대형 방패를 작게 만든 방패를 장비하고, 방패와 가슴에 강아지 발바닥 마크가 귀엽게 프린트 됐다.

타마는 같은 형식의 마검을 또 한 자루 추가한 쌍검 스타일로, 장식 갑각 대신에 프릴 형태의 마법 장치가 붙어 있다.

이 마법 장치는 표면활성을 강화해서 얇은 마력 방어벽을 만들어낸다.

유감이지만 내가 직접 만든 게 아니라, 설탕 항로를 여행하는 도중에 견인한 배에서 얻은 장치를 사용했다. 본래는 배와 바다의 마찰을 줄여서 속도를 올리기 위한 장치였다.

"칭찬해줘."

다음은 미아가 나타나서 빙글 돌았다.

미니스커트지만 이너로 숏팬츠를 조합했으니 속옷이 보일 일은 없—을 것이다. 분명히 아까 보인 줄무늬는 숏팬츠 무늬가 틀림없다.

"미아는 공주님처럼 귀여워."

직접적인 요구에 극찬의 말을 보냈다.

미아의 새로운 장비는 마법소녀물에 나올 법한 하늘하늘한 복장에 딱정벌레 계통의 가슴 보호대를 달았다. 드레스 아머라고 불러야 할 장비일까?

드레스 아머의 소재는 내 로브와 마찬가지로 유리하 섬유를 바깥쪽에 더미로 사용하고, 안쪽에는 대괴어의 은피섬유를 사용했다.

이 은피섬유는 상급 빛 마법이나 성검마저 튕겨낸다는 일화가 있었다.

게임 같은 데서 후위는 종이장갑인 것이 정석이지만, 미아의 방어력은 전위의 아인 소녀들과 비교해도 손색이 없었다.

무장은 산수의 가지를 깎아서 만든 얇고 가련한 긴 지팡이를 더미로 장비하고 있었다.

미궁 안에서는 영창이 필요 없는 불 지팡이나 벼락 지팡이를 표준으로 장비하고, 물 마법이나 정령 마법을 사용할 때는 세계수의 가지로 만든 긴 지팡이를 쓸 예정이었다.

에메랄드 색으로 빛나는, 세계수의 결정 가지를 사용한 지팡이는 다루기 어려워서 사용자를 가리기 때문에 아직 미아와 아리사에게는 주지 않았다.

미아에 이어 루루가 들어왔다.

"주인님, 저 같은 게 이런 귀여운 옷을 입어도 될까요?"

메이드복을 기조로 만든 갑옷은 메이드 전사물의 코스프레 의상 같았지만 루루의 매력을 더할 나위 없이 발휘시켜주었다.

"—만들길 잘했어……."

"어, 저기……. 주인님, 그렇게 바라보시면 부끄러워요."

내가 감동하여 중얼거리며 루루란 예술을 바라보고 있는데 본인이 스톱을 요구해 버렸다.

"너무나, 잘 어울린다."

오늘만큼 내 어휘가 부족한 걸 원망한 적이 없었다.

내가 시인이었다면 루루의 기적 같은 메이드 차림을 더 칭찬해줄 수 있을 텐데…….

"감사합니다. 빈말이라도 기뻐요."

"진심이야."

루루의 말을 정정해 주었다.

그래서 루루의 장비를 보자면, 재질은 미아와 같은 것을 사용했다.

다만 엘프 마을에서 호신술을 배운 루루는 후위진의 수호 역

할도 맡길 생각이라, 은피 섬유의 밀도를 늘려 방어력을 높였다.

더욱이 옷 안에는 「신체 강화」의 마법진과 룬을 꿰매 두었다.

다른 애들 같은 경우는 이미 스스로 쓸 수 있거나 스킬을 얻는데 방해가 되거나, 마력 낭비의 원인이 되기 때문에 생략했다.

설탕 항로에서 루루에게 들려주었던, 소형 마포를 개조해서 만든 저격용 마법총은 사용을 금지했다. 폐쇄 공간에서 쓰기에는 위력이 너무 크고 운용에 창화가 필요하니까.

새로운 장비로 라이플 형태의 벼락 지팡이총을 준비했다.

이건 벼락 지팡이와 같은 원리의 총을 내가 개조한 것인데, 전격의 집속도를 조정할 수 있다.

"짜자~안! 마지막 마무리는 진짜배기 아리사야! 이 귀여움에 전은하가 반하지이~."

아리사의 장비는 미아와 색이 달랐다.

"응, 반했어 반했어."

나는 적당히 넘기면서 모두에게 한 세트의 망토를 건넸다.

파란색을 기조로 한 망토인데, 등과 오른쪽 가슴에 펜드래건 가문의 문장을 미스릴 실로 자수해 놓았다.

이 망토는 후위의 옷과 같은 소재로, 방한이나 냄새 방지, 얼룩 방지 효과가 있는 마법진과 룬을 안쪽에 자수해 두었다.

바깥쪽은 구분하기 쉽도록 같은 색이지만, 안쪽은 각자의 취향에 맞추어 바꾸었다.

"잠깐~ 아리사만 취급이 잡스러워~! 삐친다!"

아리사가 볼이 부루퉁해져서 항의했다.

"미안 미안. 아리사도 새 장비 근사해. 일요일 아침 방송에서 오퍼가 올 것 같아."

"에헤헤~ 그런가~. 그 정도는 되지만."

조금 가엾다 싶어서 칭찬해주었더니 거짓말을 한 피노키오처럼 콧대가 솟아서 가슴을 쭉 펴고 기뻐했다.

"위험해~?"

"아리사, 얼른 망토를 입는 거예요."

"응, 미궁 가."

아이들이 아리사를 달랬다.

"아차, 잊을뻔했네."

아리사가 펄럭이는 소리를 내며 망토를 둘렀다.

"마스터, 검은 장비하지 않으면 못 쓴다고 충고합니다."

나나가 게임의 무기상인 같은 말을 하고서 요정검을 건넸다.

무겁고 옷자락이 비틀어지니까 평소에는 안 차고 다니지만, 기껏 모험가 데뷔를 하는 거니까 나나에게 받은 요정검을 장비했다.

"응, 늠름해!"

아리사가 팔짱을 끼고 잘난체하며 말했다.

타마와 포치가 좌우에서 아리사를 흉내 내며 고개를 끄덕였다.

"자, 미궁으로 출발이야!"

빙글 돌아 입구를 향한 아리사가 주먹을 하늘로 들고 선언했다.

"아이아이 서(Aye Aye Sir)~?"

"렛츠라 고~ 인 거예요."

"응, 출발."

아이들의 선도로 여관을 나섰다.

미궁으로 이어지는 서문까지는 여관에서 불러준 대여 마차로 갔다.

미궁도시의 길은 복잡해서 미로 같은 양상을 보이고 있었다.

아마도 미궁에서 마물이 범람했을 때 지연시켜 방어를 하기 위한 설계겠지.

맵으로 보니 남북의 문을 잇는 대로 말고는 모두 그런 느낌이었다.

물론 그런 도시의 구조에 흥미가 있는 건 나뿐이고, 다른 애들은 아직 보지 못한 미궁으로 마음을 보내고 있었다.

"에헤헤~ 리얼 미궁은 처음이야. 역시 스프리건의 시련장하고는 달라?"

아리사가 말하는 「스프리건의 시련장」은 미궁을 모방한 시설인데 탐색을 좋아하는 스프리건들이 훈련을 하기 위해 있는 것이었다.

내가 해파리 대책을 세우느라 바빠서 놀아주지 못했을 무렵에 엘프 스승들이 훈련하러 데리고 갔었던 모양이다.

듣자니 그 시련장은 「요람」을 만든 토라자유야 씨의 설계라고 한다.

"전혀 달라~?"

"그런 놀이터가 아닌 거예요! **피 떨리고 살 끓는** 진짜 전장인 거예요!"

신이 난 타마와 포치가 자리에서 일어나 자신 있게 가슴을 펴고 주장했다.

두 사람의 이런 모습은 보기 드물지만, 꽤 귀여워서 좋군.

"두 사람. 그래서는 미궁에서 다칩니다. 긴장하세요."

"네잉네잉~."

"네, 인 거예요."

아리사에게 선배 행세를 하던 타마와 포치를 리자가 타일렀다.

미아와 루루는 긴장을 했는지 말수가 적었다. 나나는 평상 운전이니 괜찮겠지.

그런 즐거운 대화를 듣는 동안 마차가 미궁 앞 광장에 도착했다.

1천명 이상의 사람이 들어갈 정도의 광장이 있고, 안쪽에 상아색 건물이 우뚝 서 있었다.

"—저기가 서쪽 길드. 미궁도시 세리빌라에서 가장 떠들썩한 장소지."

우리가 촌놈처럼 그 건물을 바라보자 옆을 지나던 중년 탐색자가 가르쳐 주었다.

그가 자랑스럽게 말한 것도 이해가 된다. 소국의 궁전처럼 훌륭한 건물이었다.

우리는 탐색자 서쪽 길드 건물을 바라본 흐름에 따라 그 앞을 오고 가는 사람들을 보았다.

"우왓, 다들 훌륭한 갑옷이네~."

"화려화려~."

"새 아저씨 같은 거예요."

"어릿광대?"

미아의 감상이 좀 이상하지만, 나도 동료들의 감상에 동의했다.

마물의 부위를 사용한 갑옷이 많은 거야 그렇다 치지만, 저 쓸데없어 보이는 돌기나 날개 같은 장식은 어떤 의미가 있는 거지? 역시 위협을 위한 건가?

"묘한 장비가 많군요."

"임시 장비라고 추측합니다."

리자와 나나가 고개를 갸웃거리는 것도 이해가 된다.

미궁도시의 탐색자들은 장비가 독특했다. 젊은 사람일수록 수수께끼 장비를 입은 사람이 많다.

옷에 나무 조각이나 무슨 뼈를 꿰매어 방어구로 삼은 사람이나, 전투 도끼나 뾰족한 뼈를 자루 끝에 달아서 창으로 만든 무기를 쓰는 사람도 있다. 자금이 없어서 장비를 갖추지 못한 거겠지.

푸타의 마사냥꾼이 그나마 나은 장비였던 것 같다.

공도의 시합에 나왔던 탐색자들은 생각보다 평범한 외견이었으니, 탐색자라도 상위에 있는 사람들은 때와 장소를 가린 복장을 입는 법을 아는 모양이군.

"인간족이 아닌 사람도 많군요."

"수인이나 비늘 종족이 많은 것 같네."

리자의 말에 수긍했다.

다른 도시와 달리 자신의 종족을 과시하는 사람이 많았다.

후드를 쓴 사람은 요정족이나 마법사, 그리고 귀족 관계자 같았다.

부상자도 많아서, 피나 진흙으로 지저분한 붕대로 얼굴이나 몸을 감싼 사람도 적지 않았다.

"주인님, 다친 사람이 많아요."

루루가 붕대를 감거나 지팡이 짚은 사람을 보고 걱정스레 중얼거렸다.

"그렇네. 신관이나 마법사의 수도 한계가 있을 테고, 마법약을 늘 가지고 다니면 코스트가 높을 테니까."

우리는 내가 만든 마법약을 마음껏 쓸 수 있고, 미아와 내 회복 마법이 있으니 괜찮다.

AR표시를 보니 대부분 부상자였지만, 개중에는 「마인약: 중독」 같은 위험한 약품의 중독 상태인 자도 섞여 있었다.

이 「마인약」이란 이름은 들어본 적이 있었다.

몹쓸 놈들이 쓴다는 금지약품. 보르에난 숲의 엘프들이 그렇게 말했다. 보르에난의 금서고에 레시피는 있었지만, 엘프들이 경고하기에 읽지 않았다.

정말이지, 판타지 세계에 마약 같은 위험물은 안 어울린다고.

"자, 미궁문으로 가자!"

"응, 한눈 금지."

탐색자 서쪽 길드 안을 구경하고 싶었지만 묘하게 혼잡하기에, 아이들이 재촉하는 대로 미궁으로 이어지는 서문으로 발길을 옮겼다.

여기와 서문 사이 도로변에는 1미터쯤 되는 낮은 벽이 있고, 그 너머에는 학교 운동장 정도 넓이의 사발 형태 계단이 있었다. 어쩐지 야외 콘서트장이 연상됐다.

서문은 사발 형태 계단 안쪽 구석에 있었다.

여기서는 2미터쯤 되는 벽을 뛰어넘어서 가야 하기 때문에 노점이 늘어선 길가의 폭이 좁은 계단으로 향했다.

여기는 미궁으로 가는 단골 통로인지 호객꾼이 차례차례 다가왔다.

"귀족님, 휴대식량이랑 물은 충분하신가요? 하나에 동화 1닢입니다. 어때요?"

"귀족님! 랜턴에 고블린 기름은 어떠슈! 싸유!"

"바~보야. 귀족님이 그런 냄새 나는 기름을 쓰겠냐? 귀족님, 우리는 보통 짐승 기름이요!"

"거기 젊은 귀족나리. 레벨 업하기 전에 『보물 창고(아이템 박스)』를 만져서 운을 올리지 않겠습니까? 한 사람당 은화 1닢은 받지만 잘하면 젊은 나리와 아가씨들도 『보물 창고』 스킬이 생길지도 모릅니다?"

참으로 떠들썩하군.

흥미가 생기는 것도 있었지만, 한 사람에게 반응하면 둘러싸일 것 같아서 무시하고 지나갔다.

"여어, 거기 신입 탐색자 귀족님. 미궁 지도는 필요 없으쇼?"

이번에는 말투가 미묘하게 존대인 듯 존대가 아닌듯한 남자가 지도를 한 손에 들고 다가왔다.

나는 맵이 있으니 지도 따위 필요 없어서 그 옆을 지나가려고 했다.

"기다리쇼! 우리 지도는 흔해빠진 지도하고는 격이 다르니! 적철의 모험가들에게 들은 정보로 그린 거요!"

적철이란 단어에 무심코 발이 멈추고 말았다.

분명히 적철이면 베테랑 탐색자와 같은 뜻이다.

나는 발길을 멈추고 남자를 돌아보았다.

"얼마지?"

"한 구역에 은화 3닢 주쇼."

시세 스킬로 보니 지도의 시세는 대동화 1닢부터 3닢 사이였다.

바가지도 정도가 있어야지.

"대동화 3닢이라면 사지."

"어이쿠야. 그건 너무 깎으신 거 아니쇼?"

"그 이상이라면 딱히 필요 없어."

"기다리쇼. 이번에는 특별히 대동화 3닢이면 되나!"

내가 지나가려고 하자 남자가 재빨리 가격 흥정을 받아들였다.

"우리는 미궁도시에서 가장 정확한 지도를 파니, 이 지도가 도움이 된다면 꼭 다음에도 우리 지도를 사주쇼."

나는 화폐와 지도를 교환했다. 지도 구석에는 지저분한 글자로 제1구역이라고 쓰여 있었다. 지도는 선과 이상한 기호투성이라서 읽는 법을 알 수 없었다.

평면의 종이에 입체적인 지도를 그리려고 여러모로 시행착오를 한 것 같다.

"어떻게 읽는 거지?"

"읽는 법은 대동화 1닢—."

"그 정도는 아까 낸 요금에 포함된 거지."

더욱이 잔돈을 가로채려는 남자의 말을 끊으며 서비스를 강요했다.

"이 표식은 뭐지?"

"이것은 표식비요."

남자의 요령 안 좋은 설명을 정리하자면 표식비라는 건 옛날 탐색자들이 미궁의 탐색이 끝난 지역에 설치한 것으로, 미궁에 일정한 간격으로 배치되어 있었다.

이 표식비에는 「구역 번호」, 「입구까지의 거리」, 「표시 번호」라는 3가지 정보가 새겨져 있었다.

더욱이 또 한 가지 중요한 기능이 있었다.

마물이 다가오면 붉은 빛을 내고, 사람이 다가오면 파란 빛이 난다. 어두운 미궁에서 탐색자끼리 싸우게 되는 걸 막는 역할도 하는 것이다.

"하지만, 젊은 나리. 표식비가 파랗게 빛난다고 긴장을 풀지 마쇼."

"어째서지?"

"미궁 안에는 탐색자와 운반인만 있는 게 아니라— 미적이라고 불리는, 탐색자를 노리는 도적이 있으니까 말이요."

보르에난 숲에서 엘프 스승들 중 하나가 그런 말을 했었던 것 같은데.

"놈들이 옆으로 다가와도, 표식비는 파랗게 빛나 버리는 거요."

—과연, 인간이라도 방심했을 때 푸욱 하고 당하는 거구나.

"그런 녀석들에게 공격을 받으면 어떻게 대처하면 되지?"

"그것은, 어려운 일이요—."

상대방이 공격해온다면 죽이든, 붙잡아 범죄 노예로 팔아넘기든 마음대로 하면 된다고 하는데, 우호적인 행세를 하면 보통 탐색자와 구별이 안 된다.

때문에 다른 탐색자와 만난 경우 서로 아는 사이가 아닌 한 서로 거리가 벌어질 때까지 경계를 풀면 안 된다고 한다.

"좋은 정보야. 감사하지."

내가 인사를 하자 남자가 만족스럽게 손을 흔들고 다음 손님을 찾기 시작했다.

남자가 새로운 손님을 찾아 이동하자 이번에는 옷자락이 짧은 옷을 입은 아이들이 다가왔다. 꽤나 바쁜 곳이군.

이 애들은 거지인가? 부랑아인가?

그렇게 생각하여 상세정보를 조사했더니 직업란이 「짐꾼」이었다.

어째선지 작은 여자애가 많다.

"귀족님, 고용해 주세요."

"고용해줘, 하루 천화 2닢이면 돼."

"나, 하루에 천화 1닢이면 돼!"

"잠깐, 끼어들지 마."

"밥 주면, 돈 필요 없어. 뭐든지 할게!"

어린 소녀들이 내 곁으로 달라붙었다.

용사 하야토가 들으면「NO 터치다, 사토!」라고 외칠 법한 광경이었다. 내 옷을 붙잡으려는 소녀는 리자가 부드럽게 밀어냈다.

"떨어지세요."

리자가 말하며 한 번 노려보자 아이들이 조금 거리를 벌렸지만 구직은 멈추지 않았다.

따끔하게 말해서 쫓아내는 것도 가엾지만, 애들이 모두 레벨 1이나 2 정도로 낮으니 위태로워서 미궁으로 데리고 가는 건 무리다.

아이들 틈에서 꼬르르륵 귀엽게 배가 울리는 소리가 들렸다.

그렇게 배고픈 아이들을 동정했는지 타마랑 포치가 뭔가 말하고 싶은 표정으로 나를 올려다보았다.

이대로 내버려두는 것도 가엾다.

주위를 둘러보니 만쥬를 파는 아가씨가 발 빠르게 다가왔다. 제법 감이 좋군.

"미궁 만쥬 어떠세요? 하나에 천화 1닢으로 배불러요."

이건 미궁도시의 명물인지, 감자 가루로 만든 껍질로 콩과 감자 소를 감싼 건가 보다.

찐 만쥬라기보다는「굽기」에 가까운 요리였다.

꽤 크니까 아이들이라면 배불리 먹겠지.

"우와, 미궁 만쥬다."

"오랜만에 밥이야아."

"응. 맛있어."

"잔뜩 일할래, 귀족님."

미궁 만쥬를 받은 아이들이 와구와구 집중해서 먹기 시작했다.

애들 먹는 모습에 흥미가 생겨서 덤으로 우리 것도 사서 맛을 확인했다.

—맛없어.

세류 시에서 먹은 가보 열매 요리와 정면승부가 가능할 정도로 맛없다.

이 무지 맛없는 만쥬가 맛있다니, 이 애들의 평소 식생활이 걱정된다.

"따끔따끔한 거예요."

포치가 혀를 내밀고 미묘한 표정을 지었다.

아무래도 안에 든 감자와 콩의 검붉은 줄기를 먹으면 가벼운 마비 상태가 되는 모양이다.

과연 미궁도시. 길거리에서 식사를 할 때도 함정에 주의를 해야 하다니…….

"사토, 예뻐지면 돼."

미아한테서 수수께끼 발언이 튀어 나왔다. 그녀치고는 장문이다.

"예뻐져?"

"정령광."

아무래도 평소에 억눌러두는 정령광을 해방하라는 건가 보군.

만약을 위해 맵 검색으로 정령시 스킬을 가진 자가 시내에 없는 것을 확인했다.

내 정령광은 화려하고 특징적이니까 조심해야하겠지.

정령광을 해방하기 직전에 미아의 의도를 깨닫고 독기시를 유효화 해봤다.

—으엑.

노점 거리의 식품 다수에 곰팡이 같은 검은 안개 모양 독기가 들러붙어 있었다.

독기가 그리 짙은 건 아니니까, 미아도 독기를 떨쳐내는 힘이 있는 정령광을 해방시키라고 하는 모양이다.

미아는 독기시가 없지만, 독기가 짙은 장소에는 정령이 다가오지 않으니 이변을 깨달은 거겠지.

내가 정령광을 해방하자 미아가 황홀한 표정으로 내 정령광을 보았다.

"예뻐."

약 1분 정도 해방했을 뿐인데 노점 거리 일대의 독기가 흐려졌다.

손에 쥔 미궁 만쥬에는 미약한 독기도 남지 않았다.

"무슨 일 있었어?"

아리사가 궁금해 하기에 독기 이야기를 했다.

아마도 여기서 팔리는 것들은 정화 처리를 안 한 마물 고기겠지.

어쩐지 만성적인 독기 중독인 사람이 20퍼센트나 되더라.

"하지만, 이건 그래도 맛없네."

아리사가 불평한 것처럼, 독기를 제거해도 미궁 만쥬는 여전히 엄청 맛없다.

먹을 생각도 안 들고 버릴 수도 없어 난처한 상황인데, 손에 든 미궁 만쥬를 바라보는 아이가 있기에 선물하여 무사히 넘어갔다. 버리는 신이 있으면 줍는 신도 있다고 하지.

"그럼, 이제 미궁에 들어가자."

어린 소녀들을 그 자리에 남기고 서문으로 갔다.

어째선지 아이들이 따라오려고 했지만, 데려갈 수 없다고 말하여 두고 왔다.

"어린 소녀들이 동료가 되기를 바라듯이, 이쪽을 보고 있다."

"시끄러."

아리사가 무슨 게임 시스템 메시지 같은 말을 했지만 무시했다.

우리가 통과한 서문이 닫히는 너머에서 어린 소녀들이 아쉬운 표정을 지었지만, 마음을 단단히 먹고 돌아보지 않았다.

죽음의 행진

"사토입니다. 다수 참가형 온라인 게임에서는 마물을 염주처럼 끌고 다니며 도망치는 행위를 트레인이라고 부르며, 이래저래 민폐라서 트레인을 하는 사람은 다른 플레이어들에게 미움을 받았습니다."

"오옷! 그야말로 미궁 입구란 느낌이네."

"응."

서문을 빠져나가자 내려가는 계단이 나타나고, 5미터쯤 내려가자 4톤 트럭도 주행할 수 있을 법한 반지하 통로가 있었다.

세류 시의 미궁이 떠올랐는지 타마와 포치가 내 좌우에서 말없이 진을 쳤다.

두 사람의 시선은 방심하지 않고 주의를 살폈다. 평소의 태평한 기색이 사라졌다.

거기에 자극받았는지 다른 애들도 들뜬 분위기가 사라졌다.

너무 긴장을 하는 것도 문제지만 이 정도라면 괜찮겠지.

천장 부근에 격자가 달린 조명용 창이 있어서 나름대로 밝다. 횃불이 없으면 걸을 수 없는 정도는 아니지만, 책을 읽기는 어려운 밝기였다.

조명창 너머에는 때때로 순찰을 도는 병사의 다리가 보였다.

맵으로 보니 여기는 「죽음의 통로」란 곳이며 미궁은 조금 더 앞에 있다.

이 통로는 30미터마다 꺾이기 때문에 미궁 입구는 보이지 않았다. 통로가 꺾어지는 부분에 슬라이드식 격자가 있어서 긴급할 때 폐쇄할 수 있는 구조였다.

병사의 순찰로도 그렇지만, 미궁에서 마물이 나왔을 때를 대비한 것들이 이것저것 많았다.

—어라?

앞쪽에서 탐색자 4명이 나오는 걸 레이더가 포착했다.

레벨은 7부터 9까지라서 낮다. —아니, 일반적인 병사가 레벨 10 정도라고 했으니까 중견 탐색자일지도 모르겠군.

그 중에서 한 명이 큰 부상을 입었다.

“누군가 와~?”

“피 냄새인 거예요.”

타마와 포치가 꺾인 통로 너머에서 접근하는 탐색자들을 재빨리 눈치챘다.

조금 지나자 통로 너머에서 탐색자들이 나타났다.

그것을 본 리자가 나나에게 지시를 내렸다.

“나나, 아리사와 루루를 지키세요.”

“알겠습니다.”

미아는 괜찮나? 생각했는데 미아 앞에는 리자가 이동했다.

“나는, 『붉은 얼음』의 제제다! 부상자가 있어! 싸움은 다음에 하자.”

선두의 청년이 외치면서 손을 크게 흔들었다. 그가 말하는 「붉은 얼음」은 그의 파티 이름인 모양이다.

여기서는 부상자의 얼굴이 안 보이지만, 갑옷이 크게 찢어지고 상처에 두른 셔츠에서 피가 떨어지고 있었다.

"으엑, 엄청 큰 상처……."

"주인님."

아리사와 루루가 부상자를 보고 겁에 질렸다.

도적이나 해적의 상처는 몇 번이고 보았지만, 어슴푸레한 장소와 분위기가 어우러져 부상자와 자신들을 겹쳐서 본 것일지도 모른다.

"사토?"

미아가 치유 마법을 써도 되냐고 눈으로 확인하기에 손짓으로 막았다.

"저는 신인 탐색자인 사토입니다. 괜찮다면 이 약을 쓰세요."

격납 가방에서 희석 마법약을 2개 꺼내며 말을 걸었다.

그들의 레벨이라면 이걸로 충분히 회복할 거다.

"미안하지만, 지금 가진 돈이 없어. 마핵을 매각한 리더가 따라잡으면 지불할게. 뻔뻔스럽지만, 먼저 약을 받을 수 있을까?"

"네, 여기요."

본래 무료로 선물할 셈이었으니 두말없이 승낙하고 제제에게 마법약 병을 내밀었다.

"응? 설마 마법약인가?"

"네, 그래요. 그보다 얼른 먹이세요."

"아아, 은혜를 입었군."

한 병으로 60퍼센트 정도 회복했다. 상처에 천을 두르고 있어서 보이지 않았지만 상처는 아물었겠지.

제제가 지탱하여 마법약을 먹인 탐색자가 갈라진 목소리로 인사를 했다.

"……아아, 몸이 편해졌어. 고맙다, 소년."

그대로 일어서려고 했지만 빈혈로 또 다시 제제의 품에 돌아갔다. 하급 마법약으로는 잃은 혈액까지 부활하지 않으니 얼마 동안 정양이 필요하다.

"그럼 이만."

"기, 기다려줘. 아직 대금을 내지 않았다."

"남에게 받은 거니 신경 쓰지 말고 받으세요. 인연이 있으면 또 만나죠."

계속 구경을 하고 있을 수도 없으니 그렇게 말하고 그들 앞에서 물러났다.

"1의 4구역에 『떠돌이』 병사 사마귀(솔저 만티스)가 돌아다니니까 절대 다가가지마"

뒤에서 충고가 들리기에 손을 들어 감사의 뜻을 표했다.

부상자를 보고 불안해졌는지 루루와 미아의 안색이 안 좋다.

아리사도 흥분이 가라앉았지만 두 사람 정도는 아니었다.

"애들아, 오늘은 그만 둘까?"

"괘, 괜찮아요."

"괜찮아."

무리해서 의젓하게 행동하는 두 사람의 손을 쥐었다.

이대로 기운이 돌아오지 않으면 미궁 입구까지 갔다가 돌아와야겠는걸.

—이런 걱정은 기우였는지, 손을 잡고 걷는 것이 기뻤는지 금세 자연스런 미소를 보여주었다.

"도착~?"

"무서운 얼굴 문인 거예요."

"저게 미궁으로 내려가는 문일까?"

"아마 그렇겠네."

통로 끝에는 꽤 넓은 공간이 있었고 정면에는 높이 5미터쯤 되는 커다란 문이 있었다.

문은 칠흑의 금속문이었고 표면에는 새빨간 귀면(鬼面)이 양각되어 있었다.

문 앞에는 폭이 넓은 계단이 몇 단 있고, 그 앞에는 돌 카운터가 설치되어 있었다.

카운터 뒤쪽에는 탐색자 길드 직원 몇 명과 마법사를 포함한 고 레벨 호위가 4명 정도 대기하고 있었다.

거기서 탐색자풍 청년과 길드의 여성 직원이 마핵의 매매 금액으로 뭔가 다투고 있었다.

"아까 그 사람들 리더일까?"

"그런 모양이다."

아리사에게 대답하며 주위를 둘러보자 카운터 반대쪽 광장

구석에 갖가지 종족의 아이들이 쪼그려 앉은 게 보였다.

전체적으로 옷이 허름하고 무구를 장비한 애는 전무했다.

AR표시되는 상세 정보를 보니 이 애들은 레벨 3이하의 짐꾼인 모양이다.

바깥에서 만난 애들과 달리 아무도 다가오지 않았다.

"아이들~?"

"애들이 잔뜩 있는 거예요."

"우웅?"

포치, 타마, 미아가 의문스레 고개를 갸웃거렸다.

딱히 짠 것도 아닐 텐데 훌륭하게 동작이 모인 탓에 미소를 부른다. 아리사가 「한 발 늦었다」며 아쉬운 표정을 지었다.

그래서 그 애들 말인데, 한 마디도 안 하고서 눈으로만 나를 주시하고 있었다.

"뭘 하고 있는 걸까?"

"눈이 무서워요."

아리사도 의문스러워 보였다. 루루가 겁을 먹은 태도였는데 나도 동감이었다.

아이들밖에 없어서 나나가 납치하지 않을까 걱정이었는데—.

"어림도가 부족하다고 부정합니다."

—라고 한다.

"주인님, 이쪽 이쪽!"

아리사가 카운터 옆의 게시판 앞에서 손짓했다.

게시판에는 몇 장의 전단지가 붙어 있었다.

"이건 마물 소재의 의뢰표인가?"

길드에서 의뢰하는 게 아니라 대부분은 기술자나 노점 주인 등이 의뢰를 하는 모양이다. 귀족이나 상인의 의뢰도 적지만 존재했다.

나붙은 종이 아래쪽 절반이 비어 있고, 일시와 이름이나 기호 같은 것이 적혀 있었다.

"맞아요—."

내가 중얼거린 소리에 대답한 것은 아리사가 아니라 게시판 옆에 앉아 있던 말쑥한 차림새의 소년이었다.

AR표시를 보니 미궁도시 상인의 아들이었다.

"—젊은 귀족 나리에게는 대독이나 대필이 필요 없다고 생각합니다만, 득이 되는 정보를 소개하는 것은 가능합니다."

용돈 벌이를 하러 온 모양이군. 문맹률이 높은 이 나라에서는 대독이나 대필이 나름대로 수요가 있을 법 하다.

나는 소년에게 잔돈을 건네고 괜찮은 의뢰에 대해 질문했다.

"미궁 개구리(메이즈 프로그)의 고기나 딱정벌레 계통 마물의 갑각은 언제나 모집하고 있으니 추천합니다."

"그건 맛있습니다."

내 옆에서 리자가 중얼거리며 고개를 끄덕였다. 세류 시의 미궁 안에서 불고기 파티를 했던 것이 떠올랐나 보군.

시선을 힐끗 보내자, 리자 옆에서 타마와 포치도 진지한 표정으로 고개를 끄덕끄덕하고 있었다.

틀림없이 리자 흉내를 내고 있는 거군.

"이 개미꿀이나 미궁 버섯(던전 펑거) 같은 게 더 좋지 않아?"

"개미꿀은 위험한 미궁 개미(메이즈 앤트)의 둥지에 침입을 해야 하고, 미궁 버섯은 미궁 안쪽 구역에 가야 한다고 해요. 둘 다 수지가 안 맞죠."

서당개 3년 비슷하게, 여기서 용돈벌이를 하는 동안 미궁에 대해 많이 알게 됐나 보다.

"그리고, 늘 모집 전단지가 나오는 게 아니니까 주의하세요. 미궁에 들어갈 때 있었다고 해서 나올 때 남아 있다고 장담할 수 없어요."

그것도 그렇군. 의뢰주도 소재를 중복해서 가지고 오면 곤란할 테니까.

"주인님, 직원이 부릅니다."

리자가 재촉하기에 돌아보자 이지적인 생김새의 여성 직원이 손짓을 하고 있었다.

보아하니 「붉은 얼음」 리더와 가격 교섭이 끝난 모양이군.

나는 소년에게 정보의 답례로 팁을 건네고 직원에게 다가갔다.

"무슨 일이죠?"

"실례지만, 신인 탐색자 분인가요?"

"네, 오늘부터 신세를 지겠습니다. 사토라고 해요."

"어머나, 정중하시네요. 등록할 때 들으셨을 테지만 미궁에서 입수한 마핵은 여기서 사들입니다. 그 밖에도, 이 벽에 붙어 있는 마물 부위 매수도 대행하고 있습니다."

직원이 물 흐르듯 매끄럽게 설명하는 것을 경청했다.

"그리고, 황금증을 가진 분이 아니면 강제는 아니지만, 귀족 분께선 미궁에 들어갈 때 여기서 탐색 예정 기간을 적은 다음에 들어가시게 됩니다."

"알았어요. 금방 돌아올 거라고 생각은 하지만 6일로 신청하죠."

직원의 요청대로 귀환 예정을 신고했다. 6일이란 건 여관의 숙박 예정 최종일에 맞춘 것이었다.

아마 오래 걸려도 오늘 저녁쯤에는 돌아올 것 같지만.

—맞다, 덤으로 물어봐둘까.

"그런데, 저 애들은 뭐죠?"

"아아, 짐꾼 지망 아이들입니다. 저기서 탐색자 파티에게 고용되는 걸 기다리는 거죠. 종 한 번 칠 때마다 바깥의 아이들과 교대를 하는데, 자기가 직접 고용을 요청하는 건 금지하고 있어요."

벽에 울려서 시끄러우니까요. 직원이 덧붙였다.

그건 그렇고 짐꾼이라면 저런 어린애들보다 어른을 고용하는 편이 좋지 않을까?

그렇게 이야기를 하고 있는데, 미궁의 문이 열리고 10명쯤 되는 탐색자들이 나왔다. 평균 레벨 20의 전사들만 있는 파티였다. 그 중에서 3명 정도가 짐꾼이었다. 이 파티가 고용한 짐꾼은 덩치가 큰 수인들이었다.

짐을 내리고 휴식하는 자가 많은 가운데, 곰 같은 수염이 난 탐색자가 이쪽으로 걸어왔다.

아마도 탐색자 파티의 리더겠지. 그 혼자서 레벨 30이나 된다.

“여어, 베나. 얘기하는 중에 미안한데, 멧돼지 거미 고기 매수는 아직 남아 있나?”

“미안해요. 오늘 아침에 『올빼미 수염』이 가져와서 당분간 매수 의뢰는 안 나올 것 같아요.”

나랑 얘기하던 직원은 베나 씨였나 보군.

“칫, 또 그 녀석들이군. 하는 수 없지. 베나, 이 고기를 구워줘.”

“그래요 그래. 릭, 안에서 불고기 받침 가져와. 대여료는 석탄 값을 포함해서 대동화 1닢. 내 수고료는 등심살 가장 좋은 곳 한 장이면 돼요.”

“약삭빠른 녀석이야.”

곰 같은 탐색자가 직원에게 대동화를 내밀더니 아이들을 돌아보았다.

“어이, 꼬맹이들! 네놈들도 나눠 주마. 먹기 전에 『도존 님 멋져어어』나 『도존 님 고맙습니다』 둘 중 좋은 걸로 나를 찬양해라.”

곰 탐색자가 아이들에게 선언하자 귀가 아플 정도의 환성이 올랐다.

타마와 포치도 먹어본 적 없는 종류의 고기에 흥미가 있는 것 같았지만, 결식아동들의 만찬을 빼앗으면 가여우니까 자중하도록 수신호로 지시했다.

“—이제 그만 가자.”

우리는 미궁문 앞의 직원에게 각자 나무증을 보여주고 문 앞으로 갔다.

미궁의 입장료는 없는 모양이다.

"문 열어~?"

"포치도 문을 여는 거예요."

타마와 포치가 중후한 미궁의 문을 열려고 다가서자 직원이 흐뭇한 표정으로 주의를 주었다.

"문이 무거우니까 힘들 텐데?"

"영차~?"

"으랏차, 인 거예요."

"—엑?!"

타마와 포치가 문을 가볍게 열자 직원이 턱이 빠질 정도로 놀랐다.

요란스런 사람이네—. 나는 조금 쓴웃음을 지으며 둘이 열어 놓은 문을 통과했다.

◆

"우와, 이번에는 계단이네……."

미궁 입구 안쪽은 폭이 넓은 계단이었다. 평범한 계단이나 나선 계단이 아니라 굽이치고 있었다. 본래 천장이 높고 폭이 넓은 경사로였던 곳에 계단을 마련한 모양이군.

계단의 난간에는 같은 간격으로 화살 구멍이 있어서, 계단 아래쪽으로 화살을 쏠 수 있도록 되어 있었다.

아마도 마물이 침입했을 때 대처하기 위해서겠지. 구부러지는 계단참마다 포대가 있고, 천에 덮인 대포가 자리를 잡고 있었다. AR표시를 보니 마력포가 아니라 실체탄을 쏘는 타입이었다.

포대에는 병사들이 둘씩 배치되어 있었다.

그들은 한가했는지 장기 같은 보드 게임을 하며 놀고 있었다. 술을 마시거나 졸고 있는 게 아니니 그나마 낫군. 병사들은 인간족뿐 아니라 늑대 수인족이나 사자 수인 같은 강해 보이는 수인도 있었다.

지나가면서 인사를 하면 귀찮은 기색을 보이면서도 손을 흔들어 주거나, 「그래」 하면서 가볍게 대답을 해주는 등 꽤 친근한 느낌이었다.

"지쳤어~."

"아리사, 힘내."

아리사와 루루의 대화를 들으면서 평소처럼 모든 맵 탐사를 해봤다.

—넓다.

공도 지하의 미궁 유적과 비교해서도 있을 수 없을 정도로 넓었다.

지상의 맵과 비교해보니 시가 왕국의 서쪽에 펼쳐진 대사막 지하까지 뻗어 있었다.

맵 이름이 「세리빌라 미궁: 상층」이니까, 이렇게 넓은데도 전체가 아니다. 적어도 더욱 하층이 있단 얘기군.

전체도를 알 수 있도록 축척을 조정해봤다.

마치 지하를 종횡무진으로 뻗은 뿌리로 이어진 100개 이상의 토란 같았다.

게다가 토란 하나하나가 거대한 공동을 중심으로 30개에서 100개쯤 되는 작은 방의 집합체였다.

탐색자 길드에서는 이 하나의 토란을 구역이란 단위로 부르나 보다.

—그리고 마물이 많다.

시험 삼아서 마물 검색을 해봤더니 컴퓨터 처리 속도가 떨어지는 것처럼 표시가 굳어버릴 정도였다.

다행히 검색을 취소할 수 있기에 이번에는 입구에서 가까운 몇 구역만 검색해봤다.

가장 처음인 제1구역은 마물보다 탐색자가 많았다.

이번에는 조금 더 넓혀서, 제1구역과 직접 이어진 제2구역부터 제5구역까지 탐색자를 집계해보니 1,500명 이상 있다는 걸 알 수 있었다.

솔로로 도전하는 사람은 드물고 대부분 3명부터 5명 정도의 파티를 짜서 다녔다.

제2와 제4구역은 거리가 가깝지만, 제3과 제5구역은 그날 중으로 돌아오기 힘들 정도로 멀었다. 후자는 10명 이상의 레벨 20부터 30인 집단이 원정을 하고 있었다.

"주인님, 계단 아직도 이어져?"

"아직 절반 정도야. 아리사는 근육 트레이닝이나 조깅이라도 시작해서 기초체력을 쌓는 게 좋겠다."

"으잉~."

울상 짓는 아리사의 등을 가볍게 밀면서 계단을 나아갔다.

남쪽 섬에서 라라키에 유적으로 이어지는 대계단을 나아갈 때와 달리, 여기는 사람들 눈이 있으니까 술리 마법으로 띄워서 옮길 수는 없었다.

너무 어리광을 받아주는 것 같지만 더 못 걸을 것 같으면 내가 안고서 가야겠군.

"터치다운~?"

"도착인 거예요."

"후이~ 드디어 제일 아래구나~."

결국 아리사는 계단 중간에 주저앉아서 내가 업고 내려왔다.

"마스터, 앞쪽에 문이 있다고 고합니다."

"응, 커다래."

나나와 미아가 말한 것처럼 정면을 막은 문은 높이가 5미터에 가까울 정도로 거대했다.

보아하니 안으로 밀어서 여는 타입 같았다.

"이건 마물이 밀려나올 때 봉쇄하기 쉽게 하기 위해서일까요?"

"맞아, 아가씨. 명부의 입구에 잘 왔다."

문을 밀어서 여는 리자의 말에 문 너머에 있던, 군복을 입은 작은 체구의 여우 수인 남성이 대답했다.

"뭐가 명부의 입구냐! 부정 타게시리!"

"아픕니다, 대장."

근육이 울끈불끈한 군인이 여우 수인의 머리에 꿀밤을 먹였다.

트롤이나 오우거 같은 체격이지만 대장은 인간족이었다.

"못 보던 얼굴이군? 여기는 미궁방면군의 최전선 주둔지이기도 하다. 너무 오래 머물지 말고 세 방향 통로 중에서 하나를 골라 미궁에 가도록."

두 군인 등 뒤에는 마법 조명으로 비추고 있는 야구장 절반쯤 넓이의 공동이 있었고, 300명쯤 되는 병사가 있었다.

세 군데 있는 거대한 문 앞에는 방어 진지를 구축했고, 문을 둘러싸듯 대포와 마력포를 몇 문씩 배치해 두었다.

작은 통로로 이어지는 문이나 구멍은 묻어서 막아놓은 모양이다.

아마 수비가 쉽도록 하려는 거겠지.

"대장, 안쪽 통로는 적철 전용인데요? 말을 제대로 해야죠."

"시끄럽다. 지금 말할 참이었어."

두 번째 꿀밤이 여우 수인 머리에 떨어졌다.

육체 언어는 적당히 하셔야죠.

"안쪽 통로는 미궁 중층으로 내려가기 위한『나락』의 방으로만 이어진다. 실력이 없는 자를 보냈다가 마물이 연쇄폭주를 일으키면 견뎌낼 수가 없지."

대장이 말하는「연쇄폭주」는 인터넷 게임에서 흔히 볼 수 있는 마물을 기차처럼 끌고 다니며 도망치는 행위를 말하는 거겠지.

"아 그렇지. 미궁 안에서 연쇄폭주는 중범죄니까 주의해라? 특히 이 주둔지까지 끌고 오면 잘 해도 고액의 벌금, 까딱하면 범죄 노예로 탄광에 보낸다."

"잔챙이라면 벌금도 싸지만, 병사들 중에서 순직자가 나오면 벌금으로 안 끝나니까."

충고해주는 군인 두 사람에게 인사를 하고 그 자리를 지나쳤다.

두 사람은 그대로 우리가 내려온 계단 쪽으로 걸어갔다.

"어쩐지, 게임의 튜토리얼에 나올 법한 사람들이네."

아리사가 두 사람을 눈으로 배웅하며 중얼거렸다.

모처럼 친절하게 가르쳐줬는데 너무 하는군.

"그런 식으로 말하면 안 되지."

"네~에, 주의할게요~."

가볍게 타이르자 아리사도 순순히 자기 실언을 반성했다.

"마스터, 좌우 어느 쪽 통로를 고를까요라고 묻습니다."

"그렇네— 이쪽으로 가자."

아까 충고를 들었으니까 「떠돌이 병사 사마귀」가 있는 1의 4구역으로 가자.

우리 애들이라면 여유롭게 이길 수 있고, 장소에 걸맞지 않은 적을 방치하면 위험하니까.

그리고 1의 4구역은 「제1구역에서 들어간 제4구역」을 말하는 거였다. 이건 같은 제4구역이라도 다른 구역에서는 들어갈 수 없는 장소가 있어서 생긴 이름이라고 했다.

"어이, 당신!"

주 회랑의 문을 지날 때 병사 한 사람이 불러 세웠다.

"그런 차림으로 괜찮겠나?"

"네, 괜찮아요."

평상복에 요정검만 차고 있으면 경장으로 보이겠지.

"그리고 오늘은 미궁이 어떤지 보러 온 거니까, 제1구역을 한 바퀴 돌고 돌아갈 겁니다."

"아아, 그러는 편이 좋아."

충고해준 친절한 병사에게 말하고 애들이 연 문을 통과했다.

"넓은 통로네."

아리사가 통로를 둘러보고 감탄하여 말했다.

"아까 산 지도에 따르면 대회랑으로 불리는 모양이야."

"생각보다 어두워."

"걷는 데는 문제없어 보이지만, 잠복한 마물을 놓칠 것 같군요."

통로에는 한쪽에만 무릎 아래를 비추는 약한 조명이 있었다.

저 조명기구로 보이는 석비가 지도 장수가 말하던 표식비란 마법 장치 같았다. 이야기로 들은 것처럼 우리들이 다가가자 하얀색에서 파란색으로 조명 색이 바뀌었다.

"마등(마나 라이트)을 쓸까요? 라고 묻습니다."

"그렇네. 조금 어두우니까 불빛을 내자. —나나, 부탁해."

"예스, 마스터."

내가 술리 마법인 「마등」을 써도 되겠지만, 너무 밝아서 다른 탐색자들이 부자연스럽게 생각할 것 같아 나나에게 맡겼다.

나나의 이술이 발동하여 전위진의 투구와 후위진의 지팡이 끝에 「마등」이 부여되었다.

투구에는 「마등」을 앞쪽만 비추도록 하는 전용 장식이 있었다.

"주인님, 진형은 어떻게 할까요?"

"이동할 때는 중앙에 루루, 아리사, 미아. 전위에 나나, 타마,

포치. 후위는 리자와 내가 맡는다."

타마와 포치 두 사람이 앞이면 함정이나 마물을 확실하게 발견해줄 거고, 리자가 맨 끝에 있으면 뒤에서 습격을 해도 대처해줄 거다.

이제 그만 나한테 의지하지 않고 싸울 수 있을 테니까, 과보호는 삼가고 애들 성장을 지켜보는 편이 좋을지도 모른다.

"솜털~?"

"위쪽에 뭔가 있는 거예요."

두 사람의 투구에 부여된 「마등」이 천장 부근을 떠도는 테니스 공 사이즈의 솜털 같은 것을 비추었다. 꽤 많군.

"우웅, 정령 포식자(스피릿츠 이터)."

미아가 그걸 보고는 보기 드물게 노여움을 드러내더니 요정 가방에서 불 지팡이를 꺼내 겨누었다.

정령시를 발동하자 미아가 「정령 포식자」라고 부른 것처럼 작은 정령의 빛이 솜털에게 포식되는 걸 알 수 있었다.

이 「정령 포식자」는 마물의 일종인가 보다.

"—섬멸."

불 지팡이에서 뿜어져 나온 불 탄환이 천장에 맞아 흩어지고, 주위에 있던 솜털을 한 순간에 태워 버렸다.

"약하네."

아리사 말처럼 불똥이 튀기만 해도 아무런 저항도 없이 타올라 버렸다.

「정령 포식자」 청소를 끝낸 미아가 「에헴」 하는 효과음을 붙이고 싶을 정도로 해냈다는 표정을 지으며 불 지팡이를 넣었다.

"수고했어."

"응, 힘냈어."

가슴을 펴는 미아의 머리를 쓰다듬어 줬다.

"공간 마법으로 적 탐사를 할게."

아리사가 긴 지팡이를 한손에 들고 돌아보았다.

"응, 다음."

"오케이, 교대로 조사하자."

미아의 정령 마법에도 적 탐색에 유용한 주문이 있기 때문에 다음 탐색은 자기한테 맡기라고 주장하는 거다.

"간다!"

"네잉~."

타마가 귀를 막는 것과 동시에 아리사가 마법을 발동했다.

술리 마법「신호」에 가까운 마력의 흐름을 느꼈다.

"아무 것도 없네."

"벌레 있어~?"

"쪼그만 도마뱀이나 박쥐도 있는 거예요."

아리사가 불평하자 타마와 포치가 각자 발견한 생물을 가리켰다.

"그게 아냐. 마물이 없다는 거지."

아리사가 두 사람에게 말을 정정했다.

"유감~."

"그건 곤란한 거예요."

타마와 포치가 입으로 「쿠~웅」 소리를 낼 것 같은 표정으로 동료들을 보았다.

어떡하면 좋을지 모르는 모양이다.

"괜찮아. 조금 더 안으로 가면 이것저것 있으니까."

내가 말하자 두 사람이 재기했다. 미궁 탐색 다시 시작이다.

지금 있는 제1구역은 탐색자가 너무 많은지 마물이 거의 없었다.

가끔 마물 무리가 이동하는 통로도 있었지만 탐색자가 있는 통로하고 이어져 있지 않아서 서로 만날 일이 없나 보다.

잠시 관찰했더니, 그 통로들에 샛굴이 이어져 멀리서 싸움이 시작됐다.

과연, 이런 원리로 마물이 스폰(Spawn) 되는 모양이군.

"불빛이 있어도 시야가 안 좋다고 고합니다."

나나 말처럼 통로의 벽에 원기둥이나 석상이 늘어서 있거나, 의미불명의 돌 단상이 통로 중간에 돋아있기도 했다.

그리고 천장에서는 커튼 모양의 차폐물이 늘어져 있었다. 아마도 거미줄에 먼지가 쌓여서 생긴 거겠지.

그밖에 작은 통로와 구분이 안 되는 움푹 패인 곳도 있었다.

천장 부근에 있는 통기구 같은 구멍은 소형 마물이 통로로 쓰기도 해서, 때때로 모기처럼 생긴 마물이나 애벌레 마물이 고개를 내밀고는 천장 부근을 둥둥 떠다니는 솜털 같은 「정령 포식자」를 포식했다.

어느 쪽이든 레벨 한 자릿수 전반이라서 다른 모험가용으로 방치했다.

"뭔가 있어~?"

"길 너머에서 싸우는 소리가 들리는 거예요."

전방에서 전투 소리가 나는 걸 타마와 포치가 깨달았다.

이 통로 앞 60미터쯤 되는 곳에서 5명의 탐색자가 데미 고블린 세 마리와 싸우고 있었다.

미궁 안은 천장 부근의 바람구멍에서 언제나 낮은 소음이 나기 때문에 소리로 멀리 있는 기척을 감지하기가 어렵다.

실제로 타마와 포치도 평소보다 늦게 깨달았다.

레이더의 정보에 따르면 전투 장소는 우리가 있는 대회랑이 아니라 샛길로 갈라진 통로였다. 대회랑에서 그리 멀지는 않았다.

그 근처를 지나가자, 접근한 우리를 깨달은 탐색자 한 사람이 경계하며 소리쳤다.

"이 고블린은 우리들 거다. 너희들은 저쪽으로 가."

"알았어."

너무 신경이 흩어지면 미안하니까 짧게 대답했다.

꽤 난전인지 레벨 1부터 2쯤 되는 데미 고블린을 상대하면서 탐색자들은 모두 부상을 입었다.

탐색자들은 레벨 3 전후의 신인 같았다. 노끈으로 엮은 조끼에 뼈를 꿰맨 갑옷과, 스스로 만들었는지 좀 구불거리는 단창이나 가벼운 픽킹 엑스로 싸우고 있었다.

모두 전사들뿐이지만, 마법 스킬을 가진 사람은 탐색자들 중에서도 고작 몇 퍼센트 정도로 희귀한 존재니까 신기할 것 없었다.

그런 생각을 하면서 대회랑을 걷고 있는데 선도하던 나나가 빙글 돌아보았다.

"마스터, 거동이 수상한 유생체를 발견했다고 보고합니다."

"뭘 보고 있는 거지?"

대회랑 한쪽이 벼랑인 장소에서 아래쪽을 들여다보는 아이들이 있었다.

가장 연장자 남자애가 탐색자고 나머지 다섯 명의 아이들은 짐꾼인 모양이다.

아이들은 노끈을 엮은 들 것 같은 것을 가지고 있었다.

"보마 형, 뒤!"

짐꾼 아이가 경고하자 탐색자 남자애와 다른 애들이 경계심을 드러내며 무기를 겨누었다. 무기라고 해도 곤봉 미만의 막대기였다.

아무래도 놀랐나 보군.

"안녕?"

칼자루에서 손을 떼고 말을 걸었지만 그들의 태도는 변함이 없었다.

나는 동료들을 그 자리에 남기고 벼랑 옆으로 다가갔다.

벼랑 아래를 들여다보니 청년 탐색자들이 데미 고블린과 사투를 벌이는 모습이 보였다.

"제엔장. 이 뚱보 고블린 놈!"

청년 탐색자들이 말하는 「뚱보」는 데미 고블린 그래플러라는 조금 강한 격투 타입이었다.

“이렇게 되면— 비장의 수다.”

리더로 보이는 도끼 전사가 무슨 환약을 먹었다.

그러자 도끼 전사의 움직임이 갑자기 빨라지고, 아까 전까지 힘으로 지고 있던 그래플러와 호각 이상으로 싸우게 되었다.

AR표시에 따르면 저 도끼 사용자가 아까 먹은 것이 「마인약」이었나 보다.

이 정도 효과가 높은 약이라면 위험한 금지약품이라는 걸 알아도 손을 대는 놈이 있겠지.

물론 금지된 이상 무슨 부작용이 있을 거라고 생각은 하지만.

그 뒤로 금세 결판이 나고, 쓰러뜨린 데미 고블린들을 해체하여 마핵을 빼내기 시작했다.

이윽고 벼랑 아래의 탐색자들이 마핵을 회수한 데미 고블린의 시체를 방치하고 다음 먹잇감을 찾아 이동하기 시작했다.

그 중에서 한 사람이 아이들을 발견했는지 조용히 내뱉었다.

“칫. 시체 털이(루터)군.”

분명히, 남자애 칭호 중에 「시체 털이」가 있었다.

“간다! 다른 마물한테 먹히기 전에 회수하는 거야!”

벼랑 아래의 탐색자들이 사라지는 것을 기다리던 남자애가 말하자, 애들이 노끈 그물을 들고 벼랑 아래로 통하는 계단을 내려갔다.

조금 흥미가 생겨서 남자애를 불러 세워 물어봤다.

“고블린 시체를 뭐에 쓰는 거지?”

"고, 고기장수한테 파는 거야."

—진짜냐?

미궁도시에서는 데미 고블린의 고기까지 먹는구나…….

요즘 들어 마물 고기에 저항이 사라져가고 있지만, 그래도 인간과 비슷한 형태의 생물을 먹을 용기는 없었다.

"아, 아니야! 훔치는 거 아냐! 버린 녀석을 줍는 것뿐이야!"

내 침묵 때문에 착각을 했는지 남자애가 자신의 정당성을 호소했다.

"아아, 미안. 그걸 의심하는 건 아냐."

"마, 말해두지만 먹으면 안 된다? 저런 걸 먹으면 병이 들어서 몸이 문드러져 썩어 버리니까."

내 착각을 깨달은 남자애가 정정해 주었다.

데미 고블린의 고기를 먹으면 죽을 정도는 아니지만, 높은 확률로 병에 걸리니까 미궁 바깥으로 가지고 나가는 게 금지되어 있다고 한다.

"고블린 병이란 거니?"

"글쎄? 그건 아닐걸?"

내 예상을 들은 남자애가 고개를 갸웃거렸다.

"그럼 저걸 고기로 팔아서 어디에 쓰는데?"

"슬라임한테 먹여서 기름이랑 뼈로 만드는 거야."

—오호?

남자애한테 가게 장소를 물어 맵 검색을 해봤다.

미궁 안의 작은 방에 「고기장수」와 「슬라임 사역자」란 칭호를 가진 도마뱀 수인족 조련사(테이머)가 있었다. 그 옆에는 오일 슬라임이란 마물 몇 마리가 조련(테임)되어 있었다.

여기서 꽤 거리가 되니까 탐색자들이 안 가져간 것도 이해가 되는군.

"고블린도 생활에 써먹는구나……. 인간은 굉장하네."

"그래. 우리를 『시체 털이』라면서 바보 취급 하는 녀석들도 우리가 시체를 고기장수에 가져가지 않으면 뼈 갑옷의 부러진 뼈 교환도 못하고, 랜턴에 값싼 고블린 기름도 못 쓴다구."

남자애가 둑이 터진 것처럼 빠르게 말했다.

스트레스가 꽤 쌓인 모양이군.

"그리고 시체를 미궁에 방치하면 『핵 없음』이랑 『저주 씨앗』이 어슬렁대거든?"

"—그게 뭐지?"

처음 듣는 단어라서 「핵 없음」이나 「저주 씨앗」에 대해 물어봤다.

"『핵 없음』은 마핵이 없는 움직이는 시체(좀비)야. 『저주 씨앗』은 움직이지 않는 시체지만 다가가면 다리를 붙잡아서 저주를 옮겨 버리지."

과연 미궁……. 시체에 섣불리 다가가면 안 되는군.

"『뚱보』 무거워……."

"형아도, 도와줘—."

"기다려! 금세 간다."

먼저 벼랑 아래에 간 짐꾼 아이들이 남자애한테 도움을 청했다.

나는 돌아서려는 남자애한테 정보의 답례로 사람 수만큼 동화를 건넸다.

"우왓, 이렇게 많이 줘도 돼?"

"물론이지. 이것저것 들려줘서 고맙다."

"헤헹, 별 것도 아닌데!"

기분 좋게 계단을 내려가는 소년을 보내고 나도 동료들이 기다리는 쪽으로 돌아왔다.

"역시, 제1구역은 마물 선점 경쟁이 심하네."

그 다음에도 대회랑을 따라 나아가자, 신출내기 탐색자들이 분투하는 모습이나 필사적으로 마물을 선점하려는 모습이 보였다.

"마스터, 표식비의 문자가 변화했다고 보고합니다."

"네엣~?"

"1의 4구역이라고 쓰여 있는 거예요."

앞서 걷는 세 사람이 큼직한 표식비에 쓰여 있는 문자를 읽었다.

여기는 제1구역을 순회하는 경로와 제4구역의 분기점이었다.

레이더 표시권 아슬아슬한 곳에 빨간 광점이 비쳤다.

"이제 슬슬 마물이 늘어나려나?"

"그래—."

나는 아리사의 물음에 천천히 고개를 끄덕이고 맵을 열어 확인했다.

빨간 광점은 미궁 개미였다. 그것도 대단히 수가 많았다.

미궁 개미는 합계 300마리 전후, 그것이 10마리부터 50마리쯤 되는 작은 집단으로 갈라져 이동하고 있었다.

그리고 그 개미에게서 도망치는 세 파티의 탐색자와 짐꾼, 합계 12명이 이쪽을 향해 이동하고 있었다.

미궁방면군 사람이 가르쳐준「마물의 연쇄폭주」란 거다.

나로서는 큰 문제없는 상대지만 이건 숫자가 좀 굉장하군.

현지의 탐색자들에게 꽤 커다란 사건이 아닐까?

“—이제 곧 잔뜩 싸울 수 있어.”

“잠깐 조사해볼게.”

내 말에 아리사가 범상치 않은 기색을 느낀 모양이다.

“다음, 할래.”

“그래. 다음은 미아 차례였지.”

여기 오는 동안 아리사의 공간 마법과 미아의 정령 마법으로 교대하며 탐색을 했으니 다음은 미아가 조사할 차례라는 거다.

“■ ■ ■ ■ 겁쟁이 바람(카우어다이스 실프).”

미아가 적 탐색 계열 정령 마법을 썼다.

희미한 황록색 빛을 띤 바람이 미궁을 달리며 미아에게 정보를 전했다.

“사토, 적 잔뜩.”

마치 내가 미움 받는 사람인 것처럼 말하지는 말아주라.

“사람 와~?”

“이 소리는, 분명히 벌레인 거예요.”

땅에 귀를 대고 소리를 듣던 타마와 포치가 멀리서 접근하는 탐색자들과 마물들의 발소리를 포착했다.

“어느 정도 오는데?”

아리사가 심각한 기색으로 나에게 정확한 적의 수를 물었다.

"그건 사람이랑 적, 어느 쪽이야?"

약간 심술을 부려 봤다.

"적이야."

아리사가 이렇게 대답하기에 300마리 전후라고 순순히 대답했다.

"사, 삼배액?"

"마스터, 후퇴를 진언합니다."

"주인님, 저도 나나에게 찬성입니다."

"응."

루루가 떨면서 내 팔을 붙들었다. 다들 꽤나 적절하고 신중한 판단이다.

적의 수가 약 40배라는 걸 듣고 싸우겠다는 근육뇌는 언제나 여력을 남겨야 하는 미궁에는 적합하지 않았다.

"괜찮으이~?"

"괜찮은 거예요. 주인님과 함께라면 여유인 거예요."

어이쿠, 근육뇌 소녀들이 있었군.

타마랑 포치가 신기한 포즈를 취했다.

두 사람 머리에 손을 올리고 물었다.

"내가 같이 없으면 어쩔래?"

"물론 도망치는 거예요."

"후다다닥줄행랑~?"

—어라?

근육뇌가 아니라 나를 신뢰하는 거구나.

"응, 그러면 돼. 격이 낮은 적이라도 내가 같이 없을 때는 3배를 넘는 수의 적에게 도전하면 안 된다."

설탕 항로에서 싸운 언데드나 해적들은 수가 많았지만, 나도 같이 있었고 동료들이 상대를 한 것은 많아도 3배에서 5배 정도였으니까.

물론 위험도를 따지면 라라키에 사건에서 싸운 해골왕이나 해왕이 훨씬 위지만.

"도저히 싸움을 피할 수 없을 때는?"

"어떡하면 될 것 같아?"

아리사의 물음에 질문으로 대답했다.

"으음 그건— 지리적 이점?"

"정답. 상대가 수를 살려서 싸울 수 없는 장소에 진을 치는 게 좋아."

"지형에 끼우기는 온라인 게임에서 솔로로 사냥할 때 기본이니까."

과연, 그런 지식이군—.

내가 했던 MMORPG는 솔로는 일격으로 쓰러뜨릴 수 있는 잔챙이만 상대하는 거였는데, 게임이 달라지면 이것저것 다른 모양이군.

그러면 아는 사이도 아닌 탐색자들을 구해줄 의리는 없지만, 기껏 마물이 오니까 우리 애들 경험치가 되어줘야겠다.

"이번에는 마물에게서 도망치는 녀석들이 있으니까 구하기 위해서라도 한 판 싸우자."

적당한 이유를 들어 전투를 제안했다. 다들 곧장 좋다고 대답했다.

"물론, 내가 없을 때는 자기 목숨을 최우선으로 해서 곧장 도망쳐야 된다?"

만약을 위해 못을 박아두었다.

우리는 조금 길을 되돌아가서 다수의 적과 싸우기 쉬운 높이 차이가 있고, 잔해가 쌓인 장소에 진을 쳤다.

대회랑을 강으로 비유하자면, 높이 2미터쯤 되는 모래톱에 진지를 쌓은 느낌이었다.

강바닥에 해당하는 부분은 바닥에 있는 잔해 때문에 달리기 힘들고, 더욱이 진지로 올라오려면 수직에 가까운 장애물을 넘거나 미궁 개미들이 접근하는 것과 반대쪽에 있는 경사로로 올라와야 한다.

그리고 여기라면 싸우는 전위 머리 너머로 후위가 마법을 쓰거나 원격 공격을 할 수 있다.

문제는 대회랑이 완곡하게 굽은 구조라 50미터쯤 앞까지만 보인다는 것과, 도망치는 탐색자들이 있어서 통로에 함정을 설치할 수 없다는 것이었다.

더 싸우기 쉬운 장소에 흙 마법으로 진지를 만들까도 했었지만, 어째선지 미궁의 바닥은 흙 마법의 효과가 저해되는 느낌이라 무리하지 않고 이동했다.

"—아차, 잊을 뻔 했네."

나는 동료들에게 「물리 방어 부여」 마법을 걸었다.

적의 격이 낮아도 안전 확보는 해둬야겠지.

"온다~?"

"오는 거예요!"

대회랑 너머에서 토끼 수인 두 사람과 쥐 수인 한 사람의 파티가, 문자 그대로 도망치는 토끼처럼 도망쳤다.

아직 모습은 안 보이지만 그 뒤에는 인간족 남성 파티, 최후미에는 인간족 여성 파티가 이어지고 있었다.

"도망쳐!"

"어이, 당신들. 미궁 개미 집단이 온다."

"잡아 먹히기 싫으면 꾸물대지 말고 도망쳐!"

수인 파티 「도망치는 화살」이 옆을 지나갈 때 입을 모아 위험하다고 외치며 도망치라고 충고했다. 모두 레벨이 7부터 10인 전사들이었다.

"마스터, 다음이 온다고 고합니다."

이어지는 인간족 남성 파티는 탐색자 3명과 짐꾼 2명 구성이었다.

탐색자들은 리더가 레벨 13이고, 다른 두 사람은 레벨 10 정도. 짐꾼 두 사람은 체격은 좋지만 레벨 4전후였다.

"어이, 노예들! 개미꿀 단지를 떨어뜨리지 마라!"

팔다리와 목에 붕대를 감은 리더가 짐꾼을 돌아보며 질타했다.

아무래도 짐꾼 두 사람은 그의 노예인 모양이다.

"떨어뜨리면 너희들 팔다리를 잘라다 개미들한테 먹일 거다!"

노예들은 무자비한 주인의 말에 대답하지 않고 말없이 남자의 뒤를 좇았다.

"벳소, 『아리따운 날개』가 뒤쳐졌다."

"흥, 지에나는 아깝지만 단지는 2개 있으면 적자는 면한다."

"그렇군. 그 녀석들이 먹히는 동안 도망쳐야지."

그들은 저질스런 대화를 나눈 다음, 이쪽을 한 번 흘깃 보더니 옆을 지나쳐갔다.

수인 파티와 달리 경고 한 마디도 없었다.

그리고 그 두 집단보다 상당히 늦게 인간족 여성 파티가 왔다. 여성 탐색자 둘과 짐꾼 두 사람의 4인조였다.

짐꾼은 평상복에 지게만 졌지만, 여성 탐색자 두 사람은 노끈 조끼에 뼈를 꿰맨 갑옷과 나무 방패, 그리고 청동날의 단창을 장비했다.

여성 탐색자의 조끼 안쪽은 배꼽이 보이는 짧은 셔츠, 하반신은 각선미를 주장하는 매혹적인 핫팬츠였다.

허벅지 위쪽의 그을린 부분이 섹시하군.

어두운 미궁에서 활동하는 탐색자치고는 신기한 일이지만 좋은 건 좋은 거다.

내가 보기엔 스포티한 의상이지만, 시가 왕국의 표준으로 보면 반라라고 해도 괜찮은 선정적인 모습이 아닐까 싶군.

"주인님, 마물이!"

"여자애가 따라 잡힐 것 같아요."

아리사와 루루가 여성들의 등 뒤에 따라오는 미궁 개미의 선두 집단을 가리켰다.

짐꾼 한 사람은 다리를 다쳤는지, 또 한 사람의 짐꾼이 손을 끌면서 어떻게 도망치는 느낌이었다.

"우읏, 이 위치에서는 마법에 말려들 거야."

"우음."

"마법총도 사선이 안 나와요."

후위 세 사람이 분한 기색으로 입술을 깨물었다.

두 사람의 짐꾼 뒤에서 인간과 비슷한 크기의 미궁 개미가 거의 따라잡았다.

동료들이 개입하기 전에 따라 잡힐 것 같아서, 술리 마법「이력의 손」으로 가장 가까운 놈의 다리를 후려 넘어뜨렸다.

이 마법은「손」이란 이름이지만, 실제로는 마법적인 염동력(사이코키네시스)이다.

일단은 이걸로 괜찮겠지.

"거기 있는 사람들! 도망쳐! 미궁 개미의 연쇄폭주다!"

멀리서 여성 탐색자 한 사람이 외쳤다.

남자 같은 말투지만 20대 전반의 슬렌더한 여성이었다. 미인은 아니지만 애교가 있는 생김새였다.

또 한 사람의 여성 탐색자는 애교 탐색자보다 조금 젊은 느낌으로, 검은 머리를 뒤로 한데 묶은 미인이었다.

애교 탐색자 이름은 이르나, 미인은 지에나란 이름이었다.

"연기 구슬이나 섬광옥 가진 거 없어? 따라 잡힐 것 같아!"

미인이 외치기에 대답했다.

"미안하지만 가진 게 없어!"

유감이지만 그녀들이 바라는 아이템은 없었다.

불꽃놀이 마법으로 대용할 수 있겠지만, 그런 마법을 쓸 바에야 유도 화살(리모트 애로우)로 섬멸하면 되지.

"이르나 씨!"

비명에 돌아본 그녀들이 미궁 개미에게 따라 잡힐 것 같은 짐꾼들을 보고 숨을 삼켰다.

"구해줘! 개미가! 개미가……!"

"언니, 나는 괜찮으니까 언니만이라도 도망쳐."

자매애를 보여주는 두 짐꾼 뒤에서 30마리쯤 되는 미궁 개미가 따라오고 있었다.

아까 처리한 미궁 개미는 조금 뒤에서 경단처럼 뭉쳐서 버둥거리고 있었다.

"주인님."

"조금만 더—."

물어보는 리자에게 조금만 더 기다리도록 했다.

—사선이 열렸다!

"지금이다! 전투 개시!"

"에이~?"

"이얏, 인 거예요!"

내 목소리에 타마와 포치가 재빨리 반응하고 손에 든 주먹 크기의 돌을 던졌다.

그 돌이 짐꾼 자매를 잡아먹으려던 미궁 개미에게 빠억하는 소리가 날 기세로 클린 히트했다.

"나나, 도발을!"

"이 일개미 놈들! 스트레스로 대머리가 될 때까지 일하라고 고합니다!"

나나의 도발이 들어가서, 미궁 개미들의 적의가 이쪽으로 향했다.

―그건 괜찮은데, 그렇게 민감한 내용의 도발은 하지 말자.

워터 홀드
"……■■ 물의 속박."

디멘젼 스네어
"몰래몰래 초 차원 발 걸기!"

미아의 마법과 아리사의 마법이 더블로 발동하여 폭주하는 미궁 개미들을 넘어뜨렸다.

아리사의 마법 이름은 「차원 발 걸기」니까, 「초」는 그냥 신이 나서 붙였을 거다.

"쏩니다!"

루루의 벼락 지팡이총이 미아의 마법으로 젖은 미궁 개미들을 감전시켰다.

"마법, 사?"

방금 구해낸 여성 탐색자들 중 한 명이 중얼거리는 게 들렸다.

"타마, 포치, 갑니다."

"알았음~?"

"알겠음인 거예요!"

평소처럼 붉은 잔광을 끌면서 리자가 마창과 하나가 되어 돌격했다. 미궁 개미를 일격필살로 유린하는 모습은 압권이었다.

타마가 마검 두 자루에 마력을 담아 빙글빙글 춤추듯 미궁 개미를 쓰러뜨렸다. 잔챙이가 상대라면 쌍검인 타마의 섬멸 속도가 제일 빠르다.

포치도 마검에 마력을 담는데 익숙해졌는지, 직선적인 움직임으로 적절하게 미궁 개미의 갑각 틈에 마검을 꽂아 쓰러뜨렸다.

"공격은 최대의 방어라고 고합니다."

나나는 도발로 몰려 든 미궁 개미를, 대형 방패를 이용한 실드 배쉬와 「부드러운 타격(소프트 스턴)」을 발동한 마검으로 흘렸다.

신체강화를 이용한 괴력을 잘 사용하네. 쓰러뜨리기보다 밀어내거나 흘려내는 것이 목적인 움직임이었다.

이런 움직임은 보르에난 숲에서 엘프 스승들에게 배웠겠지.

미궁 개미가 레벨 4부터 6정도밖에 안 되니까 어쩐지 손맛이 부족해 보였다.

"우리도 가자—."

"굉장해, 저 단단한 미궁 개미를 저렇게 간단히 쓰러뜨리다니……."

두 여성 탐색자들이 아연한 표정으로 중얼거리는 게 보였다. 처음에는 우리 애들한테 가세하려고 했지만 중간에 발길을 멈추었다.

자신들은 걸림돌이 된다고 판단했나 보군.

"아까 반짝 빛난 마법이 개미의 방어를 약화시키는 거였을지도 몰라."

루루가 사용한 벼락 지팡이총의 폭도진압용 확산 모드 공격이 마법으로 보였나 보군.

"덕분에 살았어요, 귀족님."

여성 탐색자의 리더로 보이는 애교 탐색자가 말을 걸었다.

전투중이지만 여유가 있으니 괜찮겠지.

내려다보면서 이야기하기가 어려워서 그녀들이 있는 아래쪽으로 뛰어내렸다.

여성 탐색자 중에서 미인 쪽은 다리를 다친 짐꾼 여동생을 보살피고 있었다. 짐꾼 언니는 등에 진 짐이 무거운지 땅에 무릎을 짚고서 거친 숨결을 가다듬느라 주위를 못 보고 있었다.

미인 쪽은 「응급 처치」 스킬을 가진 모양이니까 마법약을 제공할 필요는 없어 보였다.

"신경 쓰지 않아도 돼. 그보다 한 가지 괜찮을까?"

"무, 물론, 돌아가면 반드시 사례를……."

"아니, 그건 괜찮은데. 어째서 내가 귀족이란 걸 알았지?"

어째선지 미궁도시에서 만나는 사람들은 내가 상인이 아니라 귀족이라고 한 눈에 알아보기에 신기했다.

이번에는 수트안델의 뱃사람들 주점 때처럼 향수를 뿌린 것도 아니고, 주름 하나 없는 새 셔츠를 입은 것도 아닌데…….

가문의 문장이 들어간 마차나 배를 타고 있다면 또 모르겠는데 말이지.

"그~건, 말이죠."

애교 탐색자가 조금 어색한 낌새로 내 질문에 대답했다.

"이런 미궁에서 고상한 로브를 입고……."

아, 복장이 문제였나?

하지만 마법사도 로브는 입지 않나?

"덤으로, 그런 비싸 보이는 검을 허리에 차고……."

동료들의 마검은 제대로 수수하고 귀여운 칼집을 준비했는데, 내 것은 수수한 걸로 바꾸는 걸 잊고 있었군.

아니, 로브랑 검의 조합이 안 좋았던 걸지도 몰라.

"그리고……."

또 있나……?

"저런, 드레스 차림 아가씨들이랑 메이드까지 미궁에 데리고 오는 별조— 사람은 귀족님뿐이야."

애교 탐색자가 「별종」이라고 말하려다 정정했다.

—아아, 그렇구나.

분명히 위험한 미궁에 영애나 메이드를 데리고 오는 「별종」 같은 일을 하는 건, 귀족들 정도뿐이겠지.

후위진의 드레스 아머는 기사가 입는 금속 갑옷보다 훨씬 방어력이 높지만 그건 겉으로 봐서는 알 수 없는 거니까.

그런 맥 빠지는 대화를 하는 동안 동료들이 과감하게 적을 섬멸했다.

30마리 있던 미궁 개미도 이제 10마리 정도로 줄었다.

도중에 나나의 「도발」 효과가 끊어져서 타마와 포치가 다수의 미궁 개미에게 둘러싸일 뻔했지만, 아리사와 미아가 뒤에서 마법으로 엄호한 덕에 별 일 없었다.

"타마! 왼쪽에 벽을 만들었으니까 오른쪽에서 싸워."

특히 아리사의 「격리벽(데라시네이터)」이란 장벽계열 마법이 활약하고 있었다.

이것의 상위인 「미로(라비린스)」라는 마법을 쓰면 「격리벽」의 미로를 만들어 적을 가둬두거나 임의로 해방할 수 있다.

소비 마력이 많다고 하는데, 후속으로 오는 미궁 개미가 따라오면 사용해 본다고 했다.

후속 미궁 개미 본대는 앞으로 10분 정도 도착하지 않을 것 같지만, 이 회랑에 가까운 마물용 통로를 다니는 미궁 개미의 작은 집단이 근처까지 접근했다. 10마리쯤 되는 무리다.

"포크를 드는 쪽이 오른쪽이야!"

"네잉~."

좌우를 구분 못해서 거동이 수상해진 타마에게 아리사의 조언이 날아갔다.

언뜻 좌우 반대의 지시인 것 같지만, 타마랑 포치는 식사할 때 나이프와 포크가 아니라, 오른손에 포크, 왼손에 스푼을 드니까 이 표현이 맞았다.

"있지있지, 저렇게 난전인데 아무도 안 다쳤어."

"어? 진짜?"

여성 탐색자 두 사람이 동료들의 싸움을 보고 놀라서 말했다.

전위진은 몇 번인가 미궁 개미의 공격을 받았지만 과잉 스펙의 방어구와 내 「물리 방어 부여」 마법 덕분에 아무도 다치지 않았다.

"……정말이네. 이게 적철 탐색자구나."

애교 탐색자가 착각을 했지만, 그렇게 동경을 담은 눈빛을 보내면「사실 나무증 탐색자입니다」라고 정정하기 어려웠다.

"부스럭부스럭~?"

"벽, 너머에서, 소리가 나는 거예요!"

타마와 포치가 벽 너머의 통로를 이동하는 미궁 개미의 기척을 느낀 모양이다.

저렇게 격렬하게 싸우면서 용케 알았네.

"사토, 표식비."

미아가 위에서 가리키는 방향을 보자 짐꾼 자매에 반응해서 파랗던 표식비가 빨강과 파랑 교대로 점멸하기 시작했다.

건너편 통로에 있는 적에게도 반응을 하는 모양이군.

"귀족님! 저건 샛굴이 생기는 전조야. 저기서 마물이 나올 거야!"

애교 탐색자가 경고했다.

언뜻 석벽으로 보이는 통로의 벽이 점막 같이 얇아진 것처럼 보이더니 곧 작은 통로가 생겼다.

"어이쿠, 위험하네."

기세 좋게 튀어 나온 미궁 개미가 짐꾼 자매를 공격하려고 하기에, 그 사이에 순동인가 싶은 속도로 끼어들었다.

칼집에서 뽑아 든 요정검으로 미궁 개미를 두 동강 냈다.

까딱하면 돌바닥까지 두 동강낼 것 같아서 되도록 힘을 빼려고 마음을 먹었다.

"괴, 굉장해……."

"어쩜 저렇게 예쁜 검이 있지?"

뒤로 물러난 여성 탐색자가 이쪽을 보며 감탄한 표정을 지었다.

짐꾼 자매가 바닥을 기면서 여성 탐색자들 근처로 도망쳤다.

—응? 저건!

여성 탐색자들이 있는 장소 뒤에서 샛굴의 징후가 나타나는 게 보였다.

"거기 너, 뒤쪽!"

깨닫지 못한 것 같기에 경고해줬다.

"어? 이쪽에서 샛굴? 지에나, 싸우자."

"기, 기다려! 뭔가 이상해!"

두 사람의 탐색자들 앞에 샛굴이 생기더니, 병사 사마귀 한 마리가 좁은 틈으로 몸을 비틀면서 기어 나왔다.

아마, 이 녀석이 미궁에 들어오기 전에 「붉은 얼음」의 제제가 가르쳐준 「떠돌이」겠지.

병사 사마귀는 보통 사마귀와 달리 6개의 걷는 다리와 4개의 앞다리를 가졌다. 포식용 작은 앞 다리와 전투용 검 같은 형태의 커다란 앞다리였다.

높이는 2미터 반에 가까워서 위압감이 상당했다.

""""꺄아아아아아!""""

기어 나온 것이 병사 사마귀란 것을 알더니, 여성 탐색자들과 짐꾼 자매가 부끄러움도 잊고서 비명을 질렀다.

미인 쪽은 단창을 떨어뜨리고, 애교 쪽은 예상 밖의 적이 나타나자 다리에 힘이 풀려 땅에 주저앉았다.

이 여성 탐색자 파티 「아리따운 날개」 두 사람은 애교 쪽이 레벨 8, 미인 쪽이 레벨 6밖에 안 된다. 기어 나온 병사 사마귀는 훨씬 격이 높은 레벨 16이라서 이 반응도 어쩔 수 없다.

들개라고 생각하여 수풀을 건드려봤더니 거대한 불곰이 나온 것과 비슷한 느낌이겠군.

—KUWKUWAAAMWA.

아직도 샛굴을 빠져 나오지 못한 주제에, 병사 사마귀가 겁먹은 네 사람을 내려다보며 떠들썩하게 웃는 것처럼 포효를 내질렀다.

"너, 너희들은 도망쳐!"

"우, 우리가 시간을 벌 테니까 얼른!"

여성 탐색자 두 사람이 눈물로 지저분한 얼굴에 결사적인 표정을 지으며 외쳤다.

떨리는 손으로 단창을 쥐고 짐꾼 자매가 도망칠 수 있도록 몸짓으로 도주를 재촉했다.

마음가짐은 근사하지만 아무래도 그 녀석을 상대로는 무리야.

내 앞 샛굴에서 그제야 마지막 미궁 개미가 기어 나왔기에 베어 버리고, 여성 탐색자 쪽으로 갔다.

"미안하지만, 내가 잡을게."

나는 한 마디 말하고, 병사 사마귀가 내리 휘두른 검 앞다리를 요정검으로 튕겨 올렸다.

—KUWKUWAAAMWA.

기분 나쁜 포효를 지르는 병사 사마귀의 머리를 향해서 요정검을 일섬했다.

마인을 발생시키지 않는 요령을 점점 깨달아가네.

"가, 가세할게요!"

"겨, 견, 견제만이라도……!"

여성 탐색자들이 엉덩이를 빼면서도 내 좌우에 자리를 잡았다.

모처럼 제안했지만 싸움은 이미 끝났다.

여성 탐색자들은 위에서 떨어지는 검은 그림자에 놀라 한 걸음 물러섰다.

"어?"

"거짓말!"

땅에 구르는 병사 사마귀의 머리를 보고 두 사람이 비명과 비슷한 놀라는 소리를 질렀다.

뚝뚝 녹색 혈액이 웅덩이를 만들고, 병사 사마귀의 거체가 땅에 쓰러졌다.

"설마, 아까 그 일격으로……?"

"귀족님, 굉장해……."

두 사람이 영웅을 보는 것처럼 빛나는 표정으로 찬사를 보내오자, 나는 낯간지러움을 느끼며 동료들을 보았다.

동료들도 이제 곧 전투가 끝날 것 같았다.

"귀, 귀족님, 두 번이나 목숨을 구해줘서 고마워."

""""감사합니다.""""

여성 탐색자와 짐꾼 자매가 인사를 했다.

"그렇게 굉장한 검기는 처음 봤어."

"맞아. 과연 적철의 탐색자님이야."

조금 지나친 느낌도 들지만 레벨 30의 미스릴 검사라면 이 정도는 평범할 테니까 괜찮겠지.

그녀들의 인사에 가볍게 손을 흔들어 대답하고, 싸움을 끝낸 우리 애들한테 갔다.

"마스터, 소재 회수를 할까요?"

"마핵만 회수하면 돼. 개미의 갑각은 무르니까 쓸 길이 없겠어."

"주인님, 주제넘지만—."

내가 말하자 리자가 보기 드물게 이견을 냈다.

"—갑각은 갑옷이나 방패의 재료가 될 겁니다. 미궁 개미 앞다리에 있는 갈고리는 단검이나 풀 베는 낫으로 쓰는 게 좋겠습니다."

리자의 고향에서는 개미 계통 마물은 도구의 소재로 중용했나 보군.

미궁 개미의 갑각은 보통 철검으로도 갈라질 만큼 무르지만, 고블린의 뼈를 사용한 뼈 갑옷보다는 튼튼할 테고, 수요가 있다면 지상으로 가져가는 것도 좋을지 모르겠다.

금전면으로는 상관없지만 신인 탐색자들에게 도움이 될 것 같으니까.

"고기~?"

"불고기 축제 안 하는 거예요?"

미궁 개미의 시체에서 마핵을 회수한 타마와 포치가 고기도 해체하는지 물어봤다.

"그만 두세요. 개미의 마물 고기는 쓰기만 하고 먹을 수 있는 부분이 적으니까요. 그리고 아이들이 먹으면 식중독을 일으키는 경우도 있습니다."

리자가 말한 것처럼 식중독은 무섭다. 아쉬워하는 타마와 포치에게 미안하지만, 나중에 스토리지에 보관해둔 식사를 꺼내 줄 테니까 지금은 구운 과자와 물로 참으라고 해야겠군.

"귀족님, 이거."

여성 탐색자 중에서 애교 쪽이 마핵을 내밀었다.

내가 쓰러뜨리고 방치한 미궁 개미에게서 회수해온 모양이다.

병사 사마귀의 시체는 다가가고 싶지 않은지 그쪽은 손을 대지 않았다.

"그래, 고마워."

"목숨을 구해준 답례로는 부족하지만, 우리도 해체 정도는 도울 수 있어요."

여성 탐색자 미인 쪽이 그렇게 말했지만 그걸 받아들일 수는 없었다.

"그보다도 도망치는 편이 좋겠어. 동료가 마법으로 이쪽에 접근하는 미궁 개미의 대군을 포착했으니까. 조금 지나면 여기에 나타날 거야."

"귀족님은, 도망 안 쳐요?"

"적당히 시간을 끈 다음에 도망쳐야지."

그러니까 얼른 도망쳐주는 게 도움이 된다고 말없이 호소했다.

"알았어. 꼭 무사해야 돼."

"오늘 답례는 꼭 할게!"

그제야 여성 탐색자들이 무거운 엉덩이를 들어 도망치기 시작해 주었다.

그때 짐꾼 언니가 등에 진 개미꿀 단지가 눈에 들어왔다. 혹시 미궁 개미들은 저걸 쫓고 있는 거 아닐까?"

"주인님, 조금 있으면 다음이 옵니다."

"알았어. 마력을 회복시키자."

나는「마력 양도」마법으로 동료들의 마력을 회복시켰다.

다친 애는 없어서「물리 방어 부여」만 다시 걸었다.

"왔어!"

그 다음에도 몇 번 정도 미궁 개미와 싸움을 거치고, 대강 다 쓰러뜨린 즈음에 미궁 개미의 둥지로 공세를 나섰다.

둥지 안쪽에서는 개미꿀이나 여왕 개미꿀 공(로열 젤리 볼) 등의 소재, 자연 발효로 생긴 개미꿀 술 같은 것을 입수했지만 그건 별개의 이야기다.

그리고 우리 쪽으로 오지 않은 미궁 개미 작은 집단이 벳소라고 불린 남성 탐색자들을 따라잡았다.

다행히 아무도 죽지는 않은 것 같지만 빈사 상태로 미궁방면군의 주둔지에 돌진한 모양이다.

연쇄폭주를 주둔지로 끌고 가는 행위는 분명히 범죄 취급이었지?

나는 그들의 밝지 않은 미래에 가볍게 명복을 빌어줬다.

가혹한 미궁

"사토입니다. 옛날에 가지고 논 미궁 탐색 게임 중에, 마물 고기를 먹으며 서바이벌 하는 게 있었습니다. 어느샌가 게임을 클리어하는 게 아니라 식량 확보에 열중하게 된 기억이 있군요."

"뜀뛰기 감자(호핑 포테토)~?"

"이쪽은 걷는 콩(워킹 빈즈)인 거예요."

타마와 포치가 통로를 배회하는 마물을 쓰러뜨렸다.

둘 다 몸통 박치기 공격밖에 없는 레벨 1의 약한 마물이라 단순 작업의 느낌이었다.

우리는 「아리따운 날개」를 쫓던 미궁 개미들의 소굴을 섬멸하고 둥지 안쪽에서 옆 구역으로 가는 지름길 통로를 발견했다.

본래는 그날로 돌아올 셈이었지만 이 발견으로 예정이 바뀌었다.

마물 선점 경쟁도 귀찮고, 동료들의 장비와 내 지원 능력을 다른 탐색자들에게 숨기며 싸우는 것도 스트레스니까 그 통로 앞에 있는 소외된 구역에 가기로 했다.

통로 안쪽에 있던 제9구역은 함정 천국인 데다가 독이나 전염병, 마비 공격이 특기인 작은 벌레 계통이나 슬라임 계통의

적들뿐이었지만, 생활 마법「해충 퇴치」로 무시하고 지나쳤다.

지금 있는 제1의 4의 9의 17구역— 귀찮으니까 17구역은 먼저 말한 성가신 제9구역에서만 올 수 있기 때문에 우리밖에 없었다.

제9구역의 입구 부근은 나름대로 탐색자들이 있었지만, 여기까지 발길을 뻗는 사람은 지금도 옛날도 적은 모양이다.

그 증거로 표식비의 수가 다른 구역의 20퍼센트 정도밖에 안 된다.

우리는 제1구역에 만든 귀환용 각인판으로 한 순간에 돌아갈 수 있으니 상관없지만 말이야.

"마핵이 하얗군요."

"그리고 대단히 작아요."

리자와 루루가 걷는 콩이나 뜀뛰기 감자를 해체하여 알약 정도 크기의 하얀 마핵을 꺼냈다.

"이렇게까지 하얀색이면 쓸 길이 없으니까 굳이 해체하지 않아도 돼."

나는 두 사람에게 말하고 마물의 시체를 스토리지에 수납했다.

이 녀석들은 미궁에 들어오기 전에 먹은 무지 맛 없는 감자와 콩의 정체였다. 여기 말고도 제2구역에 군생지대가 있는 모양이다.

그리고「수령주」를 사용해 쓰러뜨린 직후의 시체에서 쓴맛과 구역질의 원인이 되는 검붉은 줄기를 완전히 제거하면 보통 감자나 콩 맛이 난다.

"건너편에 빛나~?"

"타마, 부탁한다."

"네잉~."

내가 지시하자, 타마가 함정을 경계하면서 이끼가 난 동굴 같은 통로를 선행했다.

이 앞은 「구역의 주인」이 있는 17구역의 커다란 방이었다.

"숲 있어~?"

—숲?

의문스레 생각하면서도 타마가 손짓하는 쪽으로 갔다.

"분명히 숲이네."

도쿄 돔이 3개 정도 들어갈 법한 공간에 대량의 수목이 우거지고, **천장**에서 빛이 쏟아져 내리고 있었다.

광원은 천장에서 늘어진 식물의 뿌리였다.

바로 전 방에 있던 식물의 뿌리를 잘라봤더니 광섬유 같은 단면이었다. 분명히 뿌리나 줄기가 천연 광섬유 같은 거라서 바깥의 빛을 전달하고 있는 거겠지.

발치에도 흙이 드러난 지면에 풀이 돋아 있으니 지하란 기분이 안 들었다.

"아까 제압한 방이랑 비교가 안 되게 넓구나."

아리사가 숲을 둘러보며 말했다.

아까 전에 있던 통로는 이 방의 위쪽으로 이어지고 있었는지, 여기서는 숲을 내려다볼 수 있다.

"강도 있네."

아까 있던 방도 벽에서 샘물이 솟았는데 이쪽은 개울이나 연못 같은 것까지 있었다.

"우웅, 변이."

미아가 숲을 보며 눈썹을 찌푸렸다.

식물계 마물들이 자아내는 기형 숲을 보고 심통이 난 기색이다.

"중앙의 꽃이 예쁘다고 고합니다."

"서양 난초 같네. 빛나는 꽃이 부스럭거리면서 움직이는데 저것도 마물이야?"

나나와 아리사가 보는 것은 커다란 방 중앙에 자리 잡은 거대한 식물형 마물이었다.

"그래. 덤으로『구역의 주인』이란 칭호를 가졌네."

크레이지 덴드로비움
광란 난초란 이름이고, 레벨이 53이나 되며 빛 마법을 사용한다.

메이헴 덴드로비움
이 녀석이 나 있는 언덕에는 소란 난초라는 레벨 40대의 권속 같은 마물이 수십 그루 돋아 있었다.

꽃향기에 이끌린 벌 형태 마물이 이 마물 주변을 날아다니다가 난초에서 뿜어져 나온 광탄에 맞아 추락했다.

땅에 떨어진 벌들은 난초에서 뻗은 넝쿨에 휘감겨 뿌리 부근으로 끌려가는 모양이다.

"저 부근은 좀 줄여둬야겠는데."

아무리 그래도 너무 강하다. 동료들 레벨을 올리는데 쓰기 힘들어.

"잠깐 다녀올게."

"다치면 안 돼!"

걱정하는 동료들에게 괜찮다며 손을 흔들고 하늘로 날아올랐다.

접근하자 광란 난초의 꽃이 빛나면서 꽃 하나 당 하나의 광탄을 쏘았다. 권속인 소란 난초들은 시끄러운 소리를 질러대면서 빛의 산탄을 쏘아댔다.

—예쁘군.

빛의 난무를 눈으로 즐기면서, 공격이 맞기 직전에 천구로 궤도를 바꿔 피했다. 내 곁을 지나친 광탄이 급제동을 하더니 이쪽으로 궤도를 바꿨다.

"어허, 추적 타입이네."

급각도로 방향 전환한 광탄의 궤적이 예쁘기에 어쩐지 술래잡기를 즐겼다.

동료들이 환성을 지르기에 손을 흔들어 대답했다.

"—얼굴인가?"

뿌리 부근에 얼굴처럼 보이는 옹이가 있었다.

어쩐지 약점 같기에 추적해오는 광탄을 술리 마법「마법 파괴」로 지워버리고, 섬구로 얼굴 옹이 정면을 향해 단숨에 거리를 좁혔다.

—YWOWNLLUEAAAAMN.

위기감을 느꼈는지, 광란 난초가 꽃에 빛을 모으기 시작했지만— 이미 늦었다.

요정검 끝에 마인을 뻗어서 30미터 이상 되는 되는 줄기를 일격에 절단했다.

광란 난초의 체력 게이지가 굉장한 기세로 줄어들었다.

—YWOWNLLUEAAAAMN.

마지막 발버둥인지 얼굴 옹이 안에서 새빨간 넝쿨이 무수히 뿜어져 나왔지만, 눈앞에 만든 술리 마법「자유 방패」에 막혀서 허망하게 연타음을 울리는 것으로 그쳤다.

이윽고, 광란 난초의 체력이 사라지고, 넝쿨이 힘없이 땅에 떨어졌다.

〉칭호「구역의 주인 살해자」를 얻었다.

"회수하자 회수."

나는 지상으로 떨어지기 시작한 광란 난초의 위쪽 절반을 스토리지에 수납했다.

"저건 뭐지?"

얼굴 옹이 안쪽에 빛나는 물체가 있었다.

AR표시를 보니 광정주(光晶珠) 덩어리였다.

"꽤 희귀한 소재잖아?"

이거라면 레이저를 쏘는 빛 지팡이도 만들 수 있다.

만족한 표정으로 소재를 회수하고, 광란 난초의 아래쪽 절반을 수납하려고 흙 마법「함정 파기」를 사용해 뿌리를 노출시켰다.

드러난 지면이라면 미궁 안이라도 문제없이 흙 마법을 쓸 수 있으니 편리하다.

"—보물 상자, 인가?"

함정의 바닥, 뿌리 중앙 부분에 해당하는 장소에 커다란 보물 상자가 있었다.

광란 난초가 보물 상자를 숨기는 취미가 있는 것 같지는 않으니까, 본래 거기 있었거나 장난스런 「미궁의 주인(던전 마스터)」이 몰래 배치한 거겠지.

함정 감지가 반응하기에 「이력의 손」으로 만져서 스토리지에 수납하고, 알맹이만 꺼냈다.

하급 엘릭서 하나와 만능약 5개, 그밖에 중급 마법약이 몇 갠가 들어 있었지만 후자는 모두 열화 되어 효력을 잃었다.

엘프의 자료에 따르면 만능약이란 것은 엘릭서의 하위호환약이다.

하위호환이라지만, 해독, 전염병 치료, 석화 해제, 마비 해제 등의 각종 상태 이상 치료 모두가 포함되며, 절단된 부위의 결합도 할 수 있는 뛰어난 물건이다.

하급 엘릭서는 만능약으로도 고칠 수 없는 저주나 무거운 상태이상을 치료할 수 있다.

약이 아닌 것으로는 빛 속성을 띤 대검 사이즈의 마검이 하나 있었는데, 타마나 포치가 평소에 쓰는 마검보다 성능이 떨어지니까 실전에서는 쓸 일이 없었다. 빛 속성 마검의 외견은 조금 낡았지만 귀족들이 좋아할 법한 유려한 의장이니까 선물 후보로 저장해 둘까.

"그럼 조사 종료."

나는 이동 수단이 없는 소란 난초들을 순서대로 쓰러뜨리고 얼굴 옹이 안쪽에 있던 빛 광석 덩어리를 회수하여 아이들이 있는 곳으로 돌아왔다.

유감이지만 소란 난초의 뿌리에는 보물 상자가 없었다.

"뭐랄까 SF애니나 탄막 게임 PV를 보는 기분이었어."

애들 곁으로 돌아온 나는 아리사에게 「구역의 주인」 전투의 미묘한 찬사를 들었다.

물론 다른 애들의 찬사는 평범했다고 기록해둔다.

"그러면 처음에는 내가 적을 픽업해 올게."

통로에서 커다란 방으로 나온 직후의 장소에 적당한 평지가 있기에 거기서 흙 마법과 술리 마법으로 간단한 진지를 구축했다.

남쪽 바다를 여행할 때 비행 범선에 탑재했던 방어벽과 비교하면 훨씬 무르지만, 보통 마물을 상대하는 데는 충분하겠지.

그리고 부서져도 금세 마법으로 다시 만들 수 있으니 문제없었다.

"처음에는『오나츠요[#1]』로 부탁~."

아리사의 전생 전 게임 정보를 엿볼 수 있는 넷 슬랭에 한 손을 들어 대답하고, 적당한 마물을 「이력의 손」으로 픽업하여 동료들 있는 곳으로 데려갔다.

"―처음에는『기어오는 향난(바닐라 스토커)』이야. 깨물기랑 넝쿨로 휘감기밖에 못 하지만 레벨 23이나 되니까 방심하면 안 된다."

내가 처음 데리고 온 마물은 나뭇잎 같은 몸에 바닐라 향이

나는 꽃이 달린 녀석인데, 꽃 중앙에 송곳니가 난 입이 있었다.

겉모습은 같아도 「매료」의 특수능력을 가진 개체가 있으니 주의가 필요하다.

"……■ ■ 마비 안개(패럴라이즈 미스트)."

"나뭇잎 주제에 건방지다고 고합니다."

미아의 물 마법을 받아서 움직임이 둔해진 「기어오는 향난」을 나나의 도발이 끌어들이고 거기에 아인 소녀들이 돌격했다.

—오?

한 순간이지만 포치의 마검에 마인 같은 붉은 빛이 깃드는 게 보였다.

그대로 애들 전투를 지켜보고 있자니 포치뿐 아니라 타마의 마검에도 마인의 전조가 보였다.

이대로 레벨 업이 이어지면 그리 머지않아 둘 다 리자처럼 마인 스킬을 얻을 수 있겠군.

이 날은 날이 저물 무렵까지 마물들과 연전을 하고, 그대로 미궁에 만든 안전지대에 묵게 되었다.

◆

그리고— 미궁에 묵으며 싸우는 나날이 지나고 귀환 예정의 전날.

#1 오나츠요 파이널 판타지 시리즈에서 몬스터를 조사하기 스킬로 조사했을 때 나오는 용어. 「비슷한 정도로 강하다」의 줄임말.

"낚아왔어~?"

커다란 방의 언덕에 진을 친 동료들 곁으로 타마가 마물을 데리고 돌아왔다.

타마를 쫓아오는 마물은 「걷는 옥수수(워킹 콘)」란 이름 그대로, 옥수수에 곤충 같은 인상의 다리가 돋아난 생김새였다. 의외로 다리가 빠르다.

게다가―.

"타마 뒤! 인 거예요!"

―원뿔형으로 변형시킨 열매(콘)를 본체에서 머신건처럼 쏘아낸다.

"하늘하늘~?"

타마가 순동을 써서 콘의 탄막을 피했다.

걷는 옥수수가 발길을 멈추고 탄막으로 집요하게 타마를 내몰았다.

"식물이라면 움직이지 말라고 고합니다!"

나나가 도발을 실은 목소리로 외치자 걷는 옥수수의 표적이 나나로 바뀌었다.

콘이 진지를 향해 날아오자 나나가 대형 방패와 자유 방패로 막았다.

방패 너머의 충격을 받은 나나가 후퇴하고, 신발 바닥의 스파이크가 지면을 파헤쳤다.

그 옆에서 콘의 직격을 받은 바위가 부서지는 게 보였다.

어설프게 직격을 받으면 다칠 것 같군.

그리고, 진지를 비껴서 날아간 콘은 빠짐없이 「이력의 손」으로 붙잡아 스토리지로 수납했다.

이 걷는 옥수수가 사출하는 콘은 껍질이 바위를 부술 정도로 단단하지만 알맹이는 평범하게 먹을 수 있다.

이제 곧 간식 시간이니까 이 콘으로 뭐 하나 만들어볼까.

나는 「병렬 사고」 스킬의 보조를 받아 동료들의 싸움을 지켜보면서 손으로 작업을 시작했다.

"이 걷는 옥수수는 레벨 27! 마법은 없는 보통 녀석이야! 콘을 다 쏠 때가지 참았다가 반격이야!"

아리사가 「능력 감정」으로 확인한 마물의 정보를 동료들에게 전했다.

레벨 20대 후반의 마물은 겉보기에는 똑같아도 마력벽으로 몸을 지키거나 마법을 사용하는 특수 개체가 섞여 있었다.

하다못해 게임처럼 색 변경 정도는 해주면 좋겠는데.

"에이 에이!"

나나의 뒤에서 루루가 휘염총(輝炎銃)을 쏘고, 불꽃 탄환이 관통한 부분의 콘이 펑 터졌다.

이 수제 신장비 휘염총은 염왕과 만난 「불 뿜는 섬」의 화구에서 입수한, 화정주를 사용해 만든 불 지팡이의 일종이다.

아무래도 벼락 지팡이총이나 불 지팡이총으로는 이 레벨의 적과 싸우기에는 약하기 때문에 준비했다.

요새 같은 곳에 설치된 마력포급의 공격력이 있으니 남들 앞에서는 못 쓰지만.

패럴라이즈 워터 홀드
"이제 곧 다 쏠 거야! 미아, 마비하는 물의 속박 부탁."

"응, ■ ■ ■……."

전황을 지켜보던 아리사가 동료들에게 지시를 내렸다.

"나나! 공간 벽을 넣을 테니까 그 틈에 자유 방패를 다시 쳐."

"알겠다고 고합니다."

걷는 옥수수의 탄막을 아리사가 만든 투명한 벽이 막았다.

나나가 이술을 사용한 것을 확인하고서 아리사는 금세 공간 벽을 지웠다. 공간 벽은 방어력이 높은 대신에 유지 마력이 많이 들어서 계속 사용하는 건 효율이 나쁘다.

이윽고, 콘을 다 쏘아낸 걷는 옥수수의 끄트머리가 넷으로 갈라지더니 안에서 송곳니가 돋은 거대한 입이 나타났다.

걷는 옥수수가 나나를 삼키려고 돌격했다.

"에이!"

커다란 입을 벌리고 약점을 드러낸 걷는 옥수수의 입 안에 루루가 뿜어낸 휘염총의 탄환이 꽂혔다.

"……■ ■ ■ 마비하는 물의 속박."

거기에 미아의 물 마법이 발동하여 걷는 옥수수의 돌진력을 빼앗고 땅에 묶었다.

마비 안개와 물의 속박 효과를 아울러 가진 중급 물 마법이다. 마비 안개처럼 범위 공격은 아니지만, 아군이 말려들 걱정이 없어서 적이 하나일 때 쓰기 편하다.

"지금 필살의 2차원살법!"

아리사가 이해하기 어려운 외침을 지르며 움직임이 멈춘 걷는 옥수수를 향해 「공간 절단(디멘젼 커터)」 마법을 쏘았다.

보이지 않는 참격이 걷는 옥수수를 예리하게 베었지만 너무 예리해서 그다지 커다란 대미지가 못 되었다.

식물계 마물은 특히 강인한 녀석이 많단 말이지.

“타마, 포치, 공세로 전환하세요! 단숨에 정리합니다.”

“마인~?”

“고~인 거예요!”

마검에 **마인**을 만들어낸 타마와 포치가 리자와 함께 나나의 뒤에서 뛰쳐나오더니 걷는 옥수수와 접근전을 시작했다.

요 며칠 동안 타마가 먼저 마인을 쓰게 되었고, 포치도 오전에 레벨 업하여 드디어 마인 스킬을 배웠다.

붉은 빛의 칼날을 두른 마검을 들고 두 사람이 걷는 옥수수의 뒷다리를 베었다.

이제 막 배워서 스킬 레벨이 낮은 탓일까? 둘 다 마인의 빛이 불안정하고 마력 소비도 격하다.

걷는 옥수수가 무수한 수염을 채찍처럼 휘두르자 전위진이 그것을 흘려냈다.

일진일퇴하는 싸움도 금세 동료들에게 기울어졌다.

“이걸로, 끝입니다—.”

리자가 안정된 붉은 빛의 칼날을 두른 마창을 겨누었다.

“—나선창격!”

날카로운 회전을 띤 마인의 찌르기가 걷는 옥수수의 동체를 깊게 찔러 꿰뚫었다.

—CWUOOOORWNN.

송곳니가 늘어선 넷으로 갈라진 입에서 걷는 옥수수의 단말마가 울렸다.

더욱이 창 주위를 나선 형태로 회전하는 마력의 칼날이 마물의 몸을 더욱 깊게 파헤쳤다.

리자의 나선창격은 내가 「황금의 저왕」전에서 배운 3연나선창격의 기초에 해당하는 기술이다.

필살기 계열 스킬은 스킬 포인트를 낭비하는 함정 스킬이 아닐까 싶은 생각을 떨칠 수가 없었지만, 평범한 공격보다 훨씬 위력이 오르기 때문에 바보 취급할 수가 없다.

적어도 한 사람에게 하나씩은 있으면 좋겠군.

—CWUOOOORWNN.

걷는 옥수수가 단말마의 절규를 지르며 채찍처럼 수염을 휘둘렀다.

역시 식물계통 마물은 강인하군.

"잠들어라, 라고 고합니다."

신체 강화로 위력이 늘어난 나나의 방패 공격에 얻어맞자, 걷는 옥수수의 거체가 기세 좋게 밀려났다.

"확실한 마무리로 차원 말뚝, 극대!"

움직임이 멎은 걷는 옥수수에 아리사의 공간 마법으로 추가타를 가하여, 끈질긴 걷는 옥수수에게 마무리를 지었다.

"대승리~?"

"인 거예요!"

마물을 쓰러뜨리고 승리의 함성을 지르는 모두의 상처를, 생활 마법으로 청결하게 씻은 다음 중급 물 마법인 「치료: 물」로 한꺼번에 치유했다.

전투중의 상처는 미아에게 맡기지만, 전투가 끝난 뒤의 케어는 내가 담당하고 있었다.

"아싸아! 해냈다! 방금 그걸로 레벨 29야!"

"그레이트~?"

"해냈다~인 거예요!"

"자만은 금물입니다. 주인님이 있기에 올린 성과입니다."

"긍정. 마스터에게 감사를 고합니다."

"물론 감사는 한다니까. 지금이야 타마가 낚시를 해주지만 어제까지는 주인님이 전부 해줬잖아."

아리사치고는 기특한 말이군—.

"정말로 굉장하다니까. 사냥하는 동안에는 다른 적이 안 오고, 잠깐 쉰 다음에 금세 적당한 적이 찾아오고, 효율 중독자도 새파래질 정도야."

—이라고 생각했더니 결국 이렇게 마무리를 짓는 게 아리사답군.

"효율 중독은 아니야."

아리사의 머리를 콩 주먹으로 쥐어박고 애들을 둘러보았다.

전체적으로 마력 소모가 격하니까 순서대로 「마력 양도」 마법으로 회복시켰다.

타마는 이미 다음 적을 찾으러 간 다음이니 돌아온 다음에 회복시켜주자.

"이대로 가면 오늘 안으로 레벨 30까지 올릴 수 있겠다."

이 17구역은 적당히 강한 마물이 많아서 효율적인 레벨 업과 훈련이 되었다.

처음에는 숲으로 착각했을 정도로, 이 구역에는 식물 형태 마물이 많았다.

"미안냐~?"

"걱정 마!"

사과하는 타마 등 뒤에서 마력을 흡수하는 성가신 성질을 가진 걸어 다니는 넝쿨 마물 「가시넝쿨 발(쏜 풋)」, 점액 형태의 촉수를 뿜어내며 기어 오는 식충 식물형 마물 「점액 손단지(슬라임 캡처)」 두 마리가 따라왔다.

아무래도 마물 픽업에 실패한 모양이군.

"나나, 잠시 점액 손단지 상대를 부탁해!"

"달팽이의 귀여움을 본받으라고 고합니다!"

나나의 도발 스킬이 올라간 덕분인지 대상을 한정해서 「도발」을 할 수 있게 됐다.

"가시넝쿨 발부터 쓰러뜨린다! 마력을 흡수하니까 넝쿨로 휘감는 거에 주의해!"

"알았습니다!"

"네, 인 거예요."

리자와 타마가 가시넝쿨 발을 견제하고 포치가 서브 탱커 역할을 맡았다.

내가 걸어준 물리 방어 부여는 사라지지 않았지만, 아인 소녀들의 무기에서 마력이 빼앗겼다.

"에머젠시~?"

"으엑, 세 마리째잖아! 화염 단풍(플레임 메이플)까지 왔어."

화염 단풍은 계속 타오르는 나뭇잎을 흔들고 뿌리 부분을 꿈틀대며 다가왔다.

"『미로』로 시간을 벌고 가시넝쿨 발, 점액 손단지, 화염 단풍 순으로 간다."

아리사의 공간 마법이 발동하여 화염 단풍 주위에 투명한 「격리벽」으로 만들어진 미로가 나타났다.

미로에서 삐져 나온 가지로부터 타오르는 나뭇잎이 수리검처럼 날아왔다.

아무래도 수가 많아서 다 커버하기 어려워 보이기에 내가 「이력의 손」을 뻗어 나뭇잎을 붙잡아 스토리지로 회수했다.

"땡큐, 주인님!"

인사를 하는 아리사에게 손을 흔들고, 계속 타오르는 화염 단풍의 나뭇잎 하나를 꺼내 바라보았다.

—그렇지.

그 나뭇잎을 사용해서 아까부터 하던 작업 속행에 활용하기로 했다.

"가시넝쿨 발의 남은 체력이 40퍼센트 밑이야!"

"응, 마무리."

"쏩니다!"

가시넝쿨 발을 속공으로 쓰러뜨린 동료들이 점액 손단지를 혼자서 억누르고 있던 나나에게 가세하러 갔다.

"아리사, 화염 단풍이 나올 것 같다."

"으하, 고마워. 주인님."

내가 조언하자 아리사가 황급히 공간 마법을 다시 걸었다.

지금 그걸로 마력이 다 떨어졌는지 허리춤의 마법약 홀더에서 마력 회복약을 꺼내 들이켰다.

급한 불을 끈 동료들은 위태로운 기색 없이 적을 쓰러뜨렸다.

"좋은 냄새~?"

"뭘 만드는 거에요?"

싸움을 끝낸 포치가 꼬리를 흔들며 달려왔다. 황홀한 표정으로 눈을 가늘게 뜨고 냄새를 맡고 있던 타마도 함께다.

"응? 걷는 옥수수의 열매가 옥수수랑 비슷하니까 팬케이크 같은 걸 만들어봤지."

콘을 생활 마법 「건조」로 딱딱해질 때까지 건조시킨 다음, 오리지널 술리 마법인 「만능 공구」를 이용해 만든 절구로 빻아서 옥수수 가루를 만들어봤다.

학생 시절에 밀가루에 알러지가 있는 애가 가르쳐준 레시피였다.

"아이참, 남이 싸우고 있는 뒤에서 요리 같은 건 그만해. 배가 울릴 것 같잖아."

"응, 울렸어."

"수고했어."

분개하는 아리사의 항의는 가볍게 무시하고 갓 구운 팬케이크를 도마에 올렸다.

적당한 크기로 잘라서 메이플 시럽을 뿌려 나눠줬다. 간단한 간식이다.

이 메이플 시럽도 아까 나온 화염 단풍과 같은 종류의 마물에서 채취한 것이었다.

“맛있어~.”

“볼이 녹는 거예요!”

타마와 포치가 단 맛에 몸을 떨었다.

“메이플 좀 더 늘려줘.”

“응, 증량.”

아리사와 미아가 메이플 시럽을 뿌려주고 있던 루루에게 증량을 요구했다.

“에이, 너희 둘 살쪄도 모른다?”

난처한 표정으로 이쪽을 살피는 루루에게 고개를 끄덕였다. 아마 칼로리가 그리 높지는 않았을 거야.

“주인님, 이건 아까 그 마물의 노란 알갱이로 만든 건가요?”

“그래. 그 알갱이를 가루로 만들어서 거기에 달걀과 설탕이나 이것저것 더한 거지만.”

루루의 질문에 대답했다.

사실 이 팬케이크는 모두 미궁산 재료를 사용했다. 달걀은 어제 타마가 채취해온 것이고, 설탕도 대나무 설탕이란 건데 「걷는 대나무(우기)」란 대나무로 만들어진 사슴 같은 마물의 소재에서 연성한 것이다.

동료들이 맛있게 먹는 모습에 만족감을 느끼며 나도 한 조각 먹었다.

베이킹 파우더 같은 게 없어서 그다지 부풀어오르지 않았지만 맛은 충분히 만족스러운 수준이다.

—어라?

나나가 팬케이크 뒤에 붙인 병아리 무늬를 뚫어져라 보고 있었다.

"마스터, 이 낙인은 근사하고 무적입니다. 보호를 장려한다고 고합니다."

살짝 장난삼아서 병아리 무늬로 구워 봤는데 그게 마음에 들었나 보군.

"또 구워줄 테니까 식기 전에 먹으렴."

"예스, 마스터."

이건 「만능 공구」 마법으로 낙인을 만들어서 화염 단풍의 나뭇잎에 끼워 만든 거니까 그다지 수고도 안 든다.

참고로 다른 애들 것은 동물 발바닥 무늬거나, 토끼 무늬거나 그렇다.

더 먹고 싶은 기색의 타마와 포치에게 내 몫 남은 것을 반씩 줘야겠군.

손짓하자 다다다 달려와서 병아리처럼 입을 쩍 벌리고 재촉하기에 커다랗게 자른 팬케이크를 입에 넣어줬다.

"딜리셔스~?"

"맛있는 거예요."

미아와 아리사도 흉내 내어 작은 입을 벌렸지만 접시가 비었기 때문에 대신에 알사탕을 넣어주었다.

이렇게 평가가 좋으면 옥수수 가루를 좀 더 만들어둘걸 그랬군.

그리고 이 알사탕은 광란 난초의 꿀에서 난초꿀 술(덴드로비움 리큐르)을 연성할 때 나온 부산물로 만들었다.

이 레시피도 토라자유야 씨가 남긴 자료 속에 있었다.

분명 그는 먹보 엘프였을 거야.

"식사 휴식을 좀 한 다음에 이동하자."

"그렇네. 여기 적은 잔챙이밖에 안 남은 것 같으니까."

내가 말하자 아리사가 동의했다.

이런 식으로 미궁 안에서 느긋하게 요리나 간식 타임이 가능한 것은 적이 적기 때문이다.

요 며칠 동안 온통 남획한 탓에 이 커다란 방에서 공격해오는 마물은 아까 그 화염 단풍이 마지막이었다.

환경보호 단체에 알려지면 화를 낼 것 같지만, 미궁의 마물은 「미궁의 주인」이 「미궁 핵」의 힘으로 만들어내는 것이라고 하니, 남획으로 절멸할 걱정은 필요 없었다.

그래도 일단 광란 난초의 묘목으로 보이는 「아지랑이 난초(히트헤이즈 덴드로비움)」의 싹은 건드리지 않았다.

커다란 방의 적을 다 쓰러뜨린 우리는 커다란 방 옆의 작은 방을 순서대로 공략했다.

“마지막 포자 공격은 위험했습니다.

“공생하는『매운맛 잎사귀새(캡사이신 버드)』의 불 마법을 포자에 인화시켜서 쓸 줄은 몰랐어.”

눈앞에서 쓰러진 미궁 버섯의 커다란 시체를 보면서 리자와 아리사가 식은땀을 닦았다.

매운맛 잎사귀새는 붉은 잎사귀로 만들어진 새 형태의 약한 마물인데, 미궁 버섯의 머리 부분에 살며 드물게 불 마법을 가진 개체가 있었다.

“상당히 훌륭한 사이즈의 미궁 버섯이에요. 미아, 오늘 밤에 먹을 건가요?”

“응, 긍정.”

미아가 미궁 버섯의 시체를 보면서 군침을 흘릴 법한 표정을 짓더니 눈빛을 반짝였다.

“미궁 버섯, 맛있어.”

이 미궁 버섯 스테이크가 요 며칠 미아의 메인 디시였다.

식물 에리어는 채소가 풍부하니까 미아가 평소보다 기분이 좋았다.

“저기, 보물 상자 있어~.”

타마가 버섯 방 안쪽 움푹 패인 곳을 가리키며 보고했다.

이 방은 거대한 버섯이 수목처럼 돋아 있었다. 한 번 베어봤는데, 표면 몇 센티미터보다 안쪽은 딱딱했다. 마물의 일종인데 움직일 기색이 없었다.

“헤~ 오랜만이네.”

지난 며칠 동안 발견한 보물 상자는 3개뿐이다.

그리고 첫날 「구역의 주인」 이후로 발견한 보물 상자는 모두 꽝이라 안에는 고미술품처럼 보이는 청동검 다섯 자루와 커다란 구리거울뿐이었다.

물론 둘 다 마법의 힘이 없는 평범한 물건이었다.

이번에야말로. 다들 기대를 하며 다가갔지만—.

"또 청동검? 게다가 전부 같은 모양이야."

"밸런스가 좋으니까 신출내기 탐색자 훈련용으로는 좋겠는데."

불평하는 아리사를 달래며 보물 상자에서 발견한 다섯 자루 청동검을 스토리지로 회수했다.

"이제 슬슬 어두워지네."

"그렇네, 이제 그만 **별장**으로 돌아가자."

다들 이견이 없기에, 위험 지대에서 철수하기로 했다.

아직 싸움이 부족한 표정을 짓고 있지만, 필요 경험치가 많은 미아 말고는 레벨 30에 이르렀고, 많은 스킬을 얻었으니 첫 미궁 탐색으로서 이미 충분한 성과를 올렸다.

주요한 부분은 리자가 필살기 계통인 「나선창격」 스킬을, 타마와 포치가 「마인」 스킬을, 루루가 술리 마법과 생활 마법 스킬을 배웠다.

술리 마법은 아직 초보인 「마등」 정도밖에 못 쓰지만, 생활 마법은 평범하게 구사하고 있었다.

루루는 술리 마법 「입방체」와 「이동하는 판」을 얼른 쓰고 싶다고 했다.

전자는 언제나 청결한 도마의 대용으로, 후자는 식자재 운반에 쓰고 싶은 모양이다.

—참 루루답군.

또한 미아와 나나는 특별히 눈에 띄는 스킬은 안 늘었지만, 미아는 정령 마법 스킬이 늘어서 4대정령 계열의 정령창조가 가능하게 됐다.

마지막으로 아리사는—.

"역시, 불 마법을 배워야겠어! 불 마법의 신체 강화는 체지방을 연소시켜서 에너지를 만드니까 다이어트에 좋다고 엘프들이 그랬어."

—그러면서 아까 불 마법 스킬을 배웠다.

어젯밤에 공간 마법 스킬 레벨을 8에서 9로 올리는데 필요한 스킬 포인트가 너무 많다며 마음이 꺾일 것 같다고 개탄하더니만 불 마법으로 바람을 피우는군.

나는 스킬 레벨을 올리는데 1포인트 고정이라는 이야기는 하지 말아야겠는걸.

아리사는 현재 상태에서도 아슬아슬하게 상급 공간 마법을 쓸 수 있으니, 남들 앞에서 마음 편히 쓸 수 있고 전투에서 효율이 좋은 불 마법을 고른 모양이다.

그리고 내가 해석한 바에 따르면 불 마법도 평범하게 마력이 연료니까 체지방 운운은 엘프들의 농담일 거다.

너무나 기쁜 기색이라서 말을 못했지만 아리사가 폭식을 시작하기 전에 가르쳐줘야겠군.

그리고 미궁에 들어왔을 때 염려했던 아리사의 스태미너 부족은, 본인 말에 따르면 마법사 계통 스테이터스로 극단적 분배를 한 게 원인이었다.

아리사의 경우 레벨 업할 때 능력치 상승을 임의로 분배할 수 있으니까, 문제가 없는 수준까지 근력(STR)과 내구(VIT)를 올려서 어떻게 해결됐다.

◆

"도착~?"

"게이트 오픈, 인 거예요."

타마와 포치가 흙벽 앞에서 말하자 고고고 묵직한 소리가 나며 통로가 나타났다.

받침대 위에 올라간 펭귄상이 맞이해 준다.

"다녀왔어."

"펭."

미아의 인사에 펭귄상이 대답했다.

이 상은 여기에 온 다음에 만든 것인데, 안에 들어 있는 건 비행 범선을 조종하던 선수상형 골렘의 코어 파츠였다.

펭귄상은 문지기 역할과 이 장소의 보수를 담당하고 있었다.

동료들 말고 흙벽을 열려고 하면 선수상형 골렘이 튕겨내니까 보안도 만전이다.

만에 하나 침입했을 경우에는 술리 마법 「신호」와 같은 종류의 경보를 나한테 보낸다.

펭귄상 너머에 우리가 거점으로 삼은 로그하우스 한 채가 보였다.

수목 계통 마물의 소재로 만든 로그하우스인데, 처음에는 거실 겸 침실만 있었지만 나날이 조금씩 증축&개량을 했다.

지금은 거실 겸 식당과 침실, 주방, 목욕탕, 공작실까지 갖춘 별장 같은 풍모의 거점이 되었다.

"얼른 손발 씻고 안에 들어가자."

동료들이 현관 앞에 있는 물가에서 손발을 깨끗하게 씻었다. 신발을 벗고 슬리퍼로 갈아 신는다.

"마력은 별로 안 줄었으니까 보충할 필요 없을까?"

나는 중얼거리면서 펭귄상의 받침대에 있는 마력 저장장치에 마력을 충전했다.

미궁 안의 마력맥과 이어서 마력을 항상 공급하는 장치도 만들었지만, 「미궁의 주인」 쪽에서 간섭할 가능성을 생각하여 평소에는 독립적으로 작동하게 했다.

전환은 선수상형 골렘이 할 수 있다.

"좋아, 끝."

나는 중얼거리며 별장이 있는 공터를 둘러보았다.

별장 옆에는 리빙 돌들이 밭을 경작하며 토마토나 약초의 씨앗을 키우고 있었다. 이 리빙 돌들은 비행범선에서 더미 선원을 했던 녀석들이다.

이 공터를 거점으로 삼은 것은 물가와 바람구멍이 있다는 것과, 샛굴이 생길만한 마물의 통로가 근처에 없기 때문이다.

공터에서 바깥으로 나가는 통로도 3개 있지만, 각각의 통로 양 옆에 아까 그것과 같은 흙벽으로 문을 설치했다.

바람구멍에는 침몰선에서 빼낸 아다만타이트 합금제 그물을 끼워놨고, 벽, 천장, 바닥에는 해룡 제도의 도시암 섬에 친 정화 결계와 같은 마법진을 새겼다.

이것들은 실체가 없는 마물이나 벌레 계통 소형 마물 대책이었다.

여기서 처음에 노숙을 했을 때는 땅속에서 체온에 이끌린 「이빨 지렁이(바이트 웜)」라는 작은 벌레 마물이 기어 나왔다.

다행히 생활 마법 「해충 퇴치」로 간단히 제거했지만, 안락한 잠을 방해 받는 게 싫어서 이것저것 대책을 세우다 보니 이런 식이 되어 버렸다.

어떤 의미로 요새지만, 동료들의 안전과 내 편안한 수면을 위해서니까 이번에는 자중이란 쐐기를 버렸다.

"—주인님, 목욕물 데웠어."

"그래, 금방 갈게."

아리사가 부르러 왔기에 마력 저장장치의 뚜껑을 덮고 목욕탕으로 갔다.

별장의 온수기는 요리를 못하는 애들이 당번제로 맡는다.

포치는 온수기용 마법 도구의 출력 조정에 고생한 모양이지만, 지금은 안정적으로 데울 수 있게 됐다.

"다들 기다리니까 얼른 벗어벗어~."

탈의장에 들어가자 아리사가 손을 꼬물거리면서 재촉했다.

꾸물거리고 있으면 아리사의 마수에 붙잡힐 테니까, 빨리 갈아입기 스킬의 도움으로 타월을 허리에 감은 스타일로 변신하여 목욕탕에 갔다.

"으그극, 목욕하면서 치트 금지!"

자기가 갈아입히지 못한 아리사가 그렇게 외쳤지만 가볍게 무시했다.

나무 욕조 앞에서 다들 욕의 하나씩만 입은 채 기다리고 있었다. 욕조는 거목의 줄기를 성검으로 잘라내고, 아리사의 공간 마법으로 파내어 만들었다.

먼저 들어가면 되지 않나 생각은 하지만, 리자와 나나가 「첫 목욕은 주인님/마스터」라고 말하며 양보하지 않았기 때문에 내가 처음에 들어가는 습관이 생겨 버렸다.

"주인님, 실례합니다."

"물 붓기를 실행한다고 고합니다."

리자와 나나가 어쩐지 즐거운 기색으로 온수를 부어주고 욕조에 발을 넣었다.

느긋하게 욕조 가장자리에 등을 맡기고 딱 좋게 데운 온수에 잠겨 심신을 이완시켰다.

—아아, 목욕은 참 좋아.

정령시를 발동하며 욕조에서 손바닥을 내밀어봤다.

손가락 사이로 흐르는 온수를 타고 정령들이 춤추듯 미끄러져 떨어진다.

정령에 개성이나 감정이 없다고들 하지만 이 목욕탕의 정령들은 어쩐지 기뻐 보였다.

"정령 잔뜩."

"그래?"

미아의 말에 아리사가 고개를 갸웃거렸다.

이 물가는 정령이 많았다. 마물의 먹이로 삼기 위해서인지, 단순히 지맥의 분출구인지는 모르겠다.

온수에 들어가 있기만 해도 마사지를 받는 것처럼 몸이 편해지는 건 의외로 정령들이 풀어주는 걸지도 모르겠군.

"그러면, 몸도 데워졌으니 머리를 감자."

"네잉~."

"네, 인 거예요."

타마, 포치, 미아 셋이 활기차게 일어섰다.

처음에는 다른 애들도 감겨주려고 했지만 루루는 더위를 먹은 것처럼 새빨개졌고, 아리사도 너무 흥분해서 코피를 흘리며 눈을 핑핑 돌린 탓에 스스로 하도록 시켰다.

"응, 첫째."

가위바위보로 첫 번째 순서를 쟁취한 미아가 샴푸 모자를 쓰고 나무 목욕 의자에 앉았다.

몸이 식으면 감기에 걸리니, 재빨리 머리감기용 비누로 거품을 냈다. 이 머리감기용 비누는 보르에난 숲의 연금술사인 츠톨레이야 씨가 레시피를 가르쳐준 것이다.

본래 세계의 샴푸 정도는 아니지만 보통 비누보다 거품이 잘

나고 두피에 부드러운 물건이다.

샴푸 모자는 타마와 포치용으로 만들었지만 어째선지 지금은 미아와 나나까지 좋아했다.

어린 아이들 머리카락을 순서대로 감겨주고, 욕조에서 애들과 함께 100까지 세어 식은 몸을 데운 다음 목욕탕을 나섰다.

엘프 마을에서도 매일 함께 목욕을 했기 때문에 이제는 물에 젖어 살짝 비치는 나나의 욕의를 보고도 눈길을 빼앗기지 않고 있었다.

어쩐지 좀 메마른 느낌이 나니까 가끔은 밤거리로 나서서 정열을 되찾아야겠어.

"내일 아침에, 지상으로 한 번 돌아가야겠다."

"에~ 레벨 50까지 올린 다음에 돌아가자."

"그러고 싶지만 미궁 입구에서 등록한 탐색 예정 기간을 지나버리고, 여관의 선불도 이제 곧 끊어지잖아."

그래도 마차와 말들이 갑자기 매각 처분되지는 않겠지만.

"그리고 말들이 어떤지도 보러 가야지. 쓸쓸할지도 모르잖아?"

내 말에 타마와 포치가 얼굴을 마주보고는 「아차!」 하는 표정을 지었다.

미궁에서 지내느라 애마들을 잊고 있었나 보군.

"돌아가~?"

"얼른 안 돌아가면 큰일인 거예요!"

타마와 포치가 황급히 의자 위에서 일어나기에 두 사람 머리를 쓰다듬어 앉혔다.

"하는 수 없네."

"응, 지당."

다들 납득해줘서 다행이군.

"그리고 각인판을 설치해두면 금방 돌아올 수 있어."

아직 더 싸우고 싶은 모양이지만, 그렇게 말하자 다들 조금 흐렸던 표정에 웃음이 돌아왔다.

다들 미궁 별장 생활이 마음에 들었나 보군.

◆

"주인님, 왔어— 어라, 미아?"

아리사가 미궁별장에 병설된 공방 문을 열고 들어왔다.

어째선지 다 비치는 네글리제를 입고 있었다.

"우웅, 파렴치."

미아의 말이 지당하다. 스토리지에서 꺼낸 카디건을 걸치도록 했다.

"뭐야? 나는 분명히 밤일 요청이라고 생각했는데."

아리사가 입을 삐죽거리며 불평했다.

미안하지만 나는 유녀 취향이 아니거든.

"두 사람 부른 건 공작을 도와줬으면 해서야."

그렇게 말하고 두 사람을 둘러본 뒤에 두 사람이 이해한 것을 확인하고 말을 이었다.

"먼저 건넨 주문은 기억했니?"

"응, 완벽."

"그건 괜찮아. 하지만 묘하게 기나긴 전이계 주문이라는 것밖에 모르겠어."

가슴을 펴는 미아와 대조적으로, 아리사는 눈썹이 빙 돌아서 고리를 그릴 정도로 고민스런 표정이었다.

주문 내용을 알 수가 없어서 분한 거겠지.

"괜찮아, 금방 알 수 있어."

나는「이력의 손」마법으로 받침대를 2개 준비했다.

받침대에 스토리지에서 꺼낸 표식용 삼각 마크를 끼우고, 한쪽 받침대에는 녹은 마액이 든 병, 또 한쪽에는 미궁의 보물 상자에서 얻은 청동검을 두었다.

"그럼 미아부터 주문을 외어봐, 주문의 기준점은 저 삼각 마크야."

"응, 알았어. ■ ■■■ ■■■■■……."

이제 됐으려나?

나는 타이밍을 재다가 아리사에게 말을 걸었다.

"아리사, 영창을 시작해."

"오케이! ■■■■■……."

이윽고 긴 주문이 끝을 맞이했다.

"……. ■■■ ■ 회로 001(크리에이트 서킷 001) 창조."

미아의 주문이 완성되자 마액이 뱀처럼 병에서 올라와 저절로 회로를 형성했다.

마액의 회로는 차례차례 분기되더니 섬세한 빨간 실이 입체적으로 짜여 검 같은 모양이 되었다.

"예뻐."

미아가 황홀한 기색으로 중얼거렸다.

"……. ■ ■ ■ ■ ■ 회로 001(임포트 서킷 001) 전송."

아리사의 마법이 완성되자 붉은 마액의 회로가 사라지고 대신 청동의 실로 만들어진 회로가 모습을 드러냈다.

"—성공이다."

AR표시로 청동검이 **마검**이 된 것을 확인했다.

예상치 못했지만, 청동검의 제작자가 아직도 세리빌라 미궁인 것을 발견했다. 이건 뜻밖의 행운이군. 제작자를 위장할 필요가 없네.

"있잖아, 혹시 이거—."

"맞아, 두 사람에게 건넨 건 마검을 만드는 마법의 주문서지."

"마, 마검?"

"깜짝."

뛰어오를 듯 놀라는 두 사람을 보고 서프라이즈 성공에 웃음을 지었다.

이번에 이런 마법을 만든 것에는 이유가 있었다.

지금까지 하던 것처럼 액체 조작 마법이나 연성을 이용하면, 공도의 암시장에서 팔았던 단순한 마검 같은 것은 간단히 만들 수 있다. 하지만 복잡한 회로가 되면 우리 애들이 쓰는 마검 정도가 한계였다.

주조 검을 정형하는 것과 동시에 만들려고 하면 아무래도 열의 영향을 받아 일그러진다. 단조 검이면 내포한 회로의 변형을 계산해야 한단 말이지.

기존의 수법으로는 아무리 숙달되어도 신이 내린 성검 수준의 것은 만들지 못할 것 같아서 접근법을 바꿨다.

일단 주조할 때 물 마법으로 회로를 만드는 방법을 생각해봤지만 제어가 어려워서 기존의 수법과 별 차이 없었다.

그리고 다음으로 생각한 것이 이번에 시험한, 물 마법으로 미리 만든 회로를 공간 마법으로 조합시키는 방법이다.

—그 경위를 두 사람에게 말해줬다.

“하지만, 그러면 이상하잖아.”

“우웅?”

아리사는 자기 주문서를 보면서 고개를 갸웃거렸다.

나는 그 모습에 미소를 짓고 자신의 사고로 돌아왔다.

자유롭게 회로를 창조하여 마검을 만드는 「마검 창조」 주문은 주문용량이 좀 지나치게 비대해서, 설계하는 단계에서는 상급 마법 몇 개 분량의 사치스런 마법이 되고 말았다.

아무래도 아무도 못 쓰는 마법이면 결함품이니까, 그것을 완성 직전 상태로 창고에 처박아두고서 보통 사람도 쓸 수 있도록 방향을 바꾸었다.

“미아, 주문서 보여줘.”

“응.”

아리사가 미아의 주문을 받아서 술술 눈으로 훑었다.

내 오리지널 주문에 익숙하다지만 독해 속도가 작성자와 비슷하군.

“역시 나랑 **똑같아**―.”

나는 정답에 이른 아리사에게 고개를 끄덕였다.

“―이 마검을 만들기 위해서**만** 존재하는 주문이구나?”

“그래.”

두 사람에게 건넨 주문에는 변수가 존재하지 않는다.

정확하게 말하면 주문 시작점의 삼각형 표식의 위치가 변수지만, 그것은 직접적인 게 아니니까 제외했다.

“이 주문 2개는 이 청동검에 이 마법회로를 조합하기 위해서만 존재하는 거야.”

청동검은 대략 비슷한 형상이면 괜찮지만, 마법 회로는 고정이다.

전이 마법의 좌표 설정도 주문 안에 집어넣었으니, 마법 회로가 바뀌면 전이 마법도 쓸 수 없다.

“이게 무슨, 사치야.”

“하지만 안 그러면 회로 정형이나 전이 좌표 설정의 수가 너무 많아서 무리란 말이야.”

컴퓨터라면 모를까, 적어도 사람은 수천 개의 좌표를 정확하게 머릿속에서 설정하는 재주는 무리다.

“쓰고 싶어.”

“그래. 칼날에서 불이 나오니까 주의해.”

“응.”

미아가 마력을 흘리며 마검을 들어올리자, 마검 주위에 술리 마법 「방어벽」에 가까운 보호막이 생기고 그 바깥쪽에 불꽃이 피어올랐다.

미아가 불꽃을 두른 마검을 한 손으로 가볍게 휘둘렀다.

"예뻐."

"파이어 댄스 같은 거 보고 싶어지네."

순순히 기뻐하는 미아 뒤에서 아리사가 실례되는 감상을 말했다.

분명히 슬라임처럼 불을 기피하는 마물이나 통상공격에 내성이 있는 상대가 아니면 그냥 횃불 정도 의미밖에 없지만, 판타지한 마검다워서 좋잖아.

"마력 효율도 나름대로 좋아 보이는걸."

나는 미아에게 검을 받아 완성도를 확인했다.

"그렇지— 마력을 잘 조작하면 이런 것도 할 수 있어."

마력을 조정하면서 마검을 휘두르자 검 끝에서 불 지팡이 수준의 불 탄환이 날아갔다.

"으하, 만화에 나오는 검 같아!"

그걸 본 아리사가 웃으면서 들뜬 뒤에 정색으로 돌아와서 물었다.

"그치만, 이 정도라면 포치랑 타마가 쓰는 마검이랑 다를 바 없지 않아?"

"겉보기엔 그렇지. 그 밖에도 신체 강화나 날카로운 칼날, 소유자에게 활력 부여를 겸한 스태미너 회복 같은 것도 있어."

안 그러면 미아가 한 손으로 묵직한 마검을 휘두를 수 있을 리 없지.

마력도 검과 본인을 순환하니까 소비도 적다.

"둘 다 고마워. 이제 다음 단계로 나아갈 수 있어."

"우응?"

"다음 단계?"

내 말에 미아와 아리사가 고개를 갸웃거렸다.

"오리하르콘이나 히히이로카네 같은 전설 계통 금속으로 단조한 검을 기반으로 성검을 만드는 거지."

마액보다 청액이 더 섬세한 고밀도 회로를 만들 수 있고, 완성한 뒤의 마력 효율도 좋다.

"서두르지 않아도 되니까 다음 주문도 잘 부탁해."

내가 꺼낸 주문 다발을 보고 아리사와 미아가 미리 짠 것처럼 도망쳤다.

"100종류는 너무 많았나?"

나는 그렇게 중얼거리고 두 사람 뒤를 쫓아갔다. 아리사와 미아의 전용 장비를 우선해서 만들어주는 조건으로 앞으로 협력해준다는 약속을 받았다.

언젠가 자율방어 방패나 부유 포대 같은 것도 만들고 싶다.

응, 이세계 공작은 꿈이 펼쳐지는군.

재회

"사토입니다. 자기는 잘 하고 있다고 생각하지만 주위에서 보면 위태롭다는 일이 종종 있습니다. 연상의 지인이 해주는 충고는 순순히 듣는 편이 좋죠."

"아래쪽 병사들이 굉장히 날카롭던걸."

"누군가 높은 사람의 일족이라도 미귀환인 거 아냐?"

고개를 갸웃거리는 아리사에게 내 추측을 말해줬다.

아까 지나간 미궁 입구와 가장 가까운 방에서, 주둔하고 있는 병사들이 전문 산악인처럼 중장비를 갖추어 집합해 있었다.

미궁 안에 옆 나라 왕족이나 백작 자제 같은 녀석도 있으니까 그런 사람이 대상이겠지.

"흐~응, 참 난처한 일이네."

"그러게. 귀환 예정일은 본래 예정의 2배 정도 기간으로 신청을 해둬야겠다."

이번에는 마침 딱 귀환예정일에 돌아왔지만, 무슨 트러블이 있어서 돌아오지 못하는 일이 있을지도 모르니까.

그건 그렇고 올 때는 내리막이라도 숨차 죽으려 하던 아리사가 돌아갈 때는 대화를 하면서도 태연하게 계단을 오르고 있었다.

역시, 레벨 업은 대단하군.

"도~차~악~?"

"무서운 문 뒤쪽은 미소인 거예요."

타마와 포치가 「조금 기분 나쁜 미소의 태양」이 양각된 미궁 입구의 문을 열었다.

"그러면 제오른 소대장, 잘 부탁하네."

"네. 자작님의 친구분은 반드시, 저 제오른이 구출하겠습니다."

문 너머에서 약간 익숙한, 교사풍의 엄격한 목소리가 들렸다.

어두운 미궁에서 바깥으로 나오자, 조명창에서 흘러내리는 빛 속에 아는 사람이 있었다.

"—페."

나와 눈이 마주친 그 사람이 놀란 기색으로 내 이름을 부르던 도중에 말문이 막혔다.

박정하게도 내 가문명을 잊어버린 모양이다.

"오랜만입니다, 시멘 자작님."

그는 공도에서 두루마리 공방을 경영하는 상급 귀족인데, 친구인 토르마의 형이었다.

어쩐지 껄렁한 인상의 토르마와 달리, 형인 그는 엄격한 교사 같은 위엄이 있었다.

"방금 들었습니다만, 친구 분이 행방불명이라면 저도 협력을 하겠습니다."

스스로 말하는 것도 좀 그렇지만, 이래 봬도 사람을 찾는 걸로 나를— 나, 라기보다는 내 유니크 스킬을 뛰어넘는 자는 그리 없을 테니까.

"아니— 아니, 그럴 필요는 없어."

시멘 자작이 한숨을 쉬면서 고개를 옆으로 저었다.

미궁방면군에 의뢰를 한 모양이니까 초보자의 도움은 걸림돌이 될 뿐이겠지.

당연하지만 그는 내 유니크 스킬에 대해서 모르니까.

지금은 일단 물러나고 나중에 몰래 맵 검색을 하고 구출을 대행해야겠다. 그는 두루마리 작성으로 이래저래 편의를 봐주니까, 그 정도 도움은 되어줘야지.

"벌써 찾았네."

—엥?

차분해진 시멘 자작이 갑자기 포옹을 해서 놀랐지만, 금세 일이 어떻게 된 건지 예상할 수 있었다.

"그러면 그가 펜드래건 경이군요."

제오른 소대장이 놀라서 나를 가늠하는 눈으로 바라보았다.

그가 작은 소리로 「얼굴이 깔끔하군」이라고 중얼거리는 것을 엿듣기 스킬이 포착했다.

한 순간이나마 그의 미적 감각에 의문을 품었지만, 아마도 그는 「며칠 동안 미궁을 헤맨 것치고는 지저분하지 않다」라는 말을 생략한 거겠지.

미궁의 별장에서 매일 밤 목욕을 했었고, 옷도 매일 갈아입었으니까.

시멘 자작이 그제야 포옹을 풀어줬지만, 금세 내 어깨를 다시 끌어당기며 제오른 소대장에게 소개해 주었다.

"아아, 그렇다네. 내 둘도 없는 벗이며, 유익한 거래 상대이기도 한 펜드래건 경일세."

이렇게 스킨십이 많은 사람이었던 기억이 없는데, 내가 무사한 걸 기뻐하는 모양이니까 순순히 흐름을 타야겠군.

제오른 소대장과 서로 자기소개를 한 다음에 내 수색 이야기에 이르는 전말을 가르쳐 주었다.

듣자 하니—.

그저께, 마핵과 희귀 소재를 사러 미궁도시에 온 시멘 자작이 귀족들의 살롱에서 개미꿀을 얻으려고 연쇄폭주를 일으킨 탐색자들 소문을 들은 것이 발단이었다.

이야기를 계속 듣다 보니, 그 탐색자들을 구해준 것이 미스릴의 명검을 가진 검은 머리칼의 젊은 귀족이었다. 게다가 작은 아이들과 마창을 가진 주황 비늘 종족의 여자를 데리고 있었다. 이 내용이 나를 연상시켰다고 한다.

그리고 만약을 위해서 탐색자 길드에 사람을 보내 확인했더니, 우리가 그 연쇄폭주 사건 날에 탐색자가 되었고 그대로 미궁에 돌입하여 귀환하지 않았다는 대답이 왔다.

처음에는 탐색자 길드에 구출 부대 파견을 의뢰했지만, 귀환 예정일을 지날 때까지는 출발할 수 없다고 버텨서 어찌할 도리가 없었다고 한다.

그래서, 미궁방면군의 장군에게 직접 담판을 지어 미궁 탐색이 특기인 정예들을 빌려 구출 부대를 편성했다. 지금은 안내를 맡은 탐색자를 기다리고 있었다고 한다.

물론 자작 자신이 미궁에 들어갈 수는 없었지만, 실행 부대인 제오른 소대장과 아는 사이라 일부러 발걸음을 옮겼다는 것이다.

그건 그렇고 탐색자 길드가 관공서처럼 일을 해서 다행이군.

임기응변으로 구출 부대를 당장에 출동시켰다면 이래저래 일이 성가셔질 뻔했다.

"걱정을 끼친 것 같아 죄송합니다."

"아니, 자네를 보니 내가 성급했던 모양이군. 이쪽이야말로 소동을 크게 만들어 미안하네."

이야기를 들은 뒤에 시멘 자작에게 고개를 숙이자 그도 바로 사과를 했다.

이걸로 그의 체면은 상하지 않았고, 이 자리의 대응은 제오른 소대장에게 둘이 함께 사과를 하면 되려나?

"그러니까 말을 했지 않습니까? 하급 마족을 퇴치할 정도의 실력 있는 검사라면 제4구역의 마물이 다발로 덤벼도 다칠 리 없다니까요."

그렇게 말하면서 갑옷 차림의 기사가 끼어들었다.

AR표시를 보니 제오른 소대의 일원이고 레벨은 27이나 된다.

"아아, 경의 말이 맞았군. 내기는 자네 승리야. 나중에 병사들 숙소에 술통과 양 다섯 마리를 보내지."

"술은 에일로 부탁드립니다. 우리는 와인 같은 것 못 마십니다."

시멘 자작의 말에 기사가 활짝 웃었다.

그는 작위는 없지만 일단 귀족계급이었다. 그런데 귀족들이 즐기는 와인보다는 대중들이 즐기는 에일을 좋아하나 보군.

"소대장님, 아래쪽 녀석들은 해산시킬까요?"

"그렇군— 전령."

제오른 소대장은 턱수염을 쓰다듬으며 조금 생각한 다음에 전령병을 불렀다.

"장군 각하께 전해라. 이면 임무 완료. 우리들 제오른 소대는 본래의 임무를 수행한다."

"이면 임무 완료. 우리들 제오른 소대는 본래의 임무를 수행한다."

"좋아, 가라!"

복창한 전령병에게 지시를 내렸다.

"본래의 임무?"

"아아, 표면적으로는 미적 퇴치를 명목으로 작전 서류를 만들었습니다."

시멘 자작이 말하자 제오른 소대장이 알려주었다.

"서류도 통과됐고 장비도 만반으로 준비했으니 이대로 제2구역에 빌붙은 미적을 퇴치하고 오겠습니다."

제오른 소대장이 기사들을 돌아보며 씨익 웃었다.

"너희들도 훈련은 슬슬 질렸겠지? 가끔은 쓰레기들 상대로 마음껏 날뛰게 해주마."

"헤헷, 말이 통하는 상관이 있으면 참 좋습니다."

제오른 소대장과 기사는 그렇게 대화를 나눈 다음에 시멘 자작에게 작별을 고하고 미궁으로 들어갔다.

정말로 미적 퇴치를 좋아하는 걸지도 모르지만, 이유의 절반은 시멘 자작과 내가 신경 쓰지 않도록 배려를 해준 게 틀림없다.

그들이 돌아오는 시기에 나도 술과 만찬을 배달시켜서 격려해야겠군.

"시멘 자작님. 장군 각하에게도 뭔가 인사나 사과를 하는 편이 좋을 것 같습니다만, 어떤 걸 준비하는 게 좋을까요?"

"그건 내일 당장이라도 내가 인사를 하러 가지. 자네는 신경 쓰지 않아도 되네."

그래도 사회인으로서「아, 그렇군요」하고 넘어갈 수는 없지.

"제가 따라가지 않는 편이 좋다면, 그렇게 하겠습니다만—."

"자네는 참 성실하군. 좋네. 내일 낮에 마중을 보내지. 에르탈 장군은 달콤한 와인을 좋아한다네. 술은 내가 준비할 테니, 자네는 와인에 어울리는 안주라도 준비를 해주게."

"네. 그런 걸로 괜찮다면 얼마든지."

"그런 것, 이 아닐세."

내 말에 시멘 자작이 조금 기분 틀어진 표정을 지었다.

"자네의,『기적의 요리사』의 요리는 같은 무게의 금에도 필적하는 가치가 있네. 자네는 공도에서 그것을 증명했어. 로이드 후작과 호엔 백작도 동의할 테지."

그리운 이름이 나왔군. 먹보 귀족 두 사람은 내 요리를 정말로 맛있게 먹어주니까 무척 만드는 보람이 있었다. 동료들 다음으로지만 말이지.

"알겠습니다. 요리에 관해서 비하하지 않도록 주의하죠."

약간 교사에게 혼난 기분이 들면서 그의 충고를 단단히 새겼다.

"그래, 그러는 게 좋네."

시멘 자작이 어흠 헛기침을 하고 이야기를 바꾸었다.

"내일 밤에라도 자네의 생환을 축하하는 연회를 열지. 갑작스런 연회라 아는 귀족 모두를 모을 수 없을 지도 모르지만, 친하게 지내는 자들의 절반 이상은 모일 테지."

과연, 연줄이 있는 지역 귀족들을 소개해주는 거구나.

이 미궁도시 세리빌라에는 소켈 같은 난처한 느낌의 귀족도 있으니까, 아는 귀족이 있으면 마음이 든든하겠다.

사실은 며칠 뒤에 연회를 열고 싶었다고 하는데, 왕도로 가는 비공정이 내일 모레 이른 아침에 출발하고 다음은 보름 뒤라고 한다. 내가 무사한 것을 알았으니 더 미룰 수 없다고 했다.

시멘 자작은 공도에 있을 무렵부터 바빠 보였는데, 그 바쁜 와중에 나를 위해서 무리를 해주는 그에게 감사가 가득하다.

연회 때라도 인기가 있을 법한 오리지널 주문을 선물로 넘겨야겠군.

불꽃놀이가 반응이 좋았으니까 「이력의 실」이나 「마등」을 융합한 「자유롭게 움직일 수 있는 반딧불이」 마법 같은 게 좋겠어.

전에 해석해둔 모듈도 있으니까 내일까지 만들어 놓아야겠다.

"—젊은 나리!"

세리빌라 시로 이어지는 통로에서 젊은 여성의 목소리가 들렸다.

"다행이야!"

"무사하셨군요!"

연쇄폭주 때 구해준 「아리따운 날개」 두 사람이 나에게 달려와 안겼다.

아리사와 미아 철벽 페어의 활약으로 포옹은 짧은 시간 만에 끝났지만, 애교 양의 근육질 몸과 미인 양의 부드러운 몸은 각자 다른 매력이 있어서 좋았다.

그녀들도 우리가 연쇄폭주에 휘말려 미아가 됐다고 생각했나보다.

"둘 다 무사해서 다행이군."

"젊은 나리 덕이지."

"정말로 덕분에 살았어요."

재회의 기쁨을 나누는 것을 지켜보던 시멘 자작이 때를 봐서 두 사람에게 탐색 임무가 없어졌다고 전한 뒤, 그의 종자가 두 사람에게 해약료를 건넸다.

시멘 자작의 말을 들어보니 그녀들이 구출 부대의 안내역을 맡은 탐색자였다.

두 사람은 계속해서 감사를 표한 뒤, 한 탕 벌어온다며 미궁으로 들어갔다.

듣자니 연쇄폭주를 일으켜서 미궁방면군을 번거롭게 만들었다고 벌금형을 받았다고 한다.

함께 미궁 개미의 둥지를 공략하는 의뢰를 받았던 그녀들은 벳소라는 남성 탐색자들에게 휘말려서 연대책임을 지게 되었다.

벌금이 비싸서 개미꿀 채취로 얻은 돈으로는 부족했다고 한다.

말을 흐렸지만 부족한 돈은 빚을 냈겠지.

두 사람을 배웅한 뒤에 곧장, 시멘 자작이 도시로 돌아간다고 했다.

종자를 데리고 먼저 도시로 돌아가는 시멘 자작을 배웅하고서, 동료들과 함께 길드 직원이 있는 매수 카운터로 갔다.

"무사히 귀환하신 것 축하드립니다."

"감사합니다."

귀환을 축복해준 길드 직원에게 웃으며 인사를 했다.

"성과는 어떠셨나요?"

"마핵과 미궁 개미의 소재, 그리고 미궁 개구리 고기입니다."

내가 어깨에 멨던 납작한 가방을 테이블에 놓자 길드 직원의 얼굴에 쓴웃음이 떠올랐다.

분명히 성과가 적다고 생각한 거겠지.

아리사가 장난꾸러기의 표정으로 이쪽을 살피고 있었다.

"일단, 마핵이 137개."

"—네?"

내가 가방— 마법 도구인 격납 가방에서 마핵이 든 주머니를 5개 꺼내자 길드 직원의 얼굴이 반쯤 웃다가 굳었다.

주머니 하나를 열어서 마핵을 보여줬다.

"등급이 낮은 마핵이 많지만, 이 커다란 마핵은 주3이상의 등급들입니다."

전에 크하노우 백작령에서 알게 된 등급표를 참고해서 마핵의 등급을 신고했다.

"굉장해……. 미궁 딱정벌레나 병사 사마귀급의 마핵이네요."

큼직한 마핵을 본 길드 직원의 표정이 놀라움이 섞인 웃음으로 바뀌었다.

그녀의 반응을 보니 광란 난초를 비롯한 강력한 마물들에게서 얻은 마핵을 미궁 별장의 창고에 두고 온 것은 옳은 결단이었다.

실제로 얻은 마핵은 1천개 이상이지만, 이번에는 상태를 보려고 청동증을 얻을 수 있는 정도로 조정했다.

"이쪽도 주1과 2가 반반 정도인가요? 마알갱이나 새하얀 마핵은 하나도 없네요."

나중에 길드 직원에게 들은 정보에 따르면, 마알갱이는 반 그램 미만 작은 마핵의 속칭이었다.

내 뇌리에 「걷는 콩」이나 「뜀뛰기 감자」에서 발견한 작고 하얀 마핵이 떠올랐다. 분명히 마핵이라기보다는 알갱이라고 불러서 구분하고 싶겠군.

"청동증으로 승격하는 데는 충분한가요?"

이 정도 있으면 모두 나무증을 청동증으로 승격할 수 있다고 생각하지만, 만약을 위해서 물어봤다.

"네, 충분해요. 릭, 매수 가격 계산을 부탁해. 계산하기 전에 청동증 승격 신청서 가져오고."

"네, 베나 주임. 신청서는 8장이면 되나요?"

"그래, 물론이지."

직원들의 대화에 조금 볼이 느슨해졌다. 이쪽이 요구하지 않아도 우리 애들 신청서까지 제대로 준비해주는 걸 보니 호감이 가는군.

“우후후, 적철 파티 말고 이렇게 짙은 마핵을 회수해온 건 오랜만이에요. 젊은 나리는 기대의 신인이군요.”

길드 직원까지 「젊은 나리」라고 부르네. 만나는 건 두 번째, 자기소개도 6일 전에 했으니까 이름을 까먹었을 수도 있겠다.

여담이지만 그녀가 말한 「기대의 신인」쯤에서, 아리사가 엄청 좋아하면서 「아자아~」 하는 포즈를 조용히 취했다.

타마와 포치는 리자 양 옆구리에 들려 있어서 두 손으로만 참가했다.

미아는 반사적으로 반응하지 못했는지 나나와 함께 고개를 갸웃거리고 있어서 귀엽다.

루루와 리자는 그걸 흐뭇하게 지켜보고 있었다.

“이건 소재도 기대할 수 있겠어요.”

기대하는 표정의 길드 직원 앞에 격납 가방에서 소재를 꺼냈다.

“이것이, 미궁 개미의 갑각 일곱 세트.”

생긋 웃는 표정으로 지켜본다.

“그리고 호위 개미(가디언 앤트)의 칼날 앞다리 10개.”

“—네?”

길드 직원의 표정에 놀라움이 떠올랐다.

“그리고, 『개미날개의 은검』용 정예 개미(엘리트 앤트)의 날개 3장입니다.”

“개미, 날개?”

그녀의 표정이 믿을 수 없는 것을 본 것처럼 굳어졌다.

호위 개미나 정예 개미는 「아리따운 날개」와 헤어진 다음에 들른 개미 소굴에서 만난 마물이었다. 미궁 개미보다 강하지만 동료들이 별 고생 없이 쓰러뜨렸다.

스토리지 안에 쓸어 담을 정도로 많지만, 자중해서 체류 기간에 걸맞은 정도의 양만 내놓았다.

"설마, 둥지에 들어간 건가요?!"

길드 직원의 물음에 비난하는 느낌의 울림이 있었다.

그것도 어쩔 수 없다. 반 이상이 어린애로 보이는 파티가 처음부터 마물의 밀집 지대에 돌입했으니까.

그녀의 입장이라면 주의를 주고 싶기도 하겠지.

"연쇄폭주탓인지 밖에서 헤매고 있더군요."

나는 사기 스킬의 도움을 빌려 대답했다.

일단 거짓말은 아니다. 이번에 제출한 소재는 둥지 바깥에서 어슬렁거리던 녀석 거니까.

어쩐지 소동이 일어날 것 같아서 둥지에 들어간 사실은 숨기기로 했다.

"그리고 미궁 개구리 고기가 세 마리 분량입니다."

리자의 도움을 받아서 50킬로그램 단위로 잘라낸 미궁 개구리 고기를 꺼냈다.

"많네요. 휴이, 무게를 재봐."

"네, 베나 주임."

앞치마를 두른 연배가 있는 남성이 개구리 고기를 순서대로 저울에 올려 측정했다.

"이걸로 끝이군요? 미궁도시 금지품도 없는 것 같고, 모두 매수표에 있는 소재들이군요."

길드 직원이 말하고서 잠시 생각에 잠겼다.

"아까 보여준 소재 말입니다만, 길드에서는 규정 가격으로만 살 수 있으니 저 게시판에 있는 공방이나 업자 쪽에 가지고 가서 교섭하는 걸 추천 드려요."

길드의 이익을 우선하지 않는 그녀의 말에 조금 놀랐다.

"그런 걸 추천해도 괜찮은 건가요?"

"네, 탐색자 길드는 이름은 길드지만, 민영이 아니라 시가 왕국 미궁자원성의 관리하에 있는 공적 조직이니까요."

분명히 미궁은 광산처럼 거대한 자원의 공급원이니까, 관리 단체 배경에 시가 왕국의 임금님이 있는 것도 납득은 된다.

"중개 수익은 운영비에 보탬이 되지만, 본질은 마핵을 안정적으로 회수하는 거예요."

그러고 보니 마핵만 강제 매수였지.

"길드의 매수 대행은 어디까지나 장사를 잘 모르는 탐색자들이 닳고 닳은 상인들의 먹잇감이 되지 않도록 하기 위한 거죠. 탐색자가 어느 정도 유복해지면 장비도 충실해지고 생존율도 올라가니까요."

과연, 「모든 것은 마핵을 안정적으로 회수하기 위해서」로 귀결되는 구나.

"미궁 개구리의 고기를 한 덩어리 남기고 나머지는 모두 매각 부탁드려요."

"괜찮으신가요? 이 정도 품질이 좋으면 적어도 규정액보다 2할 높게, 잘 되면 3배 정도 가격으로 팔 수 있을 텐데요?"

"네, 아직 가깝게 지내는 공방도 없으니까요."

걱정해주는 그녀에게 미안하지만, 실적을 만드는 것과 길드 직원의 반응을 확인하기 위해 가지고 돌아온 거니까 공방까지 가져가서 금전 교섭하는 건 패스해야겠다.

미궁도시에 좀 더 익숙해진 다음에 생각할까.

"알겠습니다. 계산이 끝날 때까지 이 신청서를 기입해 주세요."

건네받은 신청서에는 나무증의 번호와 이름을 쓰는 란밖에 없었다.

그밖에는 「규정된 수의 마핵을 미궁 안에서 회수한 공적으로, 청동증의 수여를 바란다」라고만 쓰여있었다.

"꽤 간소하군요."

"네, 탐색자가 되는 분들은 너무 어려운 문장은 이해 못하는 일이 많아서요."

길드 직원이 담담하게 말했다.

이 나라는 문맹률이 높고, 학교나 서당 같은 학습의 기회가 거의 없으니 어쩔 수 없는 일이겠군.

"파티 이름이 정해지셨다면 이름 위에 파티 이름을 써주세요."

그러고 보니 파티 이름 같은 건 안 정했다.

"파티 이름은 뭐가 좋니?"

나는 생각이 안 나서 동료들에게 물어봤다.

일단 아리사가—.

"펜드래건 사작과 애인들."

기각이다.

"포치랑 주인님."

포치의 실언을 루루가 살짝 놀렸다.

"어머, 포치는 우리랑 함께면 싫어?"

"시, 싫은 거 아닌 거예요. 포치랑 주인님이랑 타마랑 리자랑 루루랑 미아랑 나나랑 아리사가 좋은 거예요!"

"길어~?"

금세 정정했지만, 타마가 지적한 것처럼 너무 길다.

"좀 더 간소한 게 좋겠습니다. 마왕 살해자 같은 것은 어떻습니까?"

"칭호 같잖아?"

믿는 사람이 있으면 곤란하고, 대부분의 경우는 용사 행세를 하는 바보라고 실소를 할 거야.

"유생체 보호대를 추천합니다."

"에~ 미궁 앞에 있는 애들을 다 보호해야 되잖아."

"하다못해 굶지 않도록 해주고는 싶은데 말이지."

이 도시에는 식사배급을 하는 단체가 없나?

"펜드래건 사작과 유쾌한 동료들이 좋아요."

"루루, 당신도 역시 아리사의 언니군요.

"에, 리자 씨. 그건 무슨 뜻이죠?!"

아리사의 옛 세대 파워는 루루를 착실하게 물들이고 있구나.

"요정의 벗."

"그야, 친구지만 말야~. 파티 이름 같지 않아."

그리고 의견을 안 낸 건 타마뿐인가?

"응~? 고기 먹고 싶당~?"

"햄버그 먹고 싶당."

"새 통구이 먹고 싶당."

"초코 파르페 먹고 싶당."

타마의 제안에 촉발된 동료들이 차례차례 비슷한 이름을 들었다.

파티 이름을 생각하는 척하면서, 다들 먹고 싶은 걸 외치고 있는 것뿐인 것 같은데?

초코 파르페로 떠올랐는데, 가까운 시일 안에 엘프인 네아 씨한테 초코 만들기 진척이 어떤지 물어보러 가야겠군.

이대로 가면 아무리 지나도 정해지질 않을 것 같아서, 잠정적으로 내 가문명을 파티 이름으로 등록했다.

모두 올바르게 기입한 것을 확인하고 신청서를 넘기자, 길드 직원이 「마핵 수령을 증명합니다. 미궁문 주임, 베나」라고 한 장씩 손으로 기입하고는 끝난 것부터 순서대로 서류철에 넣었다.

"이걸로 신청이 끝났습니다. 청동증은 사흘 정도면 준비할 수 있을 테니 그때까지는 나무증을 착용해 주세요."

청동증 수령은 서쪽 길드에서 하면 된다고 했다.

계산이 끝나는 동안, 세금과 수수료에 대해서 물어봤다.

한 순간 보기 드문 것을 보는 눈이 되더니 내 귀족복에 시선을 주고는 납득한 표정이 되었다.

아마 세금을 신경 쓰는 탐색자가 드문 거겠지.

"여기서 파는 마핵은 세금이 공제됩니다."

힐끗 한 번 보고는 이쪽이 이해한 것을 확인한 다음에 말을 이었다.

"탐색자들이 가지고 돌아오는 마핵 이외의 물건는 비과세입니다."

"비과세인가요?"

"네, 탐색자들에게 기대하는 건 마핵의 안정된 회수니까요."

내가 아는 봉건사회의 통치자는 민중에게 짜낼 수 있는 만큼 세금을 짜내는 존재였는데…….

"세금은 낼 수 있는 곳에서 받는 거죠."

길드 직원이 윙크하며 말했다.

아마 상인이나 기술자들에게 잔뜩 받는 거겠군.

"주임, 계산 끝났습니다."

"이쪽도 계량 끝났습니다."

부하들에게 계산서를 받은 길드 직원이 결과를 알려주었다.

"마핵은 등급과 크기, 그리고 표면의 상처로 가격이 변합니다."

표를 살펴 보니, 미궁 개미의 마핵이 1개당 동화 1닢, 미궁 개구리의 마핵이 1개당 은화 2닢이었다.

그리고 동료들이 매일 대량으로 쓰러뜨린 레벨 30급 마물의 마핵을 참고 삼아 하나 넣었는데, 그게 금화 5닢이었다. 등급이 높고 커다란 탓도 있지만 굉장한 격차군.

"가격이 꽤 다르네요."

"네. 주2 이상의 마핵은 마법약이나 마법 도구로 수요가 많고, 어느 정도 이상의 커다란 마핵이 없으면 만들 수 없는 마법 도구도 많으니까요."

과연, 그래서 극적인 가격 차이가 생기는구나.

고래— 대괴어 토부케제라의 마핵은 주9를 넘는 대단히 짙은 붉은 색이었다. 팔 생각은 없지만, 엄청 거대한 고래의 마핵이 얼마가 될지 조금 흥미는 생기네.

"소재의 대행 매수 가격은 이겁니다. 확인해 주세요."

나는 길드 직원에게 받은 계산표를 살폈다.

길드의 규정 매수 금액은 갑각이 일곱 세트에 은화 14닢, 칼날 앞다리가 10개에 은화 40닢, 개미 날개가 3장에 은화 6닢 등으로 공방에 가져가면 갑각이나 칼날 앞다리는 2배쯤, 상처가 전혀 없는 개미 날개는 1장에 금화 2닢에서 3닢이 된다고 했다.

그리고 개구리 고기는 1킬로그램 당 동화 1닢이니까, 미궁 개구리를 사냥하면 마핵을 노리는 것보다 생활이 안정될 것 같다.

가볍게 계산해 봤는데, 레벨 10쯤 될 때까지 탐색자는 살아가는 게 아슬아슬하고, 레벨 15쯤 되면 평범한 생활, 레벨 20쯤부터 큰 부상만 없으면 비교적 유복, 레벨 30이상이면 저축을 하면서 유복한 생활을 보낼 수 있겠다.

물론 나처럼 맵을 가지고 적의 사전 파악이나 유도를 못하는 보통 탐색자 얘기다.

매수 가격을 보니 레벨이 낮은 탐색자의 장비들이 조금 이해가 되었다.

"이것이 마핵과 소재의 매수 대금입니다."

가볍게 암산을 해봤는데 틀림없었다.

합쳐서, 금화 20닢과 동화 31닢이다.

개미 소재를 공방에서 팔면 더욱 금화 20닢 정도 늘어날 테니까, 대강 금화 40닢 전후구나.

실제로는 사냥만 해도 이것의 수십 배는 벌 수 있지만.

물론 입수한 재료로 마법약이나 마법 도구, 마검 같은 마법 무기까지 양산하면 천문학적인 숫자의 수입을 얻을 수 있다. 하지만 시장이 그 정도로 크지도 않고 동료들을 위해서나 내 취미가 아닌 곳에 그런 귀찮은 작업을 하는 건 사양하고 싶었다.

"괜찮으신가요?"

"네, 괜찮아요."

나는 고개를 끄덕이고, 매각하지 않은 소재를 다시 받은 뒤 지갑 대신 쓰는 주머니에 현금을 넣었다.

"마지막으로 확인하는데, 마핵을 부정하게 숨기지는 않았겠죠?"

길드 직원의 눈동자가 반짝 빛났다.

AR표시를 보면, 그녀는 「단죄의 눈동자」라는 우리온 신의 기프트를 가졌다.

그녀 앞에서 거짓말을 하면— 아니, 죄를 감추면 들킨다.

그래서 나는 그녀의 물음에 거짓 없이 대답했다.

"네, **미궁에서 가지고 나온** 마핵은 이게 전부입니다."

나머지는 미궁의 별장에 있고, 스토리지 안에는 미궁 이전부터 가진 것뿐이다.

“네, 감사합니다.”

“아뇨, 천만에요.”

생긋 웃는 그녀에게 나도 미소로 화답했다.

오늘도 「무표정」 스킬 선생님은 부지런하시다.

“그러면, 돌아가기 전에…….”

나는 벽 근처에 앉아 있는 짐꾼 아이들의 수를 재빨리 세었다. 20명 정도다.

AR 표시를 보니 다들 공복 상태였다.

“이 개구리 고기를 반 정도 대접하고 싶습니다만—.”

“불고기 화로 대여와 연료 판매군요?”

내가 말하는 도중에 수락해 주었다.

이야기가 빨라서 좋군.

“루루, 리자, 미안하지만 고기를 구워줄래?”

“네, 주인님.”

“맡겨 주십시오.”

리자가 화로를 설치하고 루루가 고기를 잘랐다.

“도와~?”

“포치는 고기에 꼬치를 꽂는 프로인 거예요.”

그런 프로가 있을 것 같지는 않지만 타마와 포치가 루루가 잘라놓은 고기를 꼬치에 꽂았다.

"불이 잘 안 붙는군요."

"도울래. ■ 불(파이어)."

석탄 착화에 고생하던 리자를 보다 못한 미아가 정령 마법으로 불을 붙였다.

미궁 안이랑 달리 여기는 정령이 잔뜩 있으니 문제없이 쓰는 모양이다.

"깜짝 놀랐어."

"커다란 불이야."

"마법~이야."

"굉장하다. 우리랑 비슷한 나이인데 마법사님이야."

아이들이 미아의 마법에 놀라서 말했다.

가장 나이가 있는 애는 미아를 숭배하듯 반짝반짝한 눈동자로 올려다보았다.

미아는 쿨한 표정으로 신경 쓰지 않는 기색이었지만, 콧볼이 살짝 부풀어 오르고 입가가 조금 느슨한 것을 보니 나쁜 기분은 안 드는 모양이다.

"기뻐하렴! 지금부터 펜드래건 사작님이 모두에게 미궁 개구리의 꼬치구이를 베풀어주실 거야."

아리사가 말하자, 아이들이 일제히 나를 보고서「고맙습니다」합창을 했다.

전에 본 도존 씨의 교육이 열매를 맺은 건가 보군.

"한꺼번에 모여들면 안 된다고 타이릅니다. 안전을 위해 한 줄로 서라고 지시합니다."

"응, 줄 서."

나나와 미아는 아이들을 정렬시키고 있었다.

고기는 잔뜩 있으니까, 반시간 정도 걸려 아이들이 배부를 때까지 구워주었다. 남은 절반 정도의 고기는 길드 직원이나 지나가는 탐색자들에게도 대접했다.

동료들도 짐꾼 아이들과 같이 집어먹었지만, 미궁 귀환 축하로 점심은 여관에서 자랑하는 새끼 양 요리를 먹을 생각이라 너무 많이 먹지 않도록 삼가게 했다.

◆

"헤~ 정기편이란 게 있구나."

미궁문 앞의 서쪽 길드에서 우리가 탐색자 등록을 한 동쪽 길드까지 이어지는 구간을 탐색자 길드의 마차가 1각— 2시간마다 운행한다고 했다.

물론 마차라고 해도 짐수레에 가까운 개방형이었다.

"다음 마차는 반각 뒤지만…… 정원 8명이 꽉 찼으니 금방 출발하지."

"그러면 좋지, 고마워."

마부가 융통성을 발휘해줘서 마차의 대금을 살짝 두둑하게 건넸다.

우리가 올라타자 마차가 달리기 시작했다.

"마스터, 정열의 빨강으로 물든 집단을 발견했다고 보고합니다."

나나가 가리킨 곳에 여성 탐색자들의 성원을 받는 붉은 망토와 갑옷을 입은 탐색자들이 있었다.

"저건, 적철 모험가들만 모인 『적룡의 포효』구만. 저 붉은 칼집의 검을 가진 게 단장인 제릴 준남작, 『붉은 귀공자』란 별명을 가진 미남이지만 시가8검에 들어갈 지도 모른단 소문이 있는 검호야."

마부의 해설을 들으면서 AR표시를 확인했다.

레벨이 45로 대단히 높다. 한손검과 방패, 그리고 불 마법이 특기인 마법 검사인 모양이다.

그의 파티 멤버도 레벨 30부터 40까지 있었다.

"저 사람들이 제일 강해?"

"그렇지. 탐색자 필두인 야사크 나리가 부재중이니까 지금은 확실하게 제일일 거야."

"그럼 일단 잠정 라이벌은 제릴로 결정이네!"

"라져~?"

"열심히 해서 최강이 되는 거예요!"

아리사가 일방적으로 라이벌 선언을 했다.

물론 인파 너머의 제릴 씨에게 들릴 리가 없었고, 마부도 웃으면서 「그래. 열심히 해봐. 미래의 필두」라고 격려해 주었다.

아마 아리사는 진심이다.

실제로 장비면에서 우리가 앞선 느낌이니까 동료들의 노력과 시간이 해결해 줄 거야.

"이 근처부터는 탐색자들이 쓰는 가게가 꽤 많아. 장인 거리는 남문 쪽이지."

마차는 서쪽 길드 앞을 지나쳐서 작은 점포가 꽉 들어차 밀어내고 있는 장소로 나왔다.

마부의 해설에 귀를 기울이면서 거리 풍경과 길 가는 사람들을 보았다.

"그건 그렇고 이 도시의 용수로는 지저분하네."

"그래도 마시는 물은 아니지 않을까?"

작은 다리를 건널 때 아리사가 수면을 보면서 불평했다.

음식 찌꺼기나 쓰레기가 흐르고 있었다.

"그냥 다들 쓰는데? 물론 쓰레기가 없는 곳에서지만."

"정말로?!"

마부의 해설에 아리사가 충격을 받았다.

나도 꽤 충격이다. 위생적인 환경에서 태어나 자란 사람에게는 괴로운 장소일지도 모른다.

물론 생활 마법 「정수」나 마법 도구인 「나락의 물 주머니」 같은 게 있으니까 괜찮기는 하다.

충격을 받은 나와 아리사를 보다 못한 마부가 커버해 주었다.

"부자나 귀족들 집에는 우물이 있고, 저 너머가 상류니까 깨끗하지 않겠냐?"

제정신을 차리고 거리를 자세히 보니까 쓰레기가 흩어져 있고, 길을 걷는 탐색자들도 음식 찌꺼기나 쓰레기를 아무데다 버리고 있었다.

그래도 중세 유럽처럼 오물이 큰 길에 뿌려져 있을 정도로 심하지는 않았다.

맵 정보에 따르면, 공도보다 규모가 작지만 하수도도 일단은 있다.

"마스터, 뒷골목에 숨어 있는 유생체들이 활기가 없다고 고합니다."

나나가 가리키는 뒷골목의 그늘에는 힘없이 앉아 있는 아이들 모습이 언뜻 보였다.

"저건, 일에서 밀려난 꼬마들이야. 배가 고파서 주저앉아 있는 거겠지."

"흐~응, 날치기가 많을 것 같아."

"별로 없다. 이 미궁도시의 노점은 탐색자를 하던 난폭한 놈들이 많으니까 도둑질하는 것도 목숨을 걸어야지. 그리고 여기서는 도둑은 초범이라도 탄광으로 보내는 엄벌을 받지. 날치기는 마지막 수단이다."

아리사의 감상을 마부가 웃어 날렸다.

상당히 엄격한 도시군. 결식아동들에게 식사배급을 하는 신전이 있으면 듬뿍 기부를 해야겠다.

"이 근처부터는 조금 치안이 안 좋아. 익숙하지 않으면 뒷골목에 있는 가게는 가지 마라. 위험한 녀석이나 납치범들이 있으니까."

마차가 작은 아치를 통과하자 환락가로 보이는 근사한 길이 나왔다. 어쩐지 외설적인 분위기가 풍긴다.

딱히 미녀가 누각에서 손을 흔드는 것도 아닌데 왜 이렇게 두근거리나 몰라.

물론 말은 안 한다.

그 환락가를 빠져나가자 남문과 북문을 잇는 큰 길이 나왔다. 혼잡한 북문 앞을 지나는데 조금 시간이 걸렸다.

"마스터, 내벽을 넘는다고 고합니다."

귀족 거리의 경계가 되는 성벽을 넘자 행인이 적은 차분한 풍경으로 바뀌었다.

"저 근처의 커다란 건물이 백작님이나 자작님의 저택, 외벽 가까운 곳은 남작님이나 준남작님 저택이 많지. 대를 이은 사작님들 저택은 좀 더 가서, 내벽 바로 앞부터야."

과연, 계급도 꽤 다양하군.

"명예 사작이나 명예 남작 같은 1대 귀족도 내벽 주변이지. 귀족의 규칙 같은 게 싫은 녀석은 내벽 밖에 저택을 마련하기도 한다더군."

AR표시를 보니 귀족 거리 안에도 빈집이 많았다.

아마 가문의 격이 높지 않으면 귀족 거리에 집을 가질 수 없는 거겠지.

그런 식으로 마부의 가이드를 받으면서 마차가 동쪽 길드 앞에 도착했다.

◆

"야아, 숙박 기간 연장을 하고 싶은데 괜찮을까?"

우리는 방만 잡아놓고 한 번도 숙박을 안 한 여관으로 돌아왔다.

높은 숙박료를 냈으니까 오늘은 여관의 설비를 즐겨보고 싶군.

그렇게 생각을 했는데—.

"페, 펜드래건 사작님? 사, 살아……? 죽은 게 아니라?"

—여관 주인의 대답에서 어수선함이 느껴지는군.

"아, 아뇨, 용케 무사하셔서, 여, 여, 여, 연장은 괜찮습니다. 죄송합니다만, 방을 청소하고 있으니 잠시 로비에서 쉬어 주십시오. 물론 대금 같은 것은 필요 없습니다."

뭐랄까. 여관 주인이 노골적으로 수상하다. 시선이 마구 흔들리는데…….

그때 말을 살피러 간 타마와 포치가 돌아왔다.

"말 없어~?"

"주룡이랑 마차도 없는 거예요."

—어허? 어떻게 된 걸까?

우리의 시선이 여관 주인에게 향했다.

아리사와 리자의 경우는 찌릿 노려보는 느낌이었다.

"마, 말은 목장에서 운동을 하고 있습니다. 마차는 더러운 곳이 있어서 고급 마차 세정을 생업으로 삼는 공방에서 세정하고 있습니다. 물론 여관의 서비스이니 무료입니다."

과연, 내가 죽은 줄 알고 몰래 매각하려고 한 모양이군.

"허어? 그 마차는 공도의 명장에게 특주로 부탁한 것이라 금화 100닢은 족히 나가는 물건이야. 상처라도 내거나 도장을 벗길만한 공방은 아니겠지?"

"예, 예에. 물론이고말고요."

조금 혼쭐을 낼 생각으로 심술궂게 말했다.

"리자, 나나, 걱정되니까 마차를 확인하러 다녀오겠니?"

"아, 아뇨, 그러실 것은 없습니다. 여러분, 미궁에서 막 돌아오신 참이니 지치셨을 테지요. 새끼 양 고기가 좋은 것이 들어왔으니 식사를 하시면 어떻습니까? 마차와 말은 저희가 가지러 다녀올 테니 부디 식사라도 하면서 기다려 주시면, 그……."

이거야, 너무 잔챙이군. 이런 고급 여관의 주인이라고 생각하기 어려운 잔챙이다. 데릴사위 같은 거라서 돈이 필요했나?

"얘들아, 여관 주인이 새끼 양 요리를 무료로 대접해준다고 하는구나. 인사를 해야지."

나쁜 속셈의 대가로 새끼 양 요리를 듬뿍 대접 받아야겠군. 이 정도는 괜찮을 거야.

아이들이 구김살 없이 인사를 했다. 나에게 속셈이 들킨 것을 깨달았는지 얼버무리려는 건지 확실치는 않지만, 순순히 요리를 서비스로 줬다.

우리가 맛있는 식사를 마쳤을 무렵 마차와 말이 무사히 돌아왔다.

식사도 맛있었고, 말이 바뀌는 일도 없었으니 용서해주기로 했다.

간담도 서늘했을 테고, 새끼 양 요리 풀코스 8인분으로 금전적으로도 꽤 아플 거다.

나중에 말들에게 특제 사료라도 대접해주자.

“그게 무슨 말이냐, 헤이슨! 내 마차는 어디 있지! 금화 300닢이나 불러놓고는 이제 와서 팔 수 없게 되었다는 건 어찌된 일이냐?”

이걸로 끝내려고 생각하고 있는데 여관 로비에 노신사 한 명이 쳐들어왔다.

“듀케리 준남작님. 그것이, 조금 착오가 생긴지라—.”

여관 주인에게 철사처럼 가는 체구의 노신사가 다가섰다.

이 여관의 주인은 내 마차를 금화 300닢으로 그에게 팔고자 한 모양이군. 바가지 씌우는 건 꽤 잘 하나보다.

“이거 이거 준남작님. 안쪽 응접실로 가시지요. 왕도에서 좋은 레드 와인이 입하된 참입니다.”

분통을 터뜨리는 남작을 여관의 마담이 달래면서 직원용 통로로 안쪽에 데리고 갔다.

나는 괜한 트러블에 고개를 들이밀 생각은 없었다.

방금 전 새끼 양 요리로 울분도 삭혔고, 귀족— 그것도 영세(永世) 귀족인 준남작에게 사기를 치려던 여관 주인의 미래는 내가 뭘 안 해도 새까맣 테니까.

신뢰할 수 없는 여관에 계속 묵을 생각도 없으니까 이 여관은 철수해야겠어.

담쟁이 저택의 현재 상황을 체크하고, 살 수 있다면 거기에 살자. 안 될 것 같으면 시멘 자작이나 지인에게 괜찮은 곳을 소개해달라고 부탁을 하면 되겠지.

도시 안에 「귀환전이」용 각인판만 설치하고 미궁의 별장에 사는 것도 재미있겠군.

담쟁이 저택과 임시 거처

"사토입니다. 뜻밖의 장소에서 아는 사람 이야기를 듣는 일이 있습니다. 생각보다 세상이 좁다는 걸 실감하면서도, 아는 사람의 의외인 활약을 알고 다시 보게 되는 일도 종종 있습니다. 물론 그 반대도 있죠."

"그러면, 출발하자."

여관에서 철수한 우리는 새로운 거처 후보로 엘프 토라자유야 씨가 살았다는 담쟁이 저택에 가기로 했다.

"있잖아, 그『담쟁이 저택』은 어디에 있어?"

마차에 탈 때 아리사가 물었다.

전에 맵 검색을 했을 때는 발견되지 않았지만, 도시 안에 커다랗게 다른 맵 취급되는 장소가 있으니 거기일 거다. 도시의 남동쪽, 귀족 거리 옆이다.

"건너편에 숲이 보이지? 아마 그 안에 있어."

"아~ 저거? 자연공원 같은 건 줄 알았어."

"응, 정령 풍부."

미아 말처럼「정령시」스킬로 보면 숲 주변에 다른 곳의 몇 배나 되는 정령이 모여 있었다. 개중에서도 특히 정령이 모인 장소가 있으니 거기를 임시 목적지로 마킹했다.

우리는 숲을 목표로 잠시 마차를 몰았다.

숲의 경계에 구분선처럼 늘어선 낮은 돌 벽의 아치를 지나자 다른 맵으로 바뀌었다.

모든 맵 탐사를 해보니 맵 검색을 해볼 것도 없이 목적지인 「담쟁이 저택」을 발견했다.

이 숲 안에 있는 저택이 하나밖에 없으니 망설일 것도 없었다.

“거의 자연공원 같은 장소네.”

“작은 새나 동물이 잔뜩 있다고 고합니다.”

“응, 청정.”

아치 너머는 광대한 자연이 펼쳐져 있고, 나무들 사이의 오솔길을 옷차림 좋은 사람들이 산책하며, 저수지나 수로 옆에서는 작은 아이들이 새우나 생선을 잡고 있었다.

이 청량하고 맑은 저수지 상류에 「담쟁이 저택」이 있었다.

맵에 따르면 거기가 수원이었다.

정비된 길을 벗어나 잡초로 숨겨진 좁은 길로 마차를 몰았다.

잠시 나아가자, 갑자기 마차의 진로가 바뀌었다.

“왜 그러니, 루루?”

“죄송해요. 어째선지 마차 방향을 바꿔야 할 것 같아서…….”

로그에 「『향수(리턴 홈)』 마법에 저항했다」라고 나왔다. 무슨 사람들을 물리는 계통의 마법이겠군.

“우응?”

이 마법은 엘프에게 효과가 없는지 미아는 태연했다.

나와 미아 말고는 루루와 비슷한 느낌이었다.

"마법이 걸려있는 모양이니까, 여기서부터 미아랑 둘이서 다녀올게. 다들 잠시 여기서 기다려라."

그렇게 말하고 미아와 둘이서 담쟁이 저택 방면으로 걸었다.

전이 계통 마법인「방황하는 숲」으로 미아(迷兒)가 되면 안 되니까 미아의 작은 손을 잡았다.

미아가 기쁜 기색으로 나를 올려다보고, 조금 부끄러운 듯 조용히 말했다.

"데이트."

도저히 미아(迷兒) 방지라고 말할 수 없는 분위기라서, 미소로 답하고 조용한 숲 산책을 즐겼다.

아까 그 장소에서 5분 정도 걷자, 숲 속에 저택 한 채가 보였다. 이름처럼 저택 표면을 담쟁이가 뒤덮고 있었다.

"담쟁이 저택?"

"저게 그건가 보다."

보르에난 숲에 있던 토라자유야 씨의 저택과 닮았다.

귀족 거리에 있는 저택과 비교하면 반 이하의 사이즈지만 부지 면적은 비슷했다.

울타리 바깥쪽에는 폭 2미터쯤 되는 해자가 있고, 맑은 물이 흐르고 있었다. 해자 바깥쪽에도 낮은 울타리가 있으니 해자도 담쟁이 저택의 일부 같았다.

이 근처는 도시의 다른 장소보다 몇 미터 높은 곳이라 해자를 흐르는 맑은 물이 가는 수로를 따라서 아까 본 저수지에 흘러가 미궁 도시를 적시고 있었다.

"저쪽."

미아가 가리킨 방향에 아치 형태의 수목과 허리 높이의 하얀 나무문이 있었다. 다만 그 문 너머에는 물을 가득 머금은 해자만 있고 건널 수 있는 다리가 없었다.

마력 감지로 확인했더니, 낮은 해자 안쪽에는 공간 계통 결계 마법이 있었다.

토라자유야 씨는 방범 의식이 높았나 보군. 혹은 그가 머무를 무렵에는 이 정도 안 하면 안심할 수 없을 정도로 치안이 나빴을지도 모른다.

"암호장."

미아가 요정 가방에서 귀여운 메모장을 꺼냈다.

『문이여, 열리라. 나는 보르에난 숲의 미사날리아. 문지기여, 속히 마중하라.』

미아가 메모장에 쓰인 개문의 구절을 엘프어로 읽었다.

평소에 말하지 않는 것치고 미아는 발음이 좋단 말이지.

그러자 해자 건너편에 있는 문의 뒤에서 어린 소녀가 빼꼼 고개를 내밀었다.

나와 눈이 마주치자 문 너머로 황급히 숨었다.

『이, 인간족 꼬맹이 아님까!「향수」마법은 어찌 되어먹었답디까?』

엿듣기 스킬이 좀 거친 말을 포착했다.

검은색에 가까운 녹색 머리칼을 짧은 포니테일로 묶은 그녀는 집요정 브라우니였다. 보르에난 숲에서 그녀의 동족에게 신세를

졌으니, AR표시에 의지하지 않아도 그 정도는 알 수 있었다.

『문지기여, 속히 마중하라.』

거듭하여 마지막 구절을 반복하는 미아를 들어올려서 해자 너머에서 볼 수 있도록 했다.

물론 후드를 내려서 엘프 귀가 보이게 했다.

『엘프님!』

건너편의 소녀가 놀라서 외치더니 바로 앞과 해자 너머에 있는 2개의 문 사이에 다리가 걸렸다.

유리처럼 투명한 다리였다.

"응."

내게 뻗은 미아의 손을 쥐고서 함께 다리를 건넜다.

『미사날리아 님. 저는 담쟁이 저택의 관리인, 기릴의 손녀인 레리릴입니다.』

레리릴은 미아를 아는 모양이군.

"미아면 돼."

『그런 황송한 말씀을! 엘프님을 애칭으로 부르다뇨!』

레리릴은 엘프어로 말을 했지만, 미아가 시가 국어를 쓰는 걸 깨닫고 말을 고쳤다.

"―저는 레리릴이라고 불러주십시오."

"응, 레리릴."

레리릴은 레벨이 약간 높아서 20이다. 탐지 계열 스킬이나 은신 계열 종족 특성을 가졌다. 척후 같은 걸 하면 잘할 것 같군.

겉보기에는 미취학 아동 정도로 보이지만, 실제 연령은 60세니까 대화할 때 언동을 주의해야겠군.

환갑이라고 하면 뜻은 안 통해도 화낼 것 같군.

"그런데 미사날리아 님, 그 인간족 꼬맹이는 정체가 뭔가요? 인간족 주제에 엘프님 손을 잡다니 무례하기 짝이 없습니다. 제가 분수를 알려주도록 하지요."

초면인데 갑자기 호감도가 마이너스네.

보르에난 숲의 주민들은 인간족을 차별하지 않았지만, 레리릴은 인간족을 한 단계 아래로 보는 모양이다.

인간족이랑 섞여서 살다 보면 인간족을 싫어하게 되어 버리나?

—어째선지 인간족을 옹호할 수가 없군.

"우웅, 무례."

미아는 나를 대하는 레리릴의 태도에 심통이 났다.

"사토는 약혼자."

"에? 에엣? 그럴 수가…… 농담이시죠?"

미아의 약혼자 발언이 충격적이었는지, 레리릴이 양손을 빙빙 돌리며 부정했다.

"우우웅, 부모님 공인."

"하와와, 그럴 수가, 그런 일은 있을 수 없어요오~."

부모님 공인이란 말을 듣고 한계를 넘어섰는지 레리릴이 눈을 핑핑 돌리며 쓰러져 버렸다.

"어디 보자—."

이대로 둘 수도 없었다.

자그마한 레리릴을 안아 올려서 나무 그늘에 시트를 펴고 그

위에 눕혔다.

부지 주위의 해자 덕분에 녹음이 많아서 그런지, 때때로 불어오는 바람이 무척 시원하고 상쾌했다.

어쩐지 먼지가 많은 미궁도시 안에서, 여기랑 주변 공원만 다른 세상 같은 양상이었다.

"—핫, 악몽을 꾸고 말았어요."

"응, 꿈?"

"네, 엘프님이 인간족 꼬맹이한테 속아 넘어가는 악몽이요."

일부러 나무 그늘로 옮겨서 보살펴준 친절한 젊은이한테 실례되는 녀석이네.

레리릴이 비틀비틀 일어서더니 퍼뜩 미아를 돌아보았다. 그리고 조금 늦게 내 기척을 느꼈는지 로봇 같은 어색한 움직임으로 이쪽으로 돌아섰다.

그 다음의 소동은 생략하지만 어린 여자애를 상대하는 건 꽤 힘든 일이라고만 기록해 둔다.

"그러면 미사날리아 님과 사토, 이쪽으로 오세요."

드디어, 내 존재에 타협한 레리릴의 안내로 저택에 들어섰다.

바깥에서 기다리는 우리 애들을 「향수」의 대상에서 제외한 다음 「원거리 통화」 마법으로 불렀다. 금세 도착하겠지.

입구의 다리와 격리 마법은 레리릴이 가진 대리자의 메달로 조작할 수 있었다.

미아가 기릴에게 받은 메달은 「관리자 메달」이라고 불리는 것으로 레리릴의 메달보다 권한이 위였다.

"그러면 미사날리아 님이 담쟁이 저택의 새로운 주인이 되는 것이 맞습니까?"

"아냐."

미아가 고개를 붕붕 옆으로 젓고 나를 가리켰다.

"주인은 사토."

"에? 이 꼬매— 사토가, 말인가요?"

—꼬맹이라고 할려고 했겠다.

하긴 환갑 먹은 할머니니까, 꼬맹이가 맞기는 한데 말이지.

"기릴이 미궁도시에 머무를 거라면 이 저택을 쓰라고 했어. 메달도 그에게 받은 거지."

나한테 말한 게 아니었지만 일이 복잡해지니까 조금 생략했다.

"칫, 그 노망 할아범…… 아니, 할아버님이 말인가요? 믿을 수가 없어요."

아니아니, 레리릴. 말 고치는 거 늦었거든? 노망 할아범이라고 해 버렸잖아.

"우응. 사실."

"저기, 그 할아버님이 획 돌아버린, 아니 몸이 안 좋았던 게 아닌가요?"

"사토는 보르에난 숲의 은인. 아제 친구."

미아치고는 장문이다.

하지만 친구가 아니라 「연인 후보」 같은, 조금 더 꿈이 부푸는 호칭이 좋은데.

"아제라면, 설마 하이 엘프 아이아리제 님인가요?"
레리릴이 믿을 수 없다는 태도로 펄쩍 뛰며 놀랐다.
만화라면 얼굴의 부품이 한 박자 늦게 쫓아갈 수준이었다.
"……하이 엘프 님이, 인간족 앞에 모습을 보이다니! 그럴 수가. 게다가 친구? 하이 엘프님은 아신이라고 할 수 있는 천상인이신데……."
레리릴의 말을 듣고 무심코 쓴웃음이 흘렀다.
아신이나 천상인이라는 건 그 두둥실 떠다니는 아제 씨의 호칭으로 참 안 어울리니까.
세계수의 기억고에서 만난 「아신」 아제 씨는 또 모르지만.
"……저, 정말로?"
"네, 친하게 지내고 있어요. 정령시나 정령 마법을 가르쳐 주거나, 세계수 전망대에도 데려가 주셨죠."
눈을 치뜨고 물어보는 레리릴에게 대답했다.
"죄, 죄송합니다아아아아아아아아아아아아아아아아아."
레리릴은 굉장히 동요한 다음에 넙죽 엎드려 지금까지 무례하게 군 것을 사과했다.
게다가 「하이 엘프님의 친구라면 인간족이라도 막 부를 수는 없어요」라면서, 앞으로는 「사토 공」이라고 「공」을 붙이게 되었다.
여담이지만 나중에 온 다른 멤버도 아제 씨의 친구라고 가르쳐주자, 레리릴이 또 다시 졸도하는 일이 생겼다.
—힘내라, 레리릴.

◆

"미사날리아 님, 다른 여러분들도 이쪽으로……."

레리릴의 안내를 받아 저택에 들어섰다. 안은 극히 평범한 시가 왕국풍 저택이었다.

엔트랜스 홀 한 구석에 발견하기 어려운 좁은 통로가 있고, 그 너머에 강한 마력이 느껴지는 거울 하나가 있었다.

레리릴이 메달을 내밀자, 거울 표면에 파문처럼 빛이 떠올랐다.

오옷, 이세계라도 갈 법한 거울이다. —근데, 여기가 이세계잖아.

"따라오세요."

레리릴이 말하고는 거울로 뛰어들었다. 맵을 보니 레리릴이 지하 10미터쯤 아래에 있었다.

"이건 전이문의 일종이구나."

놀라는 동료들에게 말하고 나도 거울로 뛰어들었다.

엘프의 「요정의 고리」를 이용한 이동보다 공간 마법의 공간 왜곡 계열 마법에 가까운 위화감을 느낀 다음에 방금 전과 다른 장소로 나왔다.

잔디가 난 안뜰 같은 장소인데, 지하인데도 대단히 밝았다.

천장도 3미터 이상 되고, 이 밝기는 마법이 아니라 바깥의 빛처럼 느껴졌다.

미궁의 별장이 있는 장소의 천장과 마찬가지로 그 광섬유 같은 넝쿨을 가진 식물이나, 혹은 마법으로 햇빛을 전달하는 거겠지.

그러면서 안뜰을 둘러보고 있는데 동료들이 거울을 통해 나타났다.

"여기가 담쟁이 저택 본관입니다. 지상의 저택은 방문자용 가짜예요."

레리릴의 말에, 보르에난 숲에 있던 엘프들의 영빈용 수상 도시와 지하에 있던 근미래적 주거지가 떠올랐다.

엘프들은 이런 걸 좋아하네.

맵으로 확인하니 지하에 방이 100개가 넘는 거주구역뿐 아니라, 토라자유야 씨가 쓰던 공방과 설비도 있었다.

"주의 깊은 분이었구나."

"토라자유야 님은 엘프의 현자라고 불린 분입니다. 발명하신 마법 도구나 마법 기술도 많아서, 현자님이 미궁에 가 있는 동안 재산을 노린 도적이나 국가가 몇 번이고 쳐들어왔다고 할아버님이 지껄이십디다."

과연, 무작정 의심하는 게 아니라 자기 방어를 하는 동안 이렇게 된 거구나.

"지금도 태수가 바뀔 때마다 이 저택을 손에 넣으려고 무장 집단을 데리고 기웃거립디다."

그래도 함락되지 않다니, 굉장하지 않나?

"고 레벨 탐색자라면 돌파할 수 있을 것 같은데?"

"이 도시에 사는 자는 절대로 담쟁이 저택을 덮치지는 못할 겁다."

아리사의 의문에 레리릴이 이상할 정도로 자신만만하게 잘라 말했다.

“왜냐면, 이 저택에 있는『위핵』이 도시의 수원을 유지하고 있답니다.”

“우와. 라이프라인을 쥐고 있다니, 토라자유야 제법이네. 과연 현자님이야.”

아리사가 감탄한 기색으로 토라자유야를 칭찬했다.

레리릴도 자세히는 모르는 것 같지만, 위핵이란 것에 대한 기록이 그가 남긴 자료에 있었다.

그에 따르면 도시 핵을 모방한 마법 장치인데, 레벨 50급의 마물에게서 얻은 거대 마핵을 베이스로 삼고서 상당한 양의 성수석을 써야 만들 수 있는 것이었다.

가까운 지맥에서 마력을 빨아올려 저택의 결계나 마법 장치에 마력을 공급하거나, 접속되어 있는 마법 장치를 원격으로 관리하는 등 이래저래 편리한 시스템 같았다.

어 혹시—.

『위핵은 도시 핵에 흘러가는 지맥의 마력을 가로채는 거 아닐까?』

—라는 의문이 떠올랐지만, 이어지는 설명을 읽어보니 기우였다.

위핵은 미궁으로 흘러가는 마력을 빼앗는 시스템으로, 오히려 미궁의 성장을 저해하여 도시를 지키고 있었다.

“하지만, 통치자가 노리는 장소라면 여기를 거점으로 삼는 건 안 좋겠군.”

"그렇네. 저택 안에 있는 동안에는 괜찮겠지만, 저택의 주민이 바깥을 돌아다니면 인질로 삼거나 이래저래 귀찮은 일이 생길 것 같아."

아리사도 동의했다.

"하지만 여기 있는 시설은 쓰고 싶은데―."

"도시 안에 더미로 집을 구입해서 거기서 전이로 드나들면? 나나 주인님의 전이 마법을 쓰면 되잖아."

"그렇네, 그렇게 하자."

더미 가옥은 적당한 물건이 없는지 탐색자 길드 같은데 물어볼까.

기왕 이렇게 됐으니, 토라자유야 씨가 쓰던 공방과 설비 일람을 확인하기로 했다.

"지하의 설비는 인간족 따위가 쓸 수 있는 게 아님다만?"

"괜찮아. 보르에난 숲에 있는 지하 연구소도 사용했거든."

"혀, 현자님의 본관을? 그 노망 할아범이 용케도 들여보내줍디까."

기릴의 호칭을 고치는 거 까먹었거든?

"세계수의 위기를 구하는 연구를 위해서였으니까."

레리릴은 반신반의하는 기색이었지만, 내 솜씨를 보겠다는 태도로 설명도 없이 제어판으로 안내해주었다.

문제없다― 보르에난 숲의 지하 연구소와 같은 조작 형식이군.

"일단 설비 일람을 확인하면 되겠네―."

"건방지게도 표시판 조작을 할 줄 알잖슴까."

레리릴이 뭐라고 말했지만 나는 내 흥미를 우선시켰다.

기재가 보르에난 숲의 지하 연구소만큼 충실하지는 않았지만, 엘프식 대형 연성판이나 연성솥, 그리고 호문클루스 조정 따위에 쓸 수 있는 배양조까지 있으니 대만족이다.

마핵이나 성수석의 초기화나 기록이 가능한 마법 장치도 구형이지만 있었다. 조정이 어려운 탓에 엘프 마을에서도 멀리하는 타입이었지?

"—좋은데. 이거라면 마법 도구를 이것저것 만들 수 있겠어."

미궁에서 발견한 희귀 소재도 잔뜩 있으니까 지금 당장이라도 설비를 쓰고 싶었지만, 오늘은 확인만 하고 말아야겠군.

"고마워, 레리릴. 앞으로 종종 기재를 쓰러 와야겠다."

"현자님이 쓰시던 소중한 기재를 부수면 안 됨다?"

"그래, 물론이지."

지하 설비 일람을 확인한 다음 지상의 정원에 있는 테라스에서, 가까워진 증표로 다과회를 했다.

차와 같이 먹은 카스텔라가 레리릴에게 호평이었다.

돌아갈 때 「귀환전이용」 각인판을 설치하고 「담쟁이 저택」을 떠났다.

◆

"다음은 집을 사러 가는 거야?"

"그래, 서쪽 탐색자 길드에서 임시 가옥을 알선 받을 생각이야."

동쪽 탐색자 길드 쪽도 비어 있을 것 같지만, 미궁에 가기 쉬운 집을 사고 싶어서 미궁 근처에 있는 서쪽 탐색자 길드를 골랐다.

왔을 때하고 다른 길로 나아가자, 숲 지역의 경계에서 무장한 위병이 경계를 하고 있었다.

귀족 거리 쪽에는 없기에 창으로 고개를 내밀어 위병에게 말을 걸었다.

"여기를 지나려면 무슨 허가가 있어야 할까?"

"아뇨! 귀족님들은 통행에 제한이 없습니다."

딱히 귀족 신분을 나타내는 은색 판을 보여준 것도 아닌데, 귀족 거리 쪽에서 호위를 거느리고 오는 세련된 마차를 보더니 나를 귀족으로 판단한 모양이다.

딱히 문제가 없는 모양이라 일을 방해한 것을 사과하고 그 자리를 지나쳤다.

조금 길을 나아가자 떠들썩한 남문이 보였다.

여기랑 북문이 일반 시민이나 상단의 출입구인지 수많은 마차가 오가고 있었다.

미궁도시란 지역색 탓인지 호위가 있는 마차가 많았다. 말과 주룡뿐 아니라 타조 같은 새나 느림보 사슴도 짐을 싣거나 타고 다니는데 쓰고 있었다.

"떠들썩~?"

"가게가 잔뜩 있는 거예요."

타마와 포치가 두리번거리며 들떠서는 길가는 사람들을 눈으로 좇고 있었다.

남북의 문을 잇는 대로에는 수많은 상가가 늘어서 있고, 문 근처에는 상단을 상대하는 도매상이 많아 보였다.

부유층을 상대하는 점포는 귀족 거리로 이어지는 내문이 있는 대로의 중간 지점에 있군.

"응, 다채로워."

"그렇네. 수인도 많고, 유목민 같은 복장의 사람들이나 서방 소국군의 의상을 입은 사람들도 있다."

공도하고는 또 다른 인종의 도가니였다.

"—감사합니다."

루루가 마부석에서 말하는 걸 듣고 반대쪽 창으로 바깥을 보았다.

아무래도 귀족 마차라는 걸 깨달은 족제비 수인족 상단이 길을 양보해준 모양이다.

내가 창에서 가볍게 눈인사를 하자 어째선지 굉장히 놀랐다.

상인에게 눈인사를 하는 귀족이 보기 드문 걸지도 모르지.

성벽을 따라 나아가 작은 밭을 가진 농가가 모인 장소를 빠져나가자 목장 같은 장소 옆으로 나왔다.

"고기~?"

"아주 맛있어 보이는 거예요."

목장의 가축들을 본 타마와 포치가 창에 달라붙었다.

"말과 양, 그리고, 저건— 오미이 소일까요?"

"세리빌라 둔우라는 종 같아."

마부석의 루루가 가리킨 곳에는 둥글둥글하고 다리가 짧은 소가 있었다.

공도에서 산 책에 따르면 육질은 지방이 많고 맛은 보통이며, 맛있는 우유가 잔뜩 나오는 품종이었다.

여기에는 목장이 3개 정도 붙어 있었다.

"집이 정해지면, 여기로 우유랑 소시지류를 사러 오자."

"와~아."

"해냈다~ 인 거예요!"

"치즈도."

기뻐하는 아이들의 머리를 쓰다듬고 미아에게 물론이라며 고개를 끄덕였다.

그대로 목장 옆에 흐르는 시냇물을 따라 나아가자 왼쪽에 높은 성벽이 지키고 있는 미궁방면군 주둔지가 보였다.

성곽은 없지만 탑이 몇 개나 서 있고, 그 위에 대형 마력포가 설치되어 있었다.

전장이 될 것을 상정한 건지 주둔지 앞에는 학교 운동장 같은 빈터가 있었다.

시냇물은 성벽 앞의 해자로 흘러갔다. 여기가 가장 하류인 모양이군.

주둔지 앞을 지나 다리를 건너자 저소득자층의 구조가 조잡한 집들이 늘어선 구역으로 들어섰다.

하천을 따라 냄새가 독한 해체장이나 가죽 공방 같은 것이 있어서 주거 환경이 안 좋다.

탐색자 길드로 가는 길은 좁고 붐비기 때문에 조금 빙 돌아가는 사람이 적은 코스를 나아갔다.

"—으헥."

다리 아래에 사람이 보이기에 망원 스킬로 봤더니, 젊은 여성 탐색자들이 시냇물로 멱을 감고 있는 걸 보고 말았다.

거적 같은 걸로 가려놓기는 했지만 틈이 너무 많군.

"왜 그래?"

"대단한 건 아냐—."

참견이 지나치다고 생각할 것 같지만, 다리를 건널 때 아리사와 나나에게 부탁하여 가림막으로 쓸 수 있는 커다란 방수포를 선물했다.

◆

"그러면, 없는 동안 부탁한다."

"네, 주인님."

서쪽 길드의 주차장에 마차를 대기시킨 채 아리사와 나나를 데리고 서쪽 길드에 들어갔다.

안은 혼잡할 것 같고 마차를 방치할 수도 없으니 최소한의 인원으로 가기로 했다.

아리사는 교섭 보조, 나나는 트러블 발생 시에 아리사의 호위로 데리고 왔다.

"요전만큼 붐비지는 않네."

아리사가 말한 것처럼 서쪽 길드 안은 러시아워의 역 구내 같았던 지난번과 달리 보통 수준으로 혼잡했다.

—저건.

인파 너머에 태수공관에서 시비를 걸었던 태수 대리 소켈이 호위를 거느리고 활보하는 게 보였다. 옆에는 그에게 어울리는 거만한 표정의 미인 직원도 데리고 있었다.

혼잡한 복도를 제 것처럼 직진하니까 주위의 탐색자들은 민폐란 표정이었다.

—군자는 위험을 가까이 하지 않는다.

소켈이 눈치채고서 시비를 걸면 귀찮으니까 인파 너머에서 얌전히 있을까.

"마스터, 수배서를 발견했다고 보고합니다."

"현상수배범인가 보네."

들어가자마자 바로 보이는 벽에 몽타주와 금액과 이름이 적힌 수배서가 있었다.

"미적이래— 생사불문으로 금화 100닢이라니 굉장하네."

아리사가 가리킨 것은 얼굴 오른쪽 절반을 가면으로 가린 미적인데, 이름이 「미적왕 루더만」이었다. 어디서 들어본 것 같은데 아마 기분 탓이겠지.

그 옆에는 「단검 공주 데린」이란 미녀와 「육탄남 굼」이란 둥그런 거한도 붙어 있었다. 바리에이션이 꽤 풍부하네.

"보게 되면 붙잡으면 되겠지."

나는 만약을 위해서 현상범들의 이름을 교류란 메모장에 기입했다. 미적으로 탐색하면 금세 구별할 수 있지만 만약을 위해서.

"천장에 안내판 하나 정도 걸어두면 좋겠어."

"배치에 재고의 여지가 있다고 아리사에게 동의합니다.

수많은 기둥에 목적지를 가리키는 안내판이 있지만, 키가 작으면 사람들에 가려서 안 보인다.

서쪽 길드의 구조는 동쪽 길드와 비슷하지만, 플로어 안에 상담 공간이 없고 안쪽에는 녹음이 가득한 안뜰이 보였다. 잡다한 플로어와 달리 그쪽은 거의 사람이 없었다.

세련된 안뜰에는 오픈 테라스가 설치되어 있는데, 귀족이나 고레벨 탐색자 전용 공간인가 보군.

"어라? 테라스에서 훈남들하고 담소하고 있는 거, 미티아 왕녀 아냐?"

"그런가 보네."

오늘은 호위인 바위의 기사가 없는 모양이다.

다른 사람 연애 행각을 방해하면 미안하니까 말을 안 걸고 테라스 옆 통로를 나아갔다.

그런데, 당사자인 미티아 왕녀가 기쁜 기색으로 일어서서 팔을 붕붕 흔들었다.

"사토 공! 그리고 아리사도!"

유감이지만 나나의 이름은 안 나왔다. 주룡에 타고 있어서 접점이 없었으니까.

"탐색자 생활은 어떠한 것이냐? 자극이 가득 있느냐?"

"네, 무척 많습니다."

여러 가지 식자재와 비밀 기지 같은 미궁 별장도 만들었으니, 미궁 생활을 만끽하고 있다고 해도 지나치지 않았다.

"일행 분이 돌아온 듯 하니, 저는 이만—."

"기다리거라, 제릴 공! 기왕 만났으니 본녀의 친구들을 소개하겠느니라."

미티아 왕녀와 환담을 하고 있던 건 미궁에서 나왔을 때 본 「적룡의 포효」의 리더 제릴 씨였다.

또 한 사람은 초면인데, 「업화의 송곳니」란 탐색자 파티의 리더이며 자리곤이라고 했다.

야성적인 훈남인 그도 레벨이 39로 높았다.

옆에서 아리사가 「자코린?」이라고 일본어로 중얼거린 것을 엿듣기 스킬이 포착한 탓인지, 자리곤 씨의 이름을 「**자코린**」[#2]으로 잘못 부를 것 같아 무서웠다.

"이쪽이 무노 남작 가신인 사토 펜드래건 사작—."

"펜드래건? 자네가 펜드래건 경인가? 자네 얘기는 사가 제국의 용사 마사키 님께 들었어."

내 이름을 들은 제릴 씨가 미려한 얼굴에 놀라움을 드러냈다.

그는 용사 하야토를 가문명으로 부르나 보군.

하야토가 나를 어떤 식으로 말했는지 조금 신경 쓰이네.

"헤~ 이 녀석이 펜드래건이군……. 건방져 보이는 꼬마잖아."

또 한 사람 자리곤 씨는 나를 깔보는 느낌으로 내뱉었다.

#2 자코 본래 잡어(雜魚)를 뜻하지만 잡졸이나 하찮은 것을 비유할 때 쓰기도 한다.

별로 친해지고 싶은 타입은 아니라서 그의 말을 음소거하고 제릴 씨와 이야기하기로 했다.

아리사와 나나가 폭발하지 않도록 공간 마법「원거리 통화」로 못을 박아두었다.

"용사님께서 미궁도시에 오셨었나요?"

"그래. 미궁을 조금 조사한 다음에 종자를 회수하고 떠났지. 다음에는 파리온 신국에 간다고 했었나?"

아리사의 질문에 제릴 씨가 산뜻하게 대답했다.

그건 그렇고 가까이서 대화를 해보니 그의 가슴팍과 팔이 꽤 두꺼운 걸 잘 알 수 있었다.

"어라? 그 검은— 혹시 보르에하르트의 드워프가 만든 것 아닌가?"

제릴 씨가 내 요정검의 자루를 보고 가식 웃음이 아닌 진짜 웃음을 보였다.

그가 허리에 찬 붉은 칼집의 검도 보르에하르트제— 뿐만 아니라 내 검을 만든 도하루 노인의 수제자, 다지울 씨가 벼린 것이었다.

"네, 그래요."

"역시 그렇군! 본 적이 없는 인장이지만, 가만 보니 도하루 노인의 고참 제자 중 한 명이겠지."

아뇨. 그 도하루 노인이랑 내가 같이 벼렸어요. —라고 신이 난 그에게 말할 수는 없었다.

이건 이야기를 돌리자.

“제릴 경의 검도 보르에하르트제로 보입니다만, 역시 고참 제자 분이 만든 것 아닌가요?”

“그렇고말고!”

슬쩍 말을 꺼내자 제릴 씨가 멋진 웃음을 지으며 달려들었다.

“이건 도하루 노인의 수제자인 다지울 기사가 특별히 벼려준 검이야! 미스릴을 베이스로 놋쇠와 청강을 조금, 그리고 히히이로카네 분말을 더해 만들어낸 보르에하르트제 미스릴 합금검 중에서도 유수의—.”

길어.

길어요, 제릴 씨.

아무래도 나는 매니아에게 섣불리 화제를 꺼내고 말았나 보다.

나는 포기하고 그의 이야기를 경청했다. 흥미로운 내용이기도 해서 그렇게 고통은 아니었고 말이야.

물론 그것은 그의 동료가 부르러 와서 금세 끝나 버렸다.

“제릴! 준비가 끝났다.”

“알았어! 금방 가지. —그러면 미티아 님, 이만 실례하겠습니다.”

“그러게, 『구역의 주인』 토벌 성공을 기도하겠느니라.”

제릴 씨는 플로어 안에서 부르는 소리를 따라 물러갔다.

어쩐지 주변 공기가 이완된 느낌이었다.

“보물 상자를 노리는 걸까?”

“아리사는 모르는 것이냐? 『구역의 주인』의 마핵은 『계층의 주인』과 싸울 자격을 얻기 위해 필요한 것이니라.”

마치 게임의 진행형 퀘스트 같군.

"헹! 놈들보다 우리들 『업화의 송곳니』가 먼저 『구역의 주인』을 쓰러뜨릴 거다."

자리곤이 어필하자 미티아 왕녀가 생긋 웃으며 격려했다.

"그래, 자리곤 공도 열심히 하여라."

볼이 붉게 물든 자리곤이 들뜬 기색으로 의기양양하게 대검을 지고 물러갔다.

혹시 자리곤은 유녀(로리콤) 취향일지도 모르겠군.

"미티아 님 일은 순조로운가요?"

아리사가 앳된 외견의 친구에게 외부인용 말투로 물었다.

"그래, 괜찮으니라. 소켈 공이 막고 있던 태수 영애의 치료도, 그저께 태수 부처가 귀환한 덕분에 드디어 시작한 것이로다."

—태수 영애의 치료를 방해?

소켈과 만났을 때 인상이 나빴던 탓인지, 아주 약간이지만 무슨 심술이나 나쁜 속셈이 있는 것 아닌가 생각해 버렸다. 반성하자, 반성.

"미티아 님은 미궁도시 생활에서 뭔가 곤란한 일은 없으신가요?"

"별관에서 생활하는 것 자체는 충분하고 남느니라. 거만한 소켈 공과 다소 맞지 않는 부분은 있지만, 그보다도—."

미티아 왕녀가 조금 말을 망설였다.

그녀의 어조에는 불만이라기보다 불안 같은 것이 느껴졌다.

"—본녀는 포프테마 공이 거북하니라. 그 인물이 바라보면 어쩔 수 없이 오한이 드는 것이다. 겉보기와 말투로 다른 사람을 깔보지 말라고 교육을 맡은 할아범이 말을 했었다만…….”

아무래도 생리적으로 무리라는 가장 심한 건가 보군.

“아니아니, 이래선 안 되는 것이니라. 본녀도 아직 미숙한 것이로다. 그런데 아리사—.”

미티아 왕녀는 남의 험담을 해버린 것을 부끄러워한 다음, 아리사와 미궁도시의 재미있는 장소를 논하기 시작했다.

그때 팔과 이마에 붕대를 두른 종자 아가씨가 달려왔다.

“전하, 기다리셨습니다!”

오늘 미티아 왕녀의 호위는 바위의 기사가 아니라 종자 아가씨인가 보군.

“치료는 제대로 받았느냐?”

“네! 덤으로 소켈 공이 있기에 도시 안에서 괴한에게 습격 받은 일을 전달했습니다.”

—습격? 그래서 제릴 경 곁에 있었나?

“전하는 다치지 않으셨나요?”

“그래, 류라가 지켜준 덕에 괜찮으니라.”

미티아 왕녀 말에 따르면, 괴한은 복면을 쓴 옷차림이 좋은 젊은이였다고 한다.

강도가 아니라면 대체 누가 그녀를 습격한 건지 신경 쓰이네.

자리곤처럼 유녀 취향이라면 모를까, 성적인 충동으로 그녀를 공격할 것 같지는 않은데…….

그때 바위의 기사와 함께 미티아 왕녀의 늙은 유모가 찾아왔다.

"공주님! 또 이런 장소에 와서 놀고 계셨군요."

"류라, 부상을 입었나?"

아무래도 두 사람은 습격에 대해서 몰랐던 모양이다.

"할멈과 라브나가 와줬으니, 저택으로 돌아가겠느니라. 사토 공, 아리사, 또 만나도록 하마."

종자들에 이끌려 돌아가는 미티아 왕녀를 배웅한 다음, 우리는 집을 구입하기 위해 창구로 향했다.

◆

"사작님의 요망에 맞는 저택은 이것들입니다."

길드의 부동산을 다루는 부서의 남성 직원이 미궁도시의 지도를 가리키며 소개해줬다.

소개 받은 것은 남북의 대로 옆 귀족문에서 가까운 옛 상가, 장인 거리 안에 있는 공방, 귀족의 애인이 썼다는 저택까지 셋이었다.

"치안은 귀족 거리 쪽이 좋습니다만, 그쪽은 태수공관에서 다루고 있기 때문에 그쪽의 소개가 필요합니다."

내가 각각의 저택 정보가 쓰인 종이를 읽고 있는데 직원이 보충해 주었다.

옛 상가는 서쪽 길드에서 멀고, 공방은 가죽 공방 근처라서 냄새가 심한 곳이라 소거법으로 애인 저택을 골랐다.

조금 좁지만, 담쟁이 저택 중계 포인트로 삼을 거니까 문제없

셨지.

"있잖아, 여기는 안 돼?"

직원이 옆으로 치워둔 파일을 바라보던 아리사가 그 중 하나를 골라 물었다.

서면을 슬쩍 보니, 귀족의 별장이었던 곳이라 넓고 목장과 농장도 가깝다. 게다가 엄청 싸다.

다만, 10년 정도 빈집이었기 때문에 살려면 좀 수고가 들지도 모른다.

"그, 그곳은 다소 사연이 있는 물건이라……."

직원 말로는 집을 세운 귀족을 노린 저주가 남아 있어서 신전의 고위 신관도 해주하지 못한다고 했다.

"굉장한 저주네요."

"예. 과거 무노 **후작**령을 멸망시킨『불사의 왕』이 건 저주라고 합니다."

—젠이냐!

내 뇌리에 나나의 옛 마스터이며 미아를 유괴한 해골 얼굴이 떠올랐다.

"혹시 그 저택의 본래 주인은—."

"네, 무노 후작의 조카에 해당하는 분으로…… 사용인들과 함께 미이라 같은 모습으로 변사했다고 합니다."

다음으로 저택의 주인이 된 사람들도 쇠약사 직전의 상태로 발견됐다고 한다.

그 저주는 주위에도 흘러나와, 몸 상태가 안 좋아지는 사람이 속출했기 때문에 저택 주변은 빈집과 빈터만 남아 버린 모양이다.

“뒤쪽 목장은 문제가 없지만, 저주 받은 저택 옆에 있다는 것만으로 유제품과 고기의 매상이 안 좋다고 합니다.”

평판 피해가 심하군.

맵으로 확인하니, 그 저택은 분명히 저주에 걸린 것을 알 수 있었다.

아마 무노 남작성 지하에 있던 젠의 저주와 같은 거겠지.

“구입하죠.”

“진심이십니까!”

“네. 저는 무노 남작님의 가신이라, 무노 가문과 인연이 있는 저택이 저주로 더럽혀졌다는 얘기를 방치할 수 없어요.”

직원은 나를 말리려고 했지만, 나중에 나온 상사가 일갈하자 매매 계약을 맺어 주었다.

“펜드래건 사작님, 주변 빈터와 빈집도 함께 어떠신지요? 모두 합쳐서 이 가격이면 됩니다. 검토해 보시겠습니까?”

“으음, 어떻게 할지—.”

상사 씨가 불량 물건을 일소하고 싶은 모양이기에 아리사와 함께 좀 뜸을 들였더니, 처음 소개해준 3건 중에서 가장 싼 녀석의 반액 정도로 팔아주었다.

얼마나 팔고 싶었던 거냐…….

“그러면, 매매 성립입니다.”

격납 가방에서 꺼낸 금화를 지불하고, 저택의 권리서와 열쇠 꾸러미를 받았다. 등록 수속은 계약 스킬을 가진 직원이 그 자리에 해주었다.

나는 함박웃음을 짓는 상사 씨와 악수를 나누고 길드를 떠났다.

그리고 고정 자산세가 신경 쓰였지만, 저택의 규모나 장소에 따라 다르며 이 저택의 경우는 3년간 면제인 데다가 4년째 이후로도 굉장히 싸다.

언젠가 금액이 오르기야 하겠지만, 귀족 거리의 저택과 비교하면 푼돈이니 걱정할 필요 없겠지.

◆

"괜찮아? 저주 받은 저택이잖아."

"물론이지. 무노 남작성 지하에서도 한 번 해주한 적 있으니까."

걱정하는 아리사에게 말하자 그제야 안도한 웃음으로 돌아왔다.

아까 지나온 길을 돌아와서 곧장 저택으로 갔다.

"으엑, 잡초투성이잖아."

잡초가 우거진 저택 앞에서 아리사가 지긋지긋한 낌새로 불평을 흘렸다.

"맡겨둬~?"

"풀베기 장비 장착인 거예요!"

"신형 데스 풀베기 낫이라고 고합니다."

타마와 포치는 파우치에서 꺼낸 풀베기 낫을 손에 들고 포즈를 취했다. 나나까지 자루가 긴 풀베기 낫을 꺼냈다.

"조금 녹이 슨 모양이네."

문을 봉쇄한 커다란 자물쇠에 열쇠를 넣어 열었다.
나중에 윤활유를 쳐야겠군.
“루루, 거기는 통행에 방해가 되니까 마차를 부지 안으로 넣자.”
“네, 주인님.”
루루가 마차를 이동시키는 걸 지켜보면서 저택의 상황을 확인했다.
정원에 건강을 해칠 수 있는 농도의 독기가 가득하기에 정령광을 전개하여 독기를 떨쳐냈다. 독기의 근원은 역시 저택의 본채였다.
—어라?
부지 안에 있는 마구간 뒤에 아이들 5명 정도가 들어와 있었다. 아마도 빈집에 불법 체류하고 있는 부랑아들이겠지.
레벨도 낮은 것 같고, 풀베기를 하는 김에 애들한테 보러 가라고 지시했다.
“나나, 타마와 포치를 데리고 마구간 쪽을 조사해봐라.”
“예스, 마스터.”
“라져~.”
“인 거예요!”
3명은 마구간까지 나 있는 풀을 헤치고 길을 만들면서 나아갔다.
“리자와 미아는 우물을 좀 봐줘.”
“알겠습니다.”
“응.”

나나와 같은 자루가 긴 낫을 든 리자가 풀을 베어내면서 나아갔다.

"그러면—."

나는 드넓은 부지를 돌아보았다.

등기 서류의 평수로 상상했던 것보다 넓었다.

귀족 저택다운 넓이의 정원을 우리들만으로 풀베기를 하는 건 좀 귀찮군.

"아리사와 루루는 일손 확보를 부탁한다."

"일손, 인가요?"

"풀베기와 청소를 외주하는 거구나!"

루루는 잘 모르겠다는 눈치였지만 아리사는 금세 감을 잡았다.

"서쪽 길드 앞에 일자리에서 밀려난 아이들이 앉아 있었으니까, 금방 모을 수 있어! 저녁밥을 준다고 하면 금세 모일 거야."

그래도 식사만으로 육체노동을 시키는 건 미안하니까, 적절한 돈을 주기로 했다.

"몇 명 정도 고용하면 돼?"

"어디 보자— 오늘 안으로 풀베기를 끝내고 싶으니까 10명 정도는 있어야겠다. 수가 다소 적거나 많아도 돼."

"오케이! 일단 오고 싶은 애들을 한꺼번에 채용해서 올게."

"그래, 그걸로 부탁해."

이 정도로 넓으면 사람 수가 2배나 3배가 되어도 문제없단 말이지.

나는 두 사람을 배웅한 다음에 홀로 저택의 본채로 갔다.

문을 열자 독기가 흘러 나왔지만 내 정령광으로 정화했다.

"저쪽이군—."

나는 혼잣말을 하면서 먼지가 쌓인 바닥에 닿지 않도록 천구를 써서 안으로 나아갔다.

"지하실에서 흘러나오는 모양이네."

저택 주인의 서재로 보이는 방 안쪽, 난잡하게 널빤지로 막아 봉쇄한 지하실로 이어지는 문을 억지로 열고 아래로 내려갔다.

앞쪽에 정령광으로 정화가 안 될 정도의 농밀한 독기가 흐르고 있기에, 스토리지에서 꺼낸 성비를 사용해 본격적으로 정화했다.

최하층까지 내려가자 땅에서 검고 반투명한 그림자가 나타났다.

『침입자여, 내 이름은 「불사의 왕」 젠— 그 그림자이다.』

무노 남작성의 지하에서 본 그림자보다 선명도가 떨어지는 모습이다.

AR표시로는 「저주 혼(커스드 소울)」이라고 나왔다. 이것이 저주의 핵이 틀림없겠지.

나는 칭호를 「용사」로 바꾸고, 스토리지에서 수제 성검을 꺼냈다.

사실은 「불사의 왕」 젠이 양보한, 그와 남작성의 그림자를 성불시킨 성검 쥴라혼을 사용하고 싶었지만 그건 이미 시가 국왕에게 반납해서 나한테 없었다.

젠은 시가 왕국의 귀족을 미워하니까 시가 왕국과 인연이 있는 클라우 솔라스가 아니라 인연이 전혀 없는 내 수제품을 골랐다.

"젠은 성불했어. 무노 성 지하에 있던 네 동료도 마찬가지야. 너도 이제 역할을 끝내자."

나는 술자도 잊고 있었을 「저주 혼」에게 말하고 성검을 휘둘렀다.

성검의 파란 궤적에 닿은 「저주 혼」이 환상처럼 흐려지며 사라졌다.

편안하게 갔는지는 모르겠지만, 로그에 저주 혼의 토멸이 기록됐으니 이 저택에 사는 사람을 좀먹던 저주도 사라졌을 거다.

실제로 그렇게 짙었던 독기도 정령광만 가지고 사라질 정도까지 흐려졌다.

조금만 더 지나면 저택 안의 독기도 깔끔하게 사라지겠지.

"클~났다~."

"큰일난 거예요."

저택 바깥으로 나왔더니 마구간에서 타마와 포치가 달려오는 게 보였다.

"긴급 사태라고 고합니다! 목숨이 위험하고 위기인 겁니다. 즉시 구원을 바랍니다."

마구간 입구에서 얼굴을 내민 나나가 나를 불렀다.

아무래도 부랑아들은 단순한 불법 침입이 아니었나 보군.

"얼른~."

"이쪽, 인 거예요."

타마와 포치에 이끌려 마구간 뒤로 가자 초등학생쯤 되는 아이들이 주저앉아 있었다.

"상당히 쇠약해졌구나."

눈으로 아이들 상태를 관찰하면서 AR표시에 뜨는 상세 정보를 조사했다.

맵의 디폴트 표시는 종족과 레벨뿐이고, 범위 검색을 할 때도 노멀이면 이름, 종족, 연령, 성별, 레벨밖에 표시가 안 된다.

표시정보를 너무 늘리면 시야가 좁아지니까 조정을 해뒀다.

적대자나 범죄자, 스킬 불명자나 레벨 40 이상인 자들은 표시색을 나누어 강조 표시를 하도록 했다.

"어떤가요, 라고 묻습니다."

"아아, 일단 목숨에는 지장이 없어."

그러나 꽤 오래 제대로 된 식사를 못했는지 위험한 수준으로 쇠약해졌다.

덤으로 물도 제대로 못 마셨나 보군. 의식도 혼탁한지 우리들이 나타나도 반응한 것은 한 명뿐이다. 그 한 명도 움직일 기색이 없었다.

나는 지친 엘프들에게 대인기였던 영양제를 조금 희석해서 아이들에게 투여했다.

몸이 작고 약해졌으니 보통 농도의 영양제는 위험하다고 생각했다.

"상처~?"

"아파 보이는 거예요."

타마와 포치가 아이들을 걱정스레 들여다보았다.

다들 골절이나, 그 골절 때문에 팔다리가 괴사를 일으키기 직전이거나, 열상이 심해서 부어 있거나 했다.

젠의 저주와 독기만 쇠약의 원인은 아닌 것 같다.

"금방 치료해줄게."

나는 회복 마법으로 아이들의 상처를 한꺼번에 치유했다.

골절된 뼈가 이상한 형태로 유착된 애도 있었지만, 오래된 상처는 마법약이나 회복 마법으로 고칠 수 없다.

하지만 이대로 두면 제대로 걷는 것도 어려울 거다.

나는 「자기 치유」 스킬이 발동할 때 마력의 흐름을 떠올리면서 아이들의 몸을 고칠 수 없는지 시행착오를 했다.

"응, 으응……."

조금 괴로워 보였지만, 어떻게 될 것 같군.

〉「마력 치유」 스킬을 얻었다.

〉칭호 「심령치료사」를 얻었다.

어쩐지 편리한 스킬이 생겼기에 유효화하고 칭호도 새로운 걸 세트하여 아이들 치료를 계속했다.

스킬 레벨 최대의 보조효과가 근사해서, 신중하게 마력 치유를 한 덕분에 아이들의 뼈를 정상 상태로 변형시키는데 성공했다.

"이제 괜찮아."

"의식이 안 돌아온다고 고합니다."

"지쳐서 잠든 것뿐이야. 조금 시간을 두고서 물을 마시게 한 뒤에, 다시 한 번 영양제를 먹이자. 내일 아침에는 묽은 죽이라도 먹이면 될 거야."

"과연 마스터입니다. 아낌없는 찬사가 넘칩니다!"

"다행이야~."

"인 거예요!"

이 애들 간병은 나나한테 맡기자.

이대로 땅에 눕혀두면 가여우니까, 우리가 야영할 때 쓰는 펠트를 겹친 푹신푹신한 시트를 스토리지에서 꺼내 아래쪽에 깔아줬다.

그때 리자와 미아가 뛰어왔다.

"주인님. 방금 타마와 포치가 큰 소리를 냈는데 무슨 일 있습니까?"

"사토."

"이제 괜찮아."

나는 일의 전말을 「비를 피하고 있던 아이들이 저택의 저주 때문에 쇠약해졌다」는 식으로 리자와 미아에게 생략해서 전하고, 우물 상황을 물었다.

"우물은 수리가 필요합니다."

"응, 도르래 부패."

그렇게 대화를 하면서 우물을 직접 보러 갔다. 타마와 포치도 함께다.

땅에는 부서진 도르래의 잔해가 굴러다니고, 우물에 쓰레기가 들어가지 않도록 하는 뚜껑 옆에 밧줄 달린 통이 있었다.

이 통은 조금 젖어 있었다. 아마 아까 그 애들이 쓴 거겠지.

나는 이력의 손을 뻗어서 우물 안의 쓰레기를 물과 함께 스토리지의 쓰레기통 폴더로 수납하고, 깨끗한 물이 바닥에 고일 때까지 반복했다.

"이 정도면 될까? 이제 전문 수리업자한테 맡기자."

그렇게 말하고 부엌으로 이어지는 문을 열쇠로 열었다.

"이쪽은 수선이랑 청소가 힘들겠네."

현관 쪽보다 먼지가 굉장하다. 10년 분량은 폼이 아니군.

"탐험."

"내가 먼저 갈까?"

"괜찮아."

기합이 충분한 미아를 선두로, 타마와 포치가 주방에 돌격했다.

그러나 금세—.

"사토."

"거미줄~?"

"끈적끈적하는, 거예요."

거미줄투성이가 된 미아와, 마찬가지로 거미줄투성이로 귀가 축 늘어진 포치가 울며 매달렸다.

무사한 타마를 포함해서 세 사람의 몸가짐을 정돈해준 다음, 다시 탐색을 재개했다.

물론 이번에는 내가 선두다.

거미줄이나 먼지의 산을 「이력의 손」으로 만져 스토리지의 쓰레기통 폴더로 직행시켰다.

"가마는 그대로 쓸 수 있겠습니다."

"이 검은 건 석탄인가?"

주방의 가마에는 석탄으로 보이는 검은 조각과 재가 쌓여 있었다. 이 조리 용품들은 마법 도구로 변경하는 게 좋겠군.

"방 잔뜩~?"

본채는 3층 건물인데, 다락방이나 지하실도 있었다. 본채의 바닥 면적은 다락방이나 지하실을 빼고 100평 정도 되니까, 평균적인 현대 일본 건축의 10배쯤 된다.

"의자와 서랍도 잔뜩 있는 거예요."

본채 다락방이나 지하실에 부서진 의자를 비롯하여 잡동사니가 다수 남아 있기에, 스토리지의 쓰레기통 폴더에 수납하여 청소했다. 「이력의 손」과 함께 쓰니까 편해서 좋군.

"쓸만한 가구도 많군요."

"응, 튼튼."

저택 안을 조사한 결과, 바닥이 일부 썩어 있는 것 말고는 먼지와 거미줄만 걷어내면 어떻게 되겠다.

귀족풍 가구도 다수 방치되어 있으니까, 새로 꾸미는 건 주방이나 주침실 정도면 되겠군.

"지하실~?"

"치즈랑 말린 고기 냄새가 나는 거예요."

복도에서 내려간 지하실은 재해를 대비한 지하 피난호와 식량고를 겸하는 모양이다. 통을 설치한 받침대나 와인을 늘어놓은 선반도 있었다.

아까 「저주 혼」을 정화한 지하실은 독립되어 있어서 여기로는 이어지지 않았다.

그쪽은 전이 마법용 각인판을 설치하는데 써야겠군. 더미로 연구실을 만들까?

"지하실은 복도와 주방으로 통하는 모양이네."

계단이 2개 있기에 올라가 봤더니 주방으로 나왔다.

"한 바퀴 죽 돌았는데 목욕탕이 없군."

"네, 유감입니다."

목욕을 좋아하는 리자가 진심으로 슬프게 말했다.

좋아, 리자를 위해서라도 1층에 있는 방 하나를 없애고 목욕탕을 추가하자.

"새로운 목욕탕을 만들어야겠다."

"네, 주인님!"

내가 말하자, 리자가 흘러넘칠 것처럼 웃으며 곧장 대답했다.

목욕탕이 없는 건 물이 귀중한 탓이겠지만, 역시 일본인으로서는 집에 목욕탕이 필요하단 말이지.

욕조는 미궁 별장과 마찬가지로 거목의 줄기를 아리사의 공간 마법으로 파내서 만든 일체성형으로 준비해야겠어.

내가 목욕탕 욕조 가공 전용으로 만든 공간 마법 「목욕조 제작」의 주문이 다시 한 번 도움이 되겠다.

◆

"준~비?"

"땅인 거예요!"

타마와 포치가 정원에서 풀베기 경쟁을 시작하기에, 리자에게는 나나 쪽 상황을 보러 가라고 했다.

"사토."

"뭐니? 미아."

뒤에서 미아가 옷자락을 잡아당겼다.

담쟁이 저택에 가고 싶다고 하기에, 귀환용 각인판을 저택 출입구 홀에 설치하고 담쟁이 저택으로 전이했다.

"—레리릴, 청소."

"미사날리아 님, 이 폐옥을 말인가요?"

"응."

미아의 용건은 레리릴을 데려오는 것이었다. 분명히 그녀는 「청소」 스킬을 가졌다. 종족도 집요정이고.

"사토."

"뭐니?"

"예뻐져."

"그래."

내가 평소에 억제해두는 정령광을 해방하라는 거겠지.

이 저택 안에는 독기가 없지만 미아가 무슨 생각이 있는 것 같기에 말하는 대로 해방해줬다.

"응, 예뻐."

정령시 스킬이 없는 레리릴은 의문스런 표정이었다.

"레리릴, 집 마법."

"아, 네, 미사날리아 님."

레리릴이 미아의 재촉으로 마법을 썼다.

"■■■■■■ ■■ …… ■■■■■■ 집 세정(하우스 클리닝)."

긴 주문이 끝나자 집안이 반짝반짝 해졌다. 신경 쓰여서 발을 들어봤는데, 어떤 원리의 마법인지 발을 디딘 장소도 깨끗해졌다.

어째선지 레리릴까지 자기 마법을 처음 보는 표정으로 깨끗해진 바닥과 창틀을 체크하고 있었다.

〉「정령 마법: 집요정」 스킬을 얻었다.

미아는「집 마법」이라고 했지만 정령 마법 계통이구나.

레리릴은 정령이 안 보이는데 정령 마법을 쓰는 모양이다. 무녀 엘프 루아 씨의 말에 따르면 정령시가 있어야 비로소 정령 마법을 쓸 수 있는 것 같았는데…….

레리릴은 종족 특성이나 기프트 같은 걸로「정령 마법: 집요정」스킬을 얻은 걸까?

"잘했어."

"치, 칭찬해 주시니 황송합니다……. 그런데, 평소보다 마법 효과가 높은 것 같아요."

"응."

아마도 내가 모은 정령들이 효과를 올린 이유겠지만, 미아가 설명할 생각이 없어 보이기에 입 다물고 있었다.

나중에 서프라이즈로 알려주고 싶다는 이유면 못난 짓이니까.

"다음."

"기, 기다려 주세요, 미사날리아 님. 엘프님들과 달리 저희들은 마력이 적습니다. 아까 쓴 마법으로 태반을 써버려서 대마법은 잠시 못 써요."

"응, 사토."

미아는 난처한 표정으로 호소하는 레리릴은 본 다음에 나를 불렀다.

아마 「마력 양도」 마법으로 레리릴의 마력을 회복시켜달라는 거겠지.

딱히 망설일 것도 아니라 미아의 바람대로 해줬다.

"어? 지금 그건? 뭘 한 거랩니까? 꼬매— 사토, 공."

"미아의 부탁이니까 마력을 양도한 거야."

"마력 양도? 이렇게 많이?"

레리릴은 곤혹스런 표정으로 중얼거렸지만, 미아의 재촉을 받아서 「집 연마(클린업 하우스)」나 「집 회복(힐 하우스)」등의 여러모로 태클 걸 곳이 많은 마법을 써서 저택을 새것처럼 만들어 주었다.

그런데 썩어 들어간 바닥이나 구멍이 뚫린 벽까지 막히다니—. 회복 마법의 건축판이라고 생각하면 이해 못할 거야 없지만…… 어쩐지 납득이 안 가는 부분이 있군.

"대단한데."

"응, 굉장해."

"칭찬해 주시니 영광입니다."

나와 미아가 칭찬하자, 레리릴이 황송해하면서도 자랑스럽게 대답했다.

"다음은 바깥을 하겠어요!"

의욕이 넘쳐서 집 바깥쪽도 깨끗하게 하려는 레리릴을 말리고, 바깥쪽의 얼룩 같은 건 그대로 두라고 했다.

"비가 새는 거면 곤란하지만, 지저분한 건 그대로 뒀으면 해. 그다지 일반적인 마법이 아닌 것 같으니까 근처 사람들이 놀랄 거야."

"인간족이 하는 말은 의미불명입다. 미사날리아 님도 무척 고생을 하고 계시겠죠."

"응."

레리릴의 실례되는 발언이야 그렇다 치고, 미아도 거기서 끄덕이지 말고 부정하거나 옹호를 해줘야 하지 않을까?

그건 그렇고, 의욕이 넘치는데 찬물을 맞은 레리릴이 조금 불만스러워 보였다.

기왕 왔으니 다른 것도 부탁해 볼까.

"덤으로 별채와 손님용 별관도 부탁하고 싶은데—."

이 저택의 부지 안에는 본동 말고도 손님이 머무를 수 있는 별관과 사용인용 별채가 있었다. 손님용 별관은 2층 건물이고, 사용인 별채는 1층이다.

사용인 별채는 작은 방이 많고, 서랍이나 침대의 나무틀이 고정되어 있었다.

"—그쪽은 다른 날에 해도 되려나?"

"레리릴, 힘내."

"네! 마력이 이어진다면, 끝까지 해내겠습니다!"

미아의 응원에 분발한 레리릴이 내가 요구한대로 각 건물의 수선과 청소를 끝내주었다.

지친 레리릴을 본채에 남겨두고 마구간으로 가봤다.

내 모습을 발견한 아인 소녀들도 마구간으로 모였다.

"애들이 조금 회복한 모양이네."

아까 먹인 마법약이 효과가 있는지 아이들의 피부에 약간 발그레함이 돌아왔기에 생활 마법으로 청결하게 씻겼다.

"그러면 갈아입힌 다음에 본채로 옮기자."

"예스, 마스터."

"돕겠습니다."

나나와 리자가 옷을 갈아입힌 아이들을 타마와 포치가 들 것으로 옮겼다.

나는 청결해진 본채 1층에 간이침대를 준비하고, 옮겨온 아이들을 눕혔다.

모두 잠들었을 즈음에 레이더에 아리사와 루루가 비쳤다.

"좋~아, 도차~악."

말고삐를 쥐고 끄는 루루와 말에 옆으로 탄 아리사가 20명 넘는 아이들을 데리고 돌아왔다.

반 정도는 인간족이고, 나머지는 쥐 수인족이나 토끼 수인족 등의 몸집이 작은 수인들이었다.

“어서 와, 생각보다 많네.”

“그렇지, 모집했더니 응모가 쇄도해서 한꺼번에 채용해왔어.”

내가 말하자 아리사가 어깨를 으쓱거리며 대답했다.

“그건 그렇고 타마랑 포치 너무 열심히 한 거 아냐? 애들이 풀베기 할 장소 없는 거 아냐?”

“에헤헤~?”

“열심히 한 거예요.”

아리사가 질린 표정인 것도 이해가 된다.

넓은 부지 반 이상의 잡초를 두 사람이 깎아 버렸다.

다만 앞뜰의 수풀이나 꼼꼼하게 해야 하는 장소는 손을 못 댔으니까 작업이 그렇게 많이 줄어든 건 아니다.

“작은 애들은 장갑이랑 바구니를 받아서 깎아낸 땅에 떨어진 풀을 바구니에 모으는 담당이야! 큰 애들은 장갑이랑 낫을 받아서 저택 주위의 풀을 베는 거야!”

“에헤헤, 장갑이다~.”

“굉장해, 깨끗한 장갑이다.”

루루에게 장갑을 받은 애들이 기뻐하며 장갑 낀 손을 서로 보여줬다.

“아리사, 장갑을 끼고 풀을 뽑으면 장갑이 지저분해질 텐데?”

연장자 소녀가 장갑이 지저분해지는 것에 기피감을 느꼈는지 아리사에게 호소했다.

"상관없어. 장갑 없이 풀을 뽑으면 손 다치잖아."
"그, 그래도……."
"손 다치면 내일부터 일하는데도 지장이 생기잖아."
"으, 응. 알았어."
아리사의 설득에 납득한 느낌이기는 했지만, 정말로 지저분해져도 괜찮은지 걱정인 모양이다.
"그러면, 작업 시작! 저녁까지 끝내면 주인님이 맛있는 저녁밥을 주실 거야!"
""""밥!""""
"힘내자~!"
""""오오~!""""
아리사가 모티베이션을 유지하기 위해 보수를 제시하자, 아이들이 환성을 지르며 작업을 시작했다.
아이들이 작업을 시작하는 걸 지켜본 아리사가 한숨 돌리더니 이쪽으로 걸어왔다.
"어머? 레리릴이잖아?"
아리사가 내 뒤에서 쉬고 있던 레리릴을 발견했다.
"얘가 있다면 집 안은 청소가 끝난 거야?"
"아리사 공, 얘라고 부르지 말아달라고 다과회 때 말하지 않았잖습니까!"
"아아, 미안 미안."
아리사는 레리릴의 항의를 적당히 흘려 넘기면서 저택의 문을 열었다.

"레리릴 굿잡! 과연 집요정 브라우니네. 감탄스러워."

아리사가 **빙글** 돌아서는 제스처와 함께 레리릴을 마구 칭찬했다.

레리릴은 우쭐해지기 쉬운 성격인지, 아리사의 찬사를 받고 자신만만하게 평평한 가슴을 내밀었다.

—그렇지.

아리사와 루루한테도 보수하다가 보호한 애들에 대해 말을 해둬야겠군.

"루루! 잠깐 저택 안으로 와볼래."

나는 바깥에서 마차 말들을 보살피기 시작한 루루를 불렀다.

"—주인님, 기다리셨죠."

루루가 종종 걸음으로 달려왔다.

"바닥이 굉장히 반짝거리네요."

루루가 그렇게 놀라자, 레리릴이 아까와 마찬가지로 가슴을 쭉 펴고 뽐냈다.

"어머? 레리릴, 어서 오렴."

"잠깐, 요 계집애! 내가 더 나이 많다고 했잖아!"

"어머, 나는 계집애가 아니라 루루라고 했잖아요. 벌써 잊었나요?"

아무래도 이 둘은 묘하게 안 맞는 모양이다.

레리릴은 미아가 아니면 누구에게나 이런 느낌이지만, 온화한 루루가 싸움을 걸 듯이 대화를 하는 건 상당히 드문 일인데.

아리사 말에 따르면 나에게 무례하게 말한 것이 원인이라고

한다.

좀 걱정되지만, 아리사는 「금세 친해질 거야」라며 낙관적이었다.

담쟁이 저택을 너무 오래 비울 수 없다는 레리릴에게 달콤한 과자를 선물로 들려주고 전이 마법으로 배웅했다.

오늘 답례로 레리릴을 저녁 식사에 초대해서 손수 만든 요리로 격려해줘야겠군.

◆

아이들이 풀을 베는 동안, 루루와 리자를 데리고 시멘 자작 저택을 방문하여 이사했다는 내용의 편지를 메이드에게 건넸다.

셋이 같이 간 장소는 루루와 리자에게도 기억해두도록 말해뒀다.

이웃에 인사라도 하러 다닐까 했지만, 그 저택은 「젠의 저주」로 유명한 장소라 하룻밤 무사히 지낸 것을 증명한 다음에 다니기로 했다.

돌아올 때 새 거처에서 최소한으로 필요한 것들을 이것저것 사면서 돌아다녔다.

덤으로 상업 길드에서 소개해준 상인에게 세류 시의 제나 씨나 무노 남작령의 카리나 양, 그리고 공도의 지인들에게 보내는 편지를 위탁했다.

"루루, 저 신전 앞에서 세워줄래?"

남북의 대로와 귀족 거리의 내문으로 이어지는 길이 교차되는 로터리 앞에 신전이 모여 있기에 기부를 하고자 들렀다.

루루와 리자는 신전 뒤쪽 주차장에서 마차를 지켰다.

"—상당히 훌륭한 장식이네."

신전 안으로 들어가자, 공도의 귀족 거리에 있던 신전급 건물에 놀라고 말았다.

이 정도 어엿한 신전을 세우려면 상당한 후원자가 있어야 할 텐데.

"이거 이거 젊은 나리. 오늘은 어떤 용건이신지요?"

훌륭한 법의를 입은 고위 신관이 상인처럼 손을 비비며 다가왔다.

"이거 참, 멋진 검을 가지셨군요! 젊은 나리는 탐색자로 활동을 하시는 건가요?"

눈썰미 좋게 내 허리에 있는 요정검을 포착한 고위 신관이 눈빛을 번득이면서 추측했다.

"네, 미궁은 아직 한 번밖에 안 들어갔습니다만."

"—그렇다면, 함께 미궁으로 갈 신관을 희망하시는군요."

한 순간 낙담한 표정이 스쳤지만 금세 웃음을 되찾고 세일즈 토크를 시작했다.

"유감이지만 신성 마법 스킬을 가진 신관은 적철 이상의 파티에만 파견하고 있습니다."

"아니, 딱히—."

"그러나!"

신관 구하는 거 아니라고 말을 하고 싶었는데. 고위 신관이 말을 끊으며 빠르게 다음 말을 이었다.

"장래 유망한 자를 젊은 나리의 파티에 파견하지요. 청정한 마음과 봉사의 마음이 넘치는 **아리따운** 여신관을!"

어째선지 「아리따운」 부분만 굉장히 힘을 줘서 말했다.

고위 신관이 손짓하자 신관복을 입은 미소녀가 청초한 태도로 나타났다.

이 미소녀 신관은 레벨이 3밖에 안되는 데다가 신성 마법이나 전투 계열 스킬이 전무하고 「봉사」 스킬만 가졌다.

생긋 웃는 미소녀 신관이 무척 귀엽지만, 초절미모의 루루가 눈에 익은 내 마음이 동요하는 일은 없다.

"기다려 주세요. 오늘은 기부를 하러 왔을 뿐입니다."

"기부를, 말입니까? 제가 보기에 다친 곳은 없는 듯 보입니다만— 출장 치료를 희망하십니까?"

왜 그렇게 되는데?

"아뇨, 둘 다 필요 없습니다. 세리빌라에 온 뒤로 한 번도 기부를 안 했으니 들렀을 뿐입니다."

내가 말하자 신기한 사람을 보는 것처럼 본 다음에 황급히 기부 담당자를 불렀다.

이 신전만 특수한 건가 했는데 다른 신전도 대략 비슷한 반응이었다.

아무래도 이 도시에서는 무상으로 기부를 하는 사람이 드문 모양이네.

만약을 위해 물어봤는데, 공도의 신전이 하는 식사배급 따위는 하지 않고 신전의 잡무를 하는 자들에게만 검소한 식사를 준다고 한다.

이 도시의 빈곤자 대책이 어떻게 된 건지 좀 신경 쓰이네.

◆

"그러면 루루. 저녁 식사 준비를 시작하자."

"네, 주인님!"

풀베기는 저녁쯤에 무사히 끝났고, 아이들에게 약속한대로 저녁밥을 주기 위해 조리를 시작했다.

몇 명인가 나이가 있는 여자애들이 돕겠다고 하기에, 야채를 씻거나 껍질을 벗기는 간단한 작업을 부탁했다.

"고기다!"

"자뜩, 이셔!"

도구 정리를 하던 아이들이 찹 스테이크용 늑대 고기를 보고 환성을 질렀다.

부드러운 개구리 고기보다 딱딱한 늑대 고기가 만족감이나 포만감이 높아서 좋을 거라며 리자가 추천하기에, 요즘 나설 차례가 없던 재고를 방출하기로 했다.

"와~ 좋은 냄새."

"우리도 주는 걸까?"

"바보구나, 저건 저쪽 애들 먹는 거야."

"우리는 저쪽 감자 아냐?"

"감자구나아아아."

아이들은 튀기기 전의 「뜀뛰기 감자」를 보고 기운이 쭈욱 빠졌다.

이 감자는 「수령주」로 쓴 맛과 역함을 제거한 녀석이라서, 미궁도시 안에서 일반적으로 유통되는 것과는 다른 것이다.

지금부터 아이들이 놀라는 얼굴이 눈에 선하군.

"저쪽 빨간 건 뭐야? 달콤한 냄새가 나."

"배고프다."

"이제, 감자라도 좋아."

테이블과 의자가 없기에 나무 판을 수령주로 가공한 식판에 식사를 담아주기로 했다.

식판 내용물은 매콤달콤한 소스를 바른 뇨키[#3]에 가볍게 삶은 이파리 야채, 소금 간으로 튀긴 감자, 달콤한 맛을 낸 당근, 메인은 버터와 소금 후추로 맛을 낸 늑대 고기의 찹 스테이크를 선택했다.

야채가 많은 건 아이들의 비타민 부족이 우려되기 때문이다.

미아만 메인을 버섯 스테이크로 했다. 미아는 아직도 기름기 많은 「The 고기 요리」 같은 스테이크는 거북한 모양이니까.

"푸하아~."

"맛있어."

"또 한 그릇 먹고 싶어."

"바보야! 깨끗한 물은 비싸잖아."

#3 뇨키 감자나 밀가루 등으로 만드는 이탈리아 요리. 우리나라의 수제비와 비슷하다

"우우, 미안해."

손 씻을 통을 돌렸더니, 목이 말랐는지 물을 돌려 마시기 시작했다.

먼저 물이 든 머그컵을 나눠줄걸 그랬군.

그러고 보니 작업할 때 돌린 물도 대인기였지.

"자아, 다들 두 줄로 서렴!"

조리가 끝나고 배급이 시작되었는데도, 아이들이 멀리 서서 좀처럼 식판을 받으러 오지 않기에 아리사가 호령하여 줄을 세웠다.

만들기 쉬운 것을 우선했기 때문에 그렇게 호화롭지도 않을 텐데.

"우와, 저 맛있는 거 먹을 수 있나 봐."

"굉장하다."

"역시, 안 된다고 하지 않겠지? 겠지?"

"무서운 말 하지 마!"

아이들의 눈이 기대감으로 반짝거렸다.

식판을 받은 아이들이 허겁지겁 먹기 시작했다. 입에 다 안 들어갈 정도로 욱여넣는 애나, 한 입씩 곱씹으며 맛보는 애도 있다.

신기하게도, 맛의 감상을 말하는 애가 없었다. 다들 먹는데 너무 필사적이라 말할 여유가 없어 보였다.

울면서 먹는 애들도 많다.

좋아하니까 기쁘긴 하지만, 평범하게 먹자.

"루루도 실력이 늘었는걸."

"분하지만 맛있잖습까. 인간족에게 요리로 뒤지다니, 집요정의 체면이 걸린 거랩니다. 아리사 공의 언니는 변태다, 입니다."

"어머, 레리릴. 우리 주인님은 훨씬 잘 하시거든?"

"저, 꼬매— 사토 공이 말입디까?"

"점심 때 먹은 카스텔라를 만든 건 주인님이니까."

저녁 시간에 맞춰 불러온 레리릴이 아리사와 나란히 앉아 먹고 있었다.

이 둘은 신기하게 친하다. 그러는 김에 루루하고도 친해지면 좋겠는데.

작은 애들이 다 먹고 나서도 아쉬운 기색으로 접시를 핥고 있기에, 아인 소녀들 용으로 만든 개구리 고기 꼬치구이를 나눠줬다.

다들 만들면 만드는 대로 다 먹을 것 같기에, 배탈이 나지 않을 정도에서 그쳤다.

그리고 새로운 거처는 방이 잔뜩 있어서 한 명씩 사실을 배당했는데, 쓸쓸했던 동료들이 한 사람, 또 한 사람씩 내 주침실로 모여서 결국 평소처럼 함께 뭉쳐서 잠들게 되었다.

사이가 좋은 것은 아름다운 것이야.

서로의 온기를 느끼며 새로운 집에서 밤이 깊어갔다—.

연회

"사토입니다. 책사가 책략에 빠진다는 유명한 고사는 현대에서도 진실이죠. 전략 계열 대전 게임에서는 이론을 무시하는 초보자보다, 자칭 책사일수록 함정에 빠지기 쉬운 경향이 있습니다."

"저택을 샀다고 하더군."

"네, 조금 인연이 있는 집이 팔리고 있기에 구입했습니다."

저택을 구입한 다음날 아침. 시멘 자작 가문에서 그의 가문 마차로 갈아탄 후, 미궁방면군 장군에게 우리들을 위한 구원 부대를 준비해준 답례와 사과를 하러 갔다.

"사용인은 벌써 고용했나?"

"아뇨. 집을 비울 일이 많으니 저택을 관리할 사람만이라도 고용할까 생각하고 있습니다."

"그러면 내 가신의 일족에 마침 좋은 자가 있네. 오늘 밤 연회 전에 소개를 해주지."

"감사합니다. 큰 도움이 될 겁니다."

"만나봤을 때 마음에 안 들면 거절하면 되네."

선불리 사람을 고용하면 가재도구를 훔치거나 횡령을 하는 등 제대로 된 꼴을 못 본다고 한다.

소개장을 가진 자도 주의할 필요가 있는데, 약점을 쥐려고 첩보를 위해 잠입시키는 일도 있다고 한다.

아 그렇지. 잊기 전에 그에게 두루마리 이야기를 해야겠군.

"마차 안에서 드릴 말씀은 아닌 것 같습니다만—."

나는 「반딧불이 조종(픽시 라이트)」의 주문서를 시멘 자작에게 건넸다. 전에 떠올린 「이력의 실」과 「마등」을 융합한 「자유롭게 조종이 가능한 반딧불이」 마법이었다.

"나는 마법서는 못 읽지만, 펜드래건 경의 자신감이 가득한 얼굴을 보니 얼마나 대단한 마법인지 상상이 가는군."

시멘 자작이 나를 보고 웃었다.

"이 주문도 『불꽃놀이』와 같은 조건이면 되겠나? 그 정도로 팔린다면 수익배당을 해야 한다고 생각하네만?"

"아뇨, 전과 같은 조건이면 됩니다."

돈이야 이미 다 쓰지도 못할 정도로 있는데다가, 자기 일처럼 이래저래 편의를 봐주는 그에게 답례를 하는 거니까 그걸로 충분하다.

기왕 말이 나온 김에 설탕 항로를 항해하면서 만든 마법 두 가지와, 미궁 탐색에 도움이 되는 주문을 세 가지 정도 골라 두루마리로 만들어달라고 주문했다.

그런 이야기를 하는 동안 마차가 미궁방면군 주둔지에 도착했다.

"도하루 노인의 미스릴 검을 허리에 차고 오게나."

시멘 자작이 그렇게 말하며 세련된 조각의 세검이 달린 검대를 허리에 둘렀다.

시멘 자작의 사용인이 천으로 두른 검 같은 것을 가지고 있었다.

AR표시를 보니 공도의 암시장에서 내가 팔았던 마검 아카츠키였다. 누가 낙찰했는지 몰랐는데 그가 사갔던 모양이군.

"에르탈 장군은 무인이 아닌 자는 가볍게 보는 경향이 있다네."

내 뇌리에 근육이 우락부락하고 카하하 웃는 모습이 어울리는 근육뇌 군인의 예상도가 스쳤다.

그때 안내를 맡은 장교가 몇 명의 병졸을 데리고 나타났다.

"—어라? 그때 그 젊은 나리."

안내 담당인 여우 수인은 미궁 입구에서 만난 군인이었다.

"아는 사이인가?"

"네, 처음 미궁에 들어갈 때 이것저것 가르쳐줬죠."

여우 장교에게 안내를 받아서 에르탈 장군의 집무실로 갔다.

마차에 실려 있던 요리는 젊은 병졸들이 옮겨 주었다.

그리고 안내된 곳에서—.

"어서 오시게, 내가 미궁방면군을 맡고 있는 아르에튼 에르탈 명예 백작이라네."

에르탈 장군은 예상대로 근육질이었지만, 카하하 웃음과는 거리가 멀었다. 그야말로 명문 귀족 출신이란 느낌의, 오만불손함을 그림으로 그린 듯한 매부리코 중년 남성이었다.

"얼마 전 조력을 감사하네, 에르탈 장군."

“상관없네. 이 정도 일로 조카의 억지에 어울려준 빚을 갚을 수 있다면 불만이 없지.”

“비스탈 공작도 이제 그만 오유고크 공작과 맞서는 건 그만두셨으면 좋겠군.”

“너무 무리한 말은 말게. 그것이 귀족의 허영이란 것이니.”

이야기 내용은 잘 모르겠지만, 시멘 자작과 에르탈 장군이 사이가 좋다는 것은 알았다.

이어서 시멘 자작의 재촉을 받은 나도 자기소개와 인사의 말을 하자 에르탈 장군이 씨익 웃었다.

“과연, 자네가 펜드래건 경이군. 자작이 자네를 시가 왕국의 미래를 짊어질 인재라고 했지.”

에르탈 장군의 말에 조금 굳어졌다.

그런 미래 짊어진 기억 없는데요?

“맞는 말일세. 그 덕분에 마족의 온상이 되려던 무노 남작령이 구원을 받았고, 구를리안 시와 공도에서는 놀랄 만큼 적은 피해로 하급 마족을 토벌했지.”

시멘 자작이 에르탈 장군에게 내 공적을 어필했다.

공도의 하급 마족은 테니온 신전에서 쓰러뜨린 녀석인가?

“그 개인의 전투 능력과 가신단의 강함은 일류 기사에도 필적할 것이야.”

칭찬에 짓눌려 죽을 것 같으니 그만하시죠. 「무표정」 선생님이 죽어요.

“그리고 검사뿐 아니라 마술에도 정통하며 갖가지 마법을 개발하는 한편으로 빛나는 『불꽃놀이』란 마법으로 사람들의 마음을 즐겁게 해주는 여유까지 있다네."

"허어? 그 『불꽃놀이』를 개발한 것이 그였던가?"

에르탈 장군이 반응했다.

혹시 미궁도시에서도 「불꽃놀이」 두루마리가 인기인가?

"내 주군의 영지에 만연해 있던 파벌 대립도 그의 요리와 인품이 윤활유가 되어준 덕분에 암살 따위 위험한 이야기가 들리지 않게 되었을 정도지."

―윤활유? 무슨 얘기지?

그 화기애애한 공작령에서 암살이라니, 마왕신봉집단인 「자유의 날개」 관련 이야기인가?

"요리로 그렇게까지 변한다면, 그 아시넨 후작을 어떻게 해주면 좋겠군."

"의외로 바뀔 지도 모르지. 그 로이드 후작과 호엔 백작의 사이를 중재했을 정도니."

"그런가! 그 견원지간이던 두 사람을?"

그러고 보니 전에도 그 먹보 귀족 두 사람이 견원지간이란 소문을 들은 기억이 있다.

내가 두 사람을 개별 인식했을 무렵에는 이미 굉장히 사이가 좋아서, 도무지 감이 안 잡힌단 말이지.

"그런데, 부탁했던 마검은 그것인가? 어서 보여주게."

"보는 것뿐일세. 공작 각하께 빌려온 명검이니."

"알고 있네."

에르탈 장군이 새로운 장난감을 받은 아이 같은 표정으로 마검 아카츠키를 뽑았다.

"이토록 아름다운 검이 있다니……."

주조 청동검에 미스릴 도금을 하는 김에 금속 세공 스킬의 연습으로 조금 장난친 기억이 있다.

"미스릴 검인가?"

"아니, 이파사 경 말로는 미스릴 검 특유의 중량 변화는 없다고 하더군."

"그러면 바깥쪽뿐이군—."

그리운 이름이 나왔다. 이파사 경은 로이드 후작의 아들로, 무노 남작령부터 공도로 여행을 하면서 친해진 오유고크 공작령의 근위기사였다.

"—이건 굉장하군. 이렇게까지 마인을 내기 쉬운 마검은 처음 보네."

에르탈 장군이 마검 주위에 붉게 빛나는 마인을 만들었다.

"이렇게 멋진 검이라면 한 번이라도 좋으니 강한 마물을 사냥해보고 싶어지는군."

"미안하지만 내 독단으로 허가할 수 없네. 연시의 왕국 회의에서 오유고크 공작께 직접 교섭을 하게나."

에르탈 장군의 들뜬 표정이 시멘 자작의 말에 흐려졌다.

"그건 아무래도 파벌이 다르지. 포기하는 수밖에 없는가— 응? 펜드래건 경의 검은 도하루 노사의 손으로 벼린 것이 아닌가?"

체념한 표정의 에르탈 장군이 내 허리에 찬 요정검을 보더니 반짝 빛났다.

"네, 도하루 노사께서 벼려주신 미스릴 검입니다."

미궁도시에서는 토라자유야 씨의 이름이 유명한 모양이니, 요정검 토라자유야의 이름은 말하지 않았다.

만지고 싶은 기미가 보이기에 요정검을 검대에서 풀어 에르탈 장군에게 내밀었다.

"흐흠. 도하루 노사의 진인을 받기에 걸맞은 검이군. 그리고 아름다워. 아까 그 마검에도 뒤지지 않는군."

요정검에 마인을 발생시킨 장군이 가볍게 검을 위 아래로 휘둘렀다.

"그러나, 미스릴 검은 사용자를 고르지."

그렇게 말하는 에르탈 장군의 애검도 진인은 없지만 도하루 노인이 벼린 미스릴 검이었다.

"마력을 흘리지 않은 미스릴 검은 가볍지만, 마인이 나올 정도로 마력을 흘리면 근력이 없으면 휘두를 수 없지. 게다가 흘리는 마력량으로 무게가 바뀌어, 다루기가 대단히 어렵네."

분명히 한손검 스킬이 최대인데도 요정검에 익숙해지는데는 시간이 조금 걸렸었다.

"미스릴 검을 충분히 다룰 수 있는 달인이라면, 이 검이 더 뛰어날 거야."

에르탈 장군이 말하면서 요정검을 칼집에 넣었다.

"그러나 마인을 쓸 수 있다면, 아까 그 마검이 더 위지. 그건 마력경로가 지나치게 올곧더군. 그 마검이라면 만인에게 추천할 수 있어. 만약 그 마검이 대량으로 있다면, 시가 왕국은 마왕의 군세와도 싸울 수 있을 거야."

내 마검을 칭찬해주는 건 기쁘지만, 그런 복선 같은 말은 하지 마세요. 정말로 마왕의 군세가 쳐들어오면 어쩌려고.

물론 공도 지하에서 마왕 「황금의 저왕」을 쓰러뜨렸으니까, 앞으로 66년은 다음 마왕이 안 나올 테지만.

"기분이 나빴나? 경이 이 미스릴 검에 걸맞은 기량을 가지면, 공작의 마검에도 뒤지지 않는 활약을 할 수 있네. 정진하게."

"네, 조언 감사합니다."

에르탈 장군은 마지막에 「드워프에게 이 검은 보기만 해도 독이 되니까 함부로 남들 앞에 보이지 말게」라며 조언을 했다.

그리고 요정검을 다시 받았을 때 노크도 없이 입구의 문이 열렸다.

"장군 각하, 만찬 가져왔습니다."

"자작님이 가져오신 만찬을 담아왔어요."

아까 그 여우 장교와 미궁에서 그에게 「대장」이라고 불린 사람이다. 의외로 대장 씨는 미궁방면군의 넘버2인 모양이다.

그들의 손에는 내가 가져온 「달콤한 술에 맞는 안주」가 담긴 접시가 있었다.

그 뒤에는 식기와 술병이 늘어선 왜건을 미는 병졸들도 보였다. 사람 수만큼의 잔도 준비한 걸 보니 대낮부터 술판을 벌일 생각이 가득해 보였다.

"……너희들이냐."

"우리들은 독 시험을 해야 되니까 순서대로 맛을 봐야죠."

"너는 감정 스킬이 있지 않나? 내 잔을 보기만 해라."

"그건 너무 하잖수, 대장."

여전히 즐거운 콤비다.

"뭐 좋다. 병의 수가 그 정도면 셋이 다 마실 수 없지. 그 어설픈 연극을 관두면 연회에 끼워주마."

에르탈 장군이 말하자 대장과 여우 장교가 요리 접시를 내던질 기세로 기뻐했다.

에르탈 장군은 겉보기보다 소탈한 인물인가 보군.

"이쪽은 젯츠 백작령의 레드 와인과 에르엣 후작령의 과실주인데, 그 투명한 술은 어디 것이지?"

"나도 모르네. 그것은 펜드래건 경의 선물이야."

두 사람의 시선이 나에게 향했다.

"라라기 왕국의 럼주『낙원』과 이슈라리에 왕국의 리큐르『잔파도』입니다. 둘 다 살짝 달콤하고 마시기 좋은 술—."

"라라기의『낙원』이라고?"

에르탈 장군이 놀란 표정으로 일어서서 럼주「낙원」의 병을 집었다.

어쩐지 마도왕국 라라기의 일이 떠오르는군.

"라라기 왕국 밖으로 결코 안 나오는 환상의 술이 아닌가?"

어쩐지 이유를 알 것 같군.

마도왕국 라라기는 술을 좋아하는 귀족의 집합체 같은 나라였으니 맛있는 술을 수출품으로 삼을 생각이 없는 거겠지.

"이슈라리에 왕국은 보석인 『하늘의 눈물 방울』로 유명하지만, 술은 본 적이 없어. 이 레드 와인은 병이 다른데 젯츠 백작령의 것이 아닌 건가?"

"아아, 그건 요정 포도주라는—."

"이것이! 길드장이 언제나 자랑하던 엘프들이 마시는 술인가!"

길드장이란 건 탐색자 길드의 길드장인가?

아무래도 미궁도시에서는 마도왕국 라라기 정도로 요정 포도주가 드물지는 않은가 보군.

시멘 자작이 부러운 기색이기에 「나중에 같은 것을 보내겠습니다」 하고 귓속말을 했다.

"그럼 펜드래건 경과 시멘 자작의 우정에 건배다!"

에르탈 장군의 선언으로 소소한 주연이 시작됐다.

물론 대장 씨와 여우 장교도 함께다.

"응. 이 술은 독이 없군."

"너는 안 마셔도 알지 않냐?"

"아닙니다, 대장. 감정도 완벽한 건 아니니까요."

여우 장교 말처럼 감정 스킬보다 높은 인식 저해 계통 아이템을 사용하면 감정할 수 없다.

"왕조님 일화에도 있잖아요. 왕위를 2대 인왕 샤로릭 님께 이양한 다음에 여러 나라를 유람하실 때 오리지널 야마토 석도 간파 못한 신기한 스킬을 썼다는 거."

"그런 건 후세의 작가가 만든 이야기지."

대장 씨가 말하면서 여우 장교에게 꿀밤을 먹였다. —사내 폭력은 적당히 하세요.

그러나 여우 장교는 기죽지 않고 말을 이었다. 터프하군.

"그러면 역사서에 나오는 **녹색 상급 마족**은요? 그 녀석도 야마토 석을 속이고 왕조님의 군세에 숨어들어서 왕조님의 목숨을 노렸잖아요."

"그 이야기는 나도 안다. 결국 왕조님께 간파되지 않았냐?"

두 사람 이야기에 나오는 「녹색 상급 마족」이란 이름을 듣고서 「이어요」 말투의 녹색 귀족— 포프테마 상담관이 뇌리에 스쳤지만, 내 AR표시에 나타난 그는 인간족이었다.

아까 그 이야기를 들으면 용사인 왕조 야마토가 간파했다고 하니까, 같은 스킬인 아리사의 감정으로 간파하지 못하는 정보조차 간파하는 내 「메뉴」와 「모든 맵 탐사」를 속일 수는 없을 거야.

물론 왕조 야마토가 감정 스킬이 아닌 방법으로 간파했다면 이야기가 달라지겠지만.

아무리 전설의 임금님이라도 그렇게 만화나 라노벨 주인공처럼 편의적인 능력은 없었겠지.

"흐흠. 궁정 요리와 희귀한 요리도 다 먹어봤다고 생각했지만, 이건 맛있군."

에르탈 장군이 내가 가져온 요리를 칭찬했다.

오늘 요리는 달콤한 술에 맞는 각종 카나페와 튀김 교자 3종, 그리고 정석인 피자와 등계 튀김이었다.

피자는 겉보기에 특이해서 손대지 못하고 있는 모양이지만, 튀김이나 카나페는 순조롭게 소비되고 있었다.

"금색 튀김은 처음 보는군?"

"그것은 튀김 교자란 요리입니다. 이 양념을 찍어서 드시죠."

공도에서 라인업에 없었던 튀김 교자에 놀라는 시멘 자작에게 교자의 양념을 권했다.

"내는, 이리 맛있는 거 처음 먹어 보우! 『기적의 요리사』라고 불릴만하네요. 대장, 잠깐요! 튀김을 혼자 다 먹지 마슈!"

"시끄럽다. 너는 그쪽 곰팡이 낀 치즈랑 훈제한 육포나 먹어."

"대장, 너무하네요."

—곰팡이?

"흥, 그건 곰팡이가 낀 것이 정상이다! 모처럼 노로크 왕국의 귀중한 치즈를 꺼내왔더니만—."

"조금 먹어도 될까요?"

"페, 펜드래건 경. 그건 관두게."

시멘 자작이 막았지만 아무리 봐도 본고장에서 본 까망베르 치즈 같단 말이지.

향도 똑같고, 맛도—.

"—이거 맛있군요. 근사한 치즈입니다."

"그렇지. 노로크 왕국 녀석들이 올 때 같이 가져오라고 하고 있네."

기분이 좋아진 에르탈 장군이 다른 치즈를 꺼내 주었다.

이건 보통 치즈다.

"모짜렐라 치즈인가요? 이것도 맛있어 보이는군요."

"『모짜렐라』? 그건 갈레온 동맹에서 입수한 치즈일세. 하얀 치즈로 부르고 있었는데 『모짜렐라』라는 이름이었군."

이대로 가면 모짜렐라란 이름이 고정될 것 같아서 「아뇨, 비슷한 치즈와 착각한 것 같습니다」라고 부정해뒀다.

그리고 하얀 치즈로 불리는 모짜렐라 치즈 비슷한 것은, 시내에 다루는 상회가 있다고 하기에 간단한 소개장을 받았다. 이걸로 최상급 하얀 치즈를 살 수 있다고 한다.

까망베르 치즈는 노로크 왕국 일행이 「노로크 찔레꽃」을 가져올 때 용돈벌이 삼아서 가져오는 분량뿐이라 다음 입하는 불명이었다.

아쉬운 표정을 지었더니 에르탈 장군이 반 나눠준다고 했다. 까망베르 치즈를 사용한 요리와 이번에는 가져가지 않은 술을 답례로 가져와야겠군.

"맛있는 술이군요."

맛있는 치즈에 맛있는 와인의 조합은 궁합이 끝내주네.

나는 에르탈 장군이 꺼내준 비장의 치즈 각종을 안주 삼아, 역시 비장의 각종 와인을 순서대로 즐겼다.

"비스탈 공작령의 레드 와인은 시가 왕국 제일이지. 렛세우 백작령의 헐렁한 레드 와인과 달리 향도 풍부하고 맛도 깊이가 있어."

아니, 그렇게 다른 술을 깔보지는 맙시다.

분명히 자랑하고 싶을 만큼 굉장히 맛있는 풀바디의 레드 와인이긴 하지만요.

나는 마음속으로 쓴 소리를 하면서도, 그 옆에 있는 젯츠 백작령의 화이트 와인과 로제를 한 잔씩 맛보았다. 둘 다 특징은 없지만 마시기 쉬운 초보자용 와인이었다.

그런 식으로, 완전히 술친구 같은 느낌으로 점심 전까지 술과 안주를 즐겼다.

그리고 시멘 자작은 술은 좋아했지만 주량은 적어서 금세 뻗어 버렸다.

그의 가신 말로는 늘 있는 일이라 저녁의 연회는 문제없이 열린다고 한다.

◆

"저건, 뭐지?"

내 집 옆에 있는 잡초가 우거진 빈터에 색색깔의 양배추가 나 있었다.

—아니, 애들 머리군.

언뜻 호러 같은 느낌이지만 목 아래도 무사히 붙어있다.

빈터의 잡초 사이에 쪼그려 앉아 숨바꼭질을 하는 것도 아닐 테고, 저 애들은 뭘 하고 있는 걸까?

나는 마차로 바래다준 시멘 자작의 가신에게 인사를 하고 저택 안으로 들어갔다.

"다녀왔어."

"어서 와, 주인님."

아리사가 마중해주었다.

맵 정보를 보니 아인 소녀들은 배구수 청소, 루루와 나나는 식량고 정리, 쇠약한 애들 간병은 미아가 하고 있다는 걸 알 수 있었다.

"바깥에 있는 애들은 뭐 하는 건지 아니?"

"아~ 어제 식사 이야기를 듣고서, 오늘도 일이 없을까 기다리는 거야."

과연, 미궁 입구에서 기다리던 짐꾼이랑 비슷한 느낌이구나.

"자기들이 와서 일 없냐고 물어보진 않았고?"

"왔었는데, 노예인 우리가 멋대로 고용하면 주인님께 폐가 된다고 리자 씨가 기다리라고 했어."

요즘에는 완전히 잊고 있었지만, 나나와 미아 말고 다섯 명은 아직도 노예였지.

아리사와 루루는 「강제」에 묶여 있으니까 노예 해방을 못하지만, 아인 소녀들은 본인들이 바라기만 하면 언제든지 노예 신분에서 해방을 해줄 텐데 말이지.

"그렇군, 그러면—."

빈터의 잡초 베기와 불법 투기 쓰레기 처분, 도로변의 도랑 청소, 도랑의 뚜껑 체크 등의 일을 시켜볼까.

그렇게 결정한 타이밍에 타박타박 발소리가 울리며, 미묘하게 흥분한 기색의 나나가 나타났다.

여전히 무표정하지만, 양손만 마치 다른 생물처럼 꼼지락거리며 움직여서 나나의 내심을 대변하고 있었다.

"마스터! 공터가 유생체 밭이라고 보고합니다!"

아무래도 식량고에서 돌아올 때 바깥의 아이들을 발견한 모양이다.

나는 아리사와 나나를 데리고 아이들을 고용하러 가서, 아까 생각한 일을 아이들에게 의뢰했다.

"—우선 빈터의 풀을 베고, 그리고 쓰레기 청소야. 여기 있는 모두를 고용할 테니까 나나랑 아리사가 하는 말을 잘 듣고 열심히 일해야 한다."

""""네에!""""

보수는 어제와 같은 동화 1닢과 식사뿐이지만, 아이들은 임금 인상을 요구하긴커녕 쌍수를 들고 환영했다.

나나에게 아이들 감독을 맡기고 타마와 포치 두 사람을 조수로 붙였다.

미아에게는 현장과 루루의 연락책, 그리고 병상의 아이들을 보살피도록 했다.

조금 힘들겠지만, 루루에게는 아이들의 식사 준비와 시멘 자작의 연회에 가져갈 과자 밑 준비를 부탁했다.

그리고 리자와 아리사는 나와 함께 근처에 인사를 다녔다.

"그 『저주 받은 저택』을 샀다고! 당신 속은 거야. 관리나 귀족님들 중에 아는 사람이 있으면 태수공관에 상담하러 가봐. 오늘 묵을 곳이 없으면 3명 정도는 우리 집에 묵어도 되니까."

근처 집에 인사를 하러 갔더니, 정색하면서 이사를 관두라고 이웃집 주인이 충고했다.

사건이 있던 무렵부터 10년 전까지는 속아서 이사를 왔다가 변사하거나 무거운 저주를 받아 도망친 사람이 끊이지 않았다고 한다.

10년 전에 탐색자 길드가 일괄로 사들인 다음부터 그런 일은 잦아들었다고 한다.

"가끔 그 집 앞을 지나가는데 몸이 안 좋아지거나 새나 벌레가 죽어 있거나 하거든?"

이웃집 아주머니도 진지하게 충고해줬다.

"걱정하지 마세요. 덕이 높은 성자님이 저주를 해주해주셔서 괜찮습니다."

"하지만, 지금까지도—."

"그리고 어젯밤에도 저택에서 묵었고, 잡일로 고용한 아이들 중에서도 몸이 나빠진 애는 없어요."

"—정말이야?"

교섭 스킬과 사기 스킬을 풀가동한 덕분에 이웃집 부부도 어찌어찌 납득해준 느낌이다.

일단 내 칭호에 「성자」가 있으니 거짓말은 안 했다.

나는 이사 인사 대신 꿀과자 꾸러미를 주고 다음 집으로 갔다.

그리고서 꽤 여러 집을 돌았는데, 처음 집과 같은 반응이거나 이사를 왔다고 말하는 순간에 문을 닫는 두 가지 반응이었다.

거의 다 전자의 반응이라는 게 그나마 다행이군.

그리고 뒤쪽 목장에 가는 길에 농상을 돌면서 신신한 작물을 사들이고, 일부 농장에는 정기 배달 계약까지 해 버렸다.

저택을 비우는 일이 많겠지만, 요금은 월 단위로 선불이고 농작물은 현관 앞에 두고 가도록 부탁했으니 문제없을 거야.

시멘 자작의 소개를 받아 괜찮은 사람을 고용하면 그런 부분 문제도 해결이 되겠지.

"뒤, 뒤쪽 저택에, 말인가요?"

뒤쪽의 목장을 방문하여 이사 인사를 하자마자 목장 주인과 딸이 표정을 찡그렸지만, 처음 이웃집에서 말한 것처럼 우리가 평범하게 살고 있다는 말을 하자 태도가 부드러워졌다.

"저, 정기 구입인가요?"

"네, 치즈와 소시지 같은 보존이 쉬운 것들은 달마다 한 번이면 되는데, 매일 아침 우유와 달걀을 배달해줬으면 합니다."

배달도 해준다고 하기에 그렇게 부탁을 했더니 믿을 수 없는 걸 본 눈으로 이쪽을 보았다.

양계도 상당한 규모로 하는 모양이고, 과자에 쓸 분량이라면 받을 수 있겠다 싶었는데 어디랑 이미 계약이라도 했나?

"지, 진심인가요?"

목장주의 말로 떠올렸다.

그러고 보니, 이 목장은「저주 받은 저택」뒤쪽에 있다는 이유만으로 헐값에 사간다는 피해를 입고 있었지.

"네, 그밖에 계약할 곳이 없다면 부탁할 수 있을까요?"

"계약 같은 것 없습니다! 괜찮습니다!"

"그럼 부탁할게요."

묘하게 싸기에 다른 목장의 시세보다 조금 싼 정도로 값을 정했다. 이득을 보는 건 기쁘지만, 너무 싸면 착취하는 기분이 든단 말이지.

그리고 계약 해제에 관한 조항이 없기에, 내 쪽에서 계약을 해제할 경우는 3개월 분량 상당의 위약금을 낸다는 항목을 추가했다.

덤으로 그 계약금 상당액은 보증금 삼아서 선불로 냈다.

여기에 올 때 목장의 설비가 꽤 노후화된 걸 봤으니 당분간 운영 자금으로 삼으면 좋겠다고 생각했거든.

그 별것 아닌 일이 기뻤는지, 돌아갈 때 다 들기도 어려울 정도의 유제품과 고기류를 받고 모두 나와서 배웅까지 해주었다.

덤으로 집을 비운 동안 주룡과 말들도 아주 싼 가격으로 보살펴준다고 했다.

이웃집이기도 하고, 이 목장은 앞으로도 사이좋게 지내고 싶군.

◆

"미테르나라고 합니다. 배움도 얕고 재주도 보잘것없지만 힘을 다해 섬기겠으니 잘 부탁드립니다."

"이쪽이야말로 잘 부탁해."

시멘 자작 저택에서 소개 받은 여성이 정중한 인사를 했다.

늠름함 표정과 쭉 뻗은 등을 보니, 그녀의 성실함이 전해져 온다.

인간족으로 나이는 26세, 미인이라고 말할 수 없지는 않지만 몸매가 대단히 가늘었다.

키는 나와 비슷하고, 붉은색이 감도는 다갈색의 긴 머리칼을 엮어서 묶었다. 가는 눈썹 아래 눈동자도 다갈색이었다.

기혼자였지만 남편이 먼저 죽었을 때 시댁에서 친가로 돌려보냈고, 그 뒤로 재혼하지 않고 일에 매달렸다고 한다.

본인은 배움도 얕고 재주도 보잘것없다고 했지만, 이것은 겸손으로 왕도의 왕립학원을 졸업했다.

그녀는 레벨 9에다 「예의범절」, 「봉사」, 「교섭」, 「교육」 등의 스킬을 가졌다.

"얼마 전까지 다른 가문에서 메이드장으로 일했지만, 저택의 주인이 다소 곤란한 사람이었던 지라……."

시멘 자작은 말을 흐렸지만, 성희롱을 해오는 주인을 거부해서 해고당했다고 한다.

"그래서 그 준남— 아니, 그 가문에서 나온 뒤 우리 가문에서 메이드로 일을 하고 있지만, 일개 메이드로 두기에는 아까운 인재라네. 그래서 자네에게 소개하는 것이지."

무심코 성희롱 자식이 준남작이라고 말을 하다가 정정했다.

이 미궁도시에 명예 준남작은 몇몇 있지만, 귀족 거리에 저택을 가진 건 「적룡의 포효」의 제릴 씨와 듀케리란 사람뿐이다.

듀케리— 아아, 여관 주인이 내 마차를 팔아 치우려고 했던 사람이군.

그들 중에서 어느 쪽이 성희롱 자식인지 정해진 건 아니지만, 나나와 루루가 가까이 가지 않도록 해야겠군. 섣불리 믿을 만큼 친한 것도 아니니까.

미테르나 씨는 내일 아침부터 저택에 와주기로 했다.

가능하면 그녀 아래에 둘이나 셋 정도 일반 메이드나 하인을 두고 싶지만, 「저주 받은 저택」의 오명 탓인지 모이질 않았다고 한다.

그건 오명을 반납한 뒤에 다시 모집을 하면 되겠지.

“과연 『기적의 요리사』로군요.”

“네, 이렇게 맛있는 과자는 처음이에요.”

미테르나 씨와 면회를 한 다음 만찬이 시작되고, 오랜만에 공도풍 요리를 탐닉했다.

만찬 뒤의 다과회에 내놓은 카스텔라는 만찬에 출석한 여성들의 입에 맞은 모양이다.

식감을 내기 위해 루루와 함께 라라기 왕국에서 입수한 설탕을 이것저것 시험해봤다. 최종적으로는 얼음 설탕 부순 것을 사용해 진짜처럼 마무리했다.

여성들에게는 친애의 증거로 공도에서 나눠준 것과 같은 빛 광석 액세서리와 꿀과자 세트를 선물했다.

“럼주는 하천한 뱃사람들이나 마시는 것으로 생각했네만, 이 술은 격이 다르구려.”

"나에게는 다소 강하군. 나는 이 난초꿀 술이란 것이 더 좋아."

"마물의 소재로 만든 술이라고 합니다만?"

"제대로 정화를 한 것이 아닌가? 그러면 문제없다네."

난초꿀 술을 내놓을까 망설였지만 시멘 자작이 괜찮다고 하기에 내놨다.

생각보다 마음이 넓은 사람들이라 다행이군.

남성들에게는 외뿔이 뿔로 만든 순백의 펜촉과 라라기산 럼주 세트를 선물했다.

난초꿀 술은 재료가 재료라 이 자리에서 마실 수 있는 만큼만 준비했다.

"어흠, 소켈과 시비라—."

시멘 자작이 소개해준 귀족들과 어느 정도 가까워진 뒤에, 미궁도시의 귀족 사정에 대해 물어 보았다.

"놈은 본래 왕도에서 공직을 얻지 못하고, 포프테마 상담관의 권유로 미궁도시에 흘러 들어온 문벌 귀족의 자제일세."

"왔을 무렵에는 **태수의 애인**이었을 뿐인 무능한 자였는데—."

이런 자리에서 터놓고 말한다는 것은, 시가 왕국에서는 동성애가 드물지 않은 건가?

나는 그런 성적 기호는 없지만 딱히 차별하여 멀리할 생각도 없었다. 연애는 자유니까.

"—태수의 딸의 병에 듣는 약을 제공하여, 태수뿐 아니라 태수부인의 눈에도 들었지. 지금은 태수가 부재중에 대리를 맡길 정도야."

"포프테마 상담관이 감시를 하면서긴 하네만."

―과연, 그래서 소켈은 포프테마 상담관이 거북한 거구나.

그러고 보니 방금 들어본 바로는, 태수보다 태수부인이 더 높은 것 같았다.

남존여비의 경향이 있는 시가 왕국에서는 드문 일이라 물어봤더니, 아시넨 후작 가문은 태수부인이 이었으며, 태수는 데릴사위로 들어온 탓에 태수부인에게 권력이 있다고 한다.

"미궁도시에서 태수부인과 대등한 입장으로 말을 할 수 있는 건 탐색자 길드의 길드장과 에르탈 장군 정도지."

다행이군. 일단 대항할 수 있는 사람들이 있구나.

길드장은 면식이 없으니 무슨 일이 있으면 에르탈 장군을 의지해야겠군.

오늘 본 바로는 마검 아카츠키의 복제품 한 자루면 답례로 충분할 것 같거든.

"그렇지만, 태수 정도의 권세가 있으면 따님을 위한 약 정도는 얼마든지 조달할 수 있지 않나요?"

약간 의문이라서 잘 알 법한 사람에게 물어봤다.

"그 약― 귀식약(鬼食藥)은 평범한 연금술사도 조합할 수 있지만, 재료를 모으려면 적철의 탐색자들을 미궁의 오지로 보낼 필요가 있네."

"게다가, 귀식약은 증상을 완화시킬 뿐 완치는 못 해. 재료와 약도 오래 가지 못하니까 계속해서 몇 번이고 파견을 할 필요가 있지.”

과연, 돈이 얼마나 있어도 부족하겠구나.

“사가 제국의『흡혈 미궁』에서 드물게 얻을 수 있는 혈주의 가루가 있으면 완치되지만, 그것은 사가 제국의 황족이 독점하고 있어. 그보다 효과가 떨어지는 혈옥의 가루는 귀식약과 마찬가지로 일시적인 효과밖에 없다네.”

어쩐지 귀중한 약인 건 알겠다.

그 정도 약을 공급하고 있으니까, 성격에 문제가 있는 소켈을 중용하는 것도 이해는 한다.

“그 루트를 알면, 나도 태수공관에서 출세할 수 있으련만…….”

통통하게 살찐 남작이 부러운 기색으로 불평했다.

“무리겠지. 놈이 약을 가져왔을 무렵에 조사해봤네만, 놈의 저택 안에서 품고 있는 연금술사가 연성하고 있다는 것밖에 알아낼 수 없었어.”

“트집을 잡으려는지, 미궁도시의 마인약도 소켈이 만들고 있다는 소문이 돌았지.”

“소켈이 키우는 연금술사의 실력이 좋다면, 귀식약뿐 아니라 주검약이나 마인약도 만들 수 있는 건 사실이지.”

그러고 보니 미궁도시 안에서 「마인약: 중독」 상태인 탐색자를 봤었지.

금지약품을 가지고 있다는 걸 들키면— 조사하는 건 간단하잖아.

맵 검색을 해보니 정말로 소켈 저택 지하실에 마인약이 저장

되어 있었다.

—새카맣잖아.

문제는 내 유니크 스킬을 밝히지 않고 증명할 방법이 없다는 것 정도일까?

내 말을 믿어주는 조커는 몇 장 있지만 사용하기가 어렵단 말이지.

그런 생각을 하면서 소켈에게 마커를 달아두고자 맵의 마커 일람을 보니— 내가 출자하고 있는 펜과 창 용 상회의 배가 무역도시 타르투미나 근방을 항해하는 게 보였다.

내가 본 항해 계획서보다 꽤 빠르군. 항로가 순조로웠나 본데.

아차, 잊지 말고 마커, 마커.

덤으로 녹색 귀족한테도 달아둬야겠어.

"소켈 한 사람으로는 무리지만, 약사 길드나 연금술 길드를 지휘하는 듀케리 준남작이 돕는다면—."

"그렇다면, 뒷사회에 밝은 포프테마 상담관도 연관된 것 아닌가?"

"소켈은 몰라도 포프테마나 듀케리와 맞서는 것은 위험하지."

"포프테마 상담관은 아시넨 후작 가문을 뒤에서 지탱하는 암부의 요체. 지금은 기인처럼 꾸미고 있지만, 당시에는 사갈처럼 두려움의 대상이었지. 은퇴했다는 이야기도 어디까지 믿어야 할지……."

"태수의 심복인 듀케리는 작위는 낮지만, 미궁도시의 마법약과 마법 도구의 이권을 확보한 만큼 권세를 무시할 수가 없지."

아하, 그쪽이랑 연관되면 귀찮아지겠군.

그 때는 용사 나나시가 되어 시가 국왕을 끌어내야겠군.

공도의 노란 피부 마족 사건에서 대역을 구해주기도 했고, 조금 정도는 도움을 받아도 될 거야.

"왕도에서 연금술사를 초청하는 탐색자 길드도 마인약 연성은 가능하겠지만, 그 길드장이 있는 한 있을 수 없지."

"그 할멈은 마인약을 미워하니 말일세."

흠. 길드장은 만난 적이 없지만 마약을 싫어하는 것만으로 호감이 가는군.

"펜드래건 경도 소켈은 피해서, 얼른 태수 부처와 가까워지는 편이 좋을 거야."

"태수부인은 보석류와 보기 드문 맛있는 과자를 가리지 않으니, 오늘 내놓은 과자와 장식품 이야기를 하면 분명히 다과회에 초청을 해주실 거예요."

귀족 부부가 그렇게 가르쳐 주었다.

이 두 사람은 공도 파벌의 귀족이 아니라 시멘 자작의 거래처인 왕도의 문벌 귀족이었다.

"태수는 프루 제국 시대의 조각상, 특히 근육의 약동감이 있는 미남자의 나신상을 좋아하지."

"펜드래건 경이 바란다면 왕도의 미술상을 소개하겠네."

"감사합니다. 가깝게 지내는 상인에게서 입수하지 못하면 의지하도록 하죠."

해룡 제도의 침몰선에서 얻은 인양품 중에서 그런 것들이 잔뜩 있었던 것 같으니 적당한 걸 고르면 되겠지.

"태수 부처는 자식들을 아끼니 아이들과 친해지는 것도 좋아요."

"펜드래건 경이라면 나이도 비슷하고, 3남인 게릿츠 공은 탐색자가 되고 싶어 한다고 들은 적이 있네. 가까워지기에 가장 좋겠지."

"그 막무가내 게릿츠 공의 기분을 맞춰주는 건 힘들 거야."

젊은 귀족이 쓴웃음 지으며 어깨를 두드리고 격려해 주었다.

아하, 막무가내 꼬맹이 상대는 스트레스가 쌓일 것 같으니까 패스해야겠는걸.

그런 느낌으로 인맥 형성을 하는 김에 이것저것 정보를 얻었다.

시멘 자작이 취해서 뻗은 타이밍에 살롱은 해산이 되고, 나는 오늘 알게 된 귀족들을 배웅한 다음 자작의 저택을 나섰다.

자작 가문의 마차로 배웅해준다고 했지만, 머릿속을 조금 정리하고 싶어서 밤바람을 맞으며 걸어서 돌아가기로 했다.

일단 소켈은 태수의 애인이며 태수 4녀의 병에 듣는 귀식약을 정기 공여해서 태수부인의 마음을 샀다. 덤으로 마인약의 공급원인 것이 거의 확정된 사항이고.

포프테마 상담관— 녹색 귀족과 듀케리 준남작은 주의가 필요. 특히 전자는 위험하다고 하니까 일이 생기지 않도록 주의해야겠군.

태수 부처는 자식들을 아끼고, 태수부인이 더 높다.

미티아 왕녀의 이야기로는 태수 부처가 미궁도시로 돌아왔을 테니까 차남 레일리 씨의 편지도 전달이 됐을 거다.

그 편지를 읽는다면 내가 딱히 뭘 하지 않아도 문제가 해결될 것 같기도 하군.

뇌리에 미티아 왕녀의 로리 얼굴이 떠올랐다.

"본녀는 태수 나리 따님의 병을 치유하러 온 것이니라."

미궁도시에 왔을 때 분명히 그렇게 말했다.

그녀의「정화의 숨결」이 있으면 귀식약도 필요가 없을지도 모르지.

그렇게 생각하면, 어제 낮에 미티아 왕녀를 습격한 흑막이 소켈이 아닐까 하는 삿된 추측을 해버릴 것 같다.

당장은 아무런 물증이 없단 말이지.

—아, 맞다

아는 사람한테 무슨 일이 생기면 싫으니까, 미티아 왕녀에게도 마커를 달아둬야겠군.

◆

"흐흠. 역시 누가 따라오네."

돌아가는 중간에 수상쩍은 시선이 느껴져서 술집 몇 군데를 들러봤는데, 감시자는 포기할 기색이 없어 보였다.

맵 검색으로 어느 정도는 알아냈다.

아마 상대는 소켈의 부하나 녹색 귀족의 부하일 거다.

어째선지 연계하는 기색이 없는 감시자가 둘이나 있단 말이지.

술집 카운터석에서 그런 생각을 하고 있는데 취객들의 소문 이야기가 들렸다.

여기는 내문에서 적당히 떨어진 번화가니까 이런저런 이야기가 들린다.

"한 탕 벌었다며? 술 사라."

"장난 치냐? 마법약 값으로 다 날렸다. 수전노 듀케리 탓이야!"

"조합 길드나 연금 길드는 놈이 쥐고 있으니까. 더 싸질 리가 없잖아."

"길드가 좀 더 힘을 써주면 좋을 것을……."

탐색자들에게서 들리는 듀케리 준남작의 이야기는 거의 다 악평이었다.

악평이 아닌 이야기는 듀케리 준남작의 장녀 메리안이 남장의 미소녀이며, 허리에 세검을 차고 미궁 앞에서 자주 구경을 한다는 이야기 정도다.

소켈 이야기도 있었다.

"태수의 애인이 『로다 공주』한테 접근했다가 호되게 차이던데."

"아아, 어느 소국의 공주님이랬지? 우리 같은 놈들한테도 인사를 해주고, 털털하고 착한 애더군."

로다 공주는 미티아 왕녀를 말하는 건가?

"관리로 일하는 형님한테 들은 이야기인데, 소켈 자식이 『로다 공주』님한테 구혼했다가 차였다더군."

"진짜냐!"

"하지만 남자 애인 다음은 어린애한테 구혼이라……. 그 자식도 여자한테 호된 꼴을 당한 적 있나?"

"그 자식도라는 건 뭐야?"

중간부터 탐색자 동료들 사이의 연애 이야기로 바뀌었지만, 소켈이 미티아 왕녀에게 구혼했다는 소문은 뜻밖이었다.

그리고, 어째선지 내 소문도 있었는데—.

"들었냐? 그 연쇄폭주에 말려든 귀족 이야기."

"그래, 여자들만 데리고 다니는 귀족 꼬마잖아."

"길드장과 히스테리 여자가 말다툼하는 걸 들었는데, 연쇄폭주에서 모두 무사한 데다가 적철 같은 수의 마핵을 가지고 돌아온 건 무슨 부정을 저지른 게 아니냐고."

"상처가 없는 건 굉장하구만. —근데 무슨 부정인데?"

"히스테리 여자는 마인약을 대량으로 써서 사냥을 한 게 틀림없다고 하던데."

"바보구만. 마인약은 상처의 고통을 느끼지 않게 해주는 신체강화의 효과, 그리고 레벨이 오르기 쉬워질 뿐이지 상처 없이 싸울 수 있는 게 아니잖아."

"그 젊은 나리 이야기라면 나도 끼워줘—."

갑자기 가벼운 느낌의 탐색자가 잔을 한 손에 들고 끼어들었다.

"—크으, 오늘도 고블린주는 맛없군."

""""이야기하는 거 아니었냐!""""

잔을 들이킨 마이페이스 탐색자에게 주위에서 훌륭한 하모니로 태클을 걸었다.

"그러니까, 뭐였지…… 그렇지, 펜펜이었나? 그 젊은 나리도 공도의 높은 사람 애인이란 소문이던데."

자연스럽게 근거도 없는 소문 흘리지 마.

한 방 때려주고 싶지만 그건 안 좋은 수였다. 괜히 원한을 사서 이상한 소문이 퍼지면 곤란하다.

나는 카운터석에서 일어나 웃으며 마이페이스 탐색자에게 걸어갔다.

"그건 오해야. 자작 각하의 동생분과 친구일 뿐이지."

"페, 펜펜 님."

펭귄 같은 이름으로 부르지 마라 좀.

어디서 만났는지 기억은 안 나지만, 마이페이스 탐색자는 내 얼굴을 아는 모양이다.

"처음 보는군. 신인 탐색자 사토 펜드래건 명예 사작이라고 해. 잘들 부탁하지, 선배들."

나는 조용해진 술집에서 웃으며 인사하고 귀족의 예를 취했다.

탐색자들이 여우에게 홀린 표정을 짓는 동안, 마무리를 짓고자 술집 주인에게 말을 걸었다.

"주인장! 친애의 표시로 오늘 술값은 모두 내가 내지. 선배 형님들에게 아침까지 듬뿍 마시게 해주라고."

눈에 띈 김에 통 크게 행동했다. 이 싸구려 술집이라면 금화 10닢이면 충분할 거야.

타산에 가득 찬 인기 모으기지만, 이러면 약간의 지출로 적이 사라지는데다가 호의적인 소문까지 기대할 수 있다.

"사작님?"

환성이 끓어오르는 술집에서 탐색자들과 교류하고 있는데, 술을 더 가져다 준 여급이 말을 걸었다.

가슴팍이 트인 선정적인 여급복 탓에 몰라볼 뻔했지만 아는 사람이 있다.

"오랜만입니다, 아야우메 씨. 카지로 공은 건강하신가요?"

여자 사무라이 아야우메 양은 사가 제국의 사무라이 카지로 씨와 함께 공도에서 전위진의 임시 강사를 해준 사람이었다.

공도의 무술 대회에 출장했던 그녀가 술집의 여급을 하고 있다면 무슨 일이 있었던 거겠군?

돈이 궁하다면 미궁에서 벌면 될 테니까.

"카지로 님이 다리를 다치셔서……. 저는 『은광』이란 여성만 있는 파티에서 임시 고용으로 미궁에 다니며, 쉬는 날에는 술집에서 이렇게 일을 하고 있습니다."

듣자니, 미궁 탐색의 임시 고용은 카지로 씨의 치료비를 변제하느라 사라지기 때문에 하루하루의 생활비는 그녀가 여급으로 버는 돈과 카지로 씨의 부업으로 충당한다고 했다.

"아야우메! 안쪽 봉사를 해주면 은화를 내겠어!"

"백날 와봐라! 이 빈털터리!"

취객 한 사람의 말에 아야우메 양이 평소의 그녀답지 않은 거친 대답을 했다.

아무래도 몸가짐이 단정한 아야우메 양은 시가 왕국 술집 여급의 단골 수입인 창부 활동은 안 하나 보다.

참고로 카지로 씨의 부업은 우산 만들기라고 한다.

뇌리에 그 모습이 떠오를 정도로 잘 어울리지만, 상황을 생각하면 도저히 말할 수가 없군.

—그렇지!

"실은 미궁도시에 저택을 마련했는데, 괜찮다면 두 사람을 저택의 경비로 고용할 수 있을까요? 카지로 공이 무인의 길로 돌아올 때까지면 상관없으니—."

"저, 정말인가요?! 부, 부디, 부탁드립니다!"

내 제안에 아야우메 양이 키스라도 해줄 기세로 바짝 다가와서 내 두 손을 잡고 승낙해 주었다.

두 사람을 입주 고용하면 집을 비운 동안 저택의 방범 문제도 괜찮겠지.

카지로 씨의 다리 상태에 따라 다르겠지만 부위 결손이 아니라면 하급 엘릭서로 고칠 수 있고, 부위 결손이라도 전투용 의족을 만들어 주면 무인으로서 활약할 수 있을 거야.

내 뇌리에 패럴림픽에 나오는 스프린터의 모습이 떠올랐다.

그들의 달리기처럼, 의족에 따라 카지로 씨의 무인으로서의 부활도 꿈은 아닐 거다.

그리고 다리가 나을 때까지는 일 하려고 집으로 찾아오는 아이들에게 무술을 가르쳐줄 수도 있겠다.

"내일 당장에 찾아가도 괜찮을까요?"

"네, 물론이죠. 환영합니다."

내가 말한 주소에 주위의 취객들이 뭐라고 말을 했지만, 이아야우메 양은 「퇴마는 사무라이의 일입니다」라면서, 일본의 사무라이가 들으면 사실무근이라고 화낼 법한 말을 하며 웃었다.

그런 식으로 아야우메 양과 친교를 다지고, 나는 술집의 뒷문으로 나와 귀갓길로 접어들었다.

“““—펜드래건.”””

감시는 따돌렸을 텐데, 어째선지 뒷골목에서 칼을 든 괴한 세 명이 길을 막고 있었다.

접근하는 건 레이더로 알고 있었지만, 괴한들과 나 사이에 거리의 창부 소녀가 걷고 있어서 방치하지도 못하고 길을 바꾸지 않았다.

“““찾았다.”””

괴한들이 무방비하게 달려들었다.

이걸 때려눕히는 건 간단하지만, 사소한 문제가 있었다.

세 괴한의 정체가 태수 파벌의 귀족자제란 것도 있지만, 그보다도 이쪽을 향해 이동하는 위병 집단 선두에 소켈이 있다는 게 아주 수상하다.

아까 나를 감시하던 두 사람도 그렇고, 이 괴한들도 그렇고 굉장히 함정 같다.

“““죽어라!”””

생각보다 검속이 빠르군.

다만 기량이 어우러지지 않아서 검이 땅이나 건물 벽에 있는 힘껏 부딪혔다.

그들이 가진 건 평범한 철검이라서 난폭하게 다루느라 칼날 끝이 나가고 휘어지는 등 처참한 꼴이었다.

물론 그들은 그걸 신경 쓰는 기색이 없었다.

"이유를 물어봐도 될까?"

""""죽어라!""""

마치 로봇처럼 딱딱한 어조로 말하며 공격한다.

그도 그럴 것이—.

"이게 주검약이란 것의 효과구나."

—그들은 위험한 금지약품을 복용하고 있었다.

고통도 못 느끼고, 육체의 한계 이상으로 힘을 휘두른다.

게다가 스킬이나 마법의 신체 강화와 달리 보호 대책 하나도 없이 한계를 넘기 때문에 효과가 끊어졌을 때 반동과 고통이 한꺼번에 찾아온다.

공도의 낡은 서적에 따르면, 400년 전의 아인 전쟁 무렵 광왕 가르타프트가 만들게 한 전쟁용 약이었다.

포로에게 투여해서 자유의사를 빼앗고, 죽음의 병사로 전선에 보냈다는 일화가 있다.

""""죽어라!""""

몇 번째인지 모를 공격을 피하면서 맵을 검색하여 목적한 사람을 찾았다.

기쁘게도 목적한 사람 이상의 인물까지 함께 있었다.

"안녕, 얼치기 암살자 제군."

나는 도발 스킬을 담은 말을 던지고 그 자리에서 도망쳤다.

괴한들이 따라올 수 있는 아슬아슬한 속도로 달렸다.

맵을 열어, 창부 아가씨들과 취객들이 없는 뒷골목을 골랐다.

쓰레기통을 뒤지는 노인이 부랑아들을 쫓아내는 모습이나, 뒷골목 구석에서 장식품처럼 얼싸안은 부랑아들을 몇 번이고 보았다.

조금 신경 쓰였지만 귀찮은 일에 끌어들일 수도 없었다. 나는 말을 걸지 않고 달렸다.

그리고 딱 좋은 장소에 도착했다.

"—어이, 조심해!"

"안녕하세요, 대장님."

"어라~? 펜드래건 경이네."

오전에 만났던 미궁방면군 대장과 여우 장교 일행이 번화가를 걷고 있었다.

그들 셋은 얄팍한 검은 외투로 군복을 감추고 있었다. 이제부터 몰래 밤놀이를 하러 가는 도중인가 보다.

""""죽어라.""""

숨이 끊어질 듯 쫓아온 괴한 3인조가 덤벼들었다.

"으랏~차, 위험해라~."

"흥, 길거리에서 검을 휘두르다니. 이 어리석은 놈들!"

대장과 여우 장교가 가볍게 때려 눕혔다.

남은 한 사람이 나를 향해 검을 휘둘렀지만, 그 검은 내 옆에서 뻗은 붉은 빛이 튕겨 올렸다.

"흥, 귀족 애송이들에게 원한을 살 짓이라도 했나?"

몰래 놀러 나온 세 명째, 마인을 두른 미스릴 검을 든 에르탈 장군이 말했다.

검이 튕겨나가 만세의 자세가 된 괴한을 대장이 브레인 버스터 같은 기술로 땅에 메다꽂았다.

마물들 투성이인 이 세계에서 이런 격투기를 쓰는 사람은 보기 드물다.

"아뇨, 원한은커녕 그들이 누군지도 모르겠습니다."

그렇게 대답하자, 에르탈 장군이 수염을 꼬면서 생각에 잠겼다.

내가 나온 뒷골목 쪽에서 말발굽 소리와 다수의 발소리가 들렸다.

"**여기 있다**, 저기다! 귀족 젊은이들을 해친 괴한 놈들을 붙잡아라!"

소켈이 말하자 위병들이 거칠게 숨을 쉬며 단창을 겨누었다.

"물러서라! 위병! 거기에 쓰러진 자들이 바로 괴한이다!"

대장이 큰 소리로 외쳤다.

"뭐라고! 이 자들은 모두 기억한다. 모두 명가의 젊은이들이다!"

소켈이 배우처럼 거창하게 외쳤다.

"괴한들은 검은 외투로 모습을 감추고, 길거리에서 검으로 귀족 자제들을 해친 네놈들이다!"

"—허어?"

눌러쓴 후드 틈에서 에르탈 장군의 입가에 사나운 미소가 떠오르는 게 보였다.

위병 한 사람이 장군의 검에 남은 붉은 빛을 깨닫고 소켈에게 말을 걸었다.

"소, 소켈 님."

"시끄럽다, 나중에 해!"

냉담한 취급을 받은 위병이 몇 명에게 말을 걸어 뒤로 물러났다.

아무래도 그들은 에르탈 장군의 정체를 깨달은 모양이다.

소켈의 등 뒤에서 「저희들은 적의가 없습니다」라고 말하는 포즈를 취했다.

"위병들이여! 사양할 것 없다! 포박해라! 저항한다면 베어 버려라"

분위기 못 읽는 소켈이 명령했지만 그에 응하는 위병은 없었다.

"어라라~? 대장, 이상한데요."

"뭐냐?"

여우 장교가 사람 안 좋은 미소를 짓고는 재기라도 한 타이밍에 대장에게 말을 걸었다.

"이 괴한들 주검약을 먹은 흔적이 있는데요?"

"주검약이라고! 사람을 강제로 노예로 만드는 몹쓸 마약말인가!!"

대장의 커다란 목소리가 번화가에 울렸다.

창관의 창문이 열리고 술집에서도 사람들이 얼굴을 내밀었다.

여우 장교는 노리고 한 거지만 대장은 진짜로 화가 난 것 같군.

소켈이 동요를 드러내며 반사적으로 말했다.

"뭐, 뭐라고! 내 친구들이 주검약을 먹었다고 우롱하는 것이냐!"

—어이쿠, 그거 실언이네.

조바심이 난 소켈이 괴한들을 자기 친구라고 인정해 버렸다.

"헤~ 이 주검약을 먹은 괴한은 태수 대리 소켈 님의 친구였구나~."

여우 장교가 일부러 큰 소리로 주위에 선전하자 취객들도 차례차례 소켈의 이름을 입에 담았다.

"명문 귀족의 자제들을 아무런 근거도 없이 업신여기다니!"

소켈도 더 이상 물러나지 못하게 됐군.

은근히 「친구」라는 단어를 빼놓는 게 밉살맞다.

"근거는 있다. 킹크리는 이런 놈이지만, 감정의 기프트를 가진 군의 심의관이다.

군의 심의관이란 말을 들은 소켈이 창백해졌다.

그런 상황에서도 한 마디 안 하면 성이 안 차는지, 여우 장교가 「대장, 『이런 놈』은 너무해요~」라고 항의하고는 머리에 꿀밤을 얻어맞았다.

"에에이, 상관없다! 태수 대리의 권한으로 포박한다! 얌전히 무기를 버려라!"

더 물러날 수 없어서 자포자기했는지, 소켈이 대화를 포기하고 소리치기 시작했다.

잔챙이란 느낌이 팍팍 나서 좋네.

이야기라면 초반에 디딤돌이 될 법한 악역이 어울리겠다.

"허어, 네놈이 나를 포박할 권리가 있단 말인가?"

"시끄럽다! 이 수상한 놈들!"

장군의 말에 소켈이 히스테릭한 기색으로 반발했다.

"위병들! 어서 포박하라!"

소켈이 침을 튀겨가며 명했지만, 방금 전처럼 위병이 움직이지 않았다. 서로의 얼굴을 마주보며 누가 소켈에게 말을 할 건지 미루고 있는 느낌이었다.

"뭘 하고 있나! 이 급료 도둑놈들! 누가 네놈들의 급료를 낸다고 생각하나!"

소켈의 외침에 위병들이 미묘한 표정으로 고개를 돌렸다.

분명히 내심 「네가 내는 거 아니잖아」라는 말을 하고 있을 거야.

"애송이, 웃기는 연기는 그쯤 해라."

에르탈 장군이 후드를 올리고 소켈을 다그쳤다.

"나, 나를 애송이라고! 내가 누군 줄 알고—."

소켈의 외침이 점점 작아지더니 사라졌다.

그도 에르탈 장군의 얼굴은 그나마 기억하는 모양이군.

"네놈 말인가? 네놈은 태수의 위엄을 빌린 붕어 똥이다."

"또, 똥이라고……. 설령 장군이라도 그 말은 철회해줘야겠소!"

소켈은 한껏 허세를 부렸지만 에르탈 장군은 코웃음 쳤다.

"이 괴한들은 왕도의 사법국원이 올 때까지 미궁방면군이 맡겠다."

"뭐, 뭐라고! 범죄자를 포박하는 것은 태수의 역할! 군에 그런 권한은 없을 거요!"

소형견처럼 깽깽거리며 짖는 소켈을 에르탈 장군이 시끄럽다는 기색으로 노려보았다.

“벌써 잊었나? 네놈이 부적격한 것은 스스로 말하지 않았나?”

“에르탈 장군을 공격한 괴한이, 소켈 님의 친구니까~.”

에르탈 장군의 추가 공격에 여우 장교가 즐거운 기색으로 올라탔다.

“애당초 이 괴한 놈들은 미궁방면군 사령관인 에르탈 장군에게 칼날을 겨누었다. 명문 귀족의 자제라 해도 무죄 방면은 할 수 없지.”

대장의 말로 그제야 이해했는지, 소켈의 입에서 「으그극」 하고 신음 소리가 흘러나왔다.

세 사람은 신이 나서 소켈을 몰아세웠는데, 그는 이제 곧 마음의 HP가 다 떨어질 느낌이었다.

여우 장교가 더 괴롭히려는지 즐거운 기색으로 입을 연 순간에 새로운 인물이 나타났다.

“—그쯤 해두시면 좋겠음이어요.”

인파 너머라서 보이지 않지만, 이 특징적인 말 꼬리는 녹색 귀족 포프테마 상담관이었다.

“흥, 네놈이 뒤에 있었군.”

“무슨 말씀이심이어요? 나는 취미로 산책을 하던 중에 소란을 듣고 달려온 것임이어요.”

“포프테마 님! 에르탈 장군을 선동하여 귀족 자제를 부당하게 때려눕힌 것은 저기 있는 펜드래건 경이 틀림없습니다!"

어이쿠, 소켈이 또 나를 공격하네.

"허허어? 펜드래건 경은 무기가 없음이어요?"

녹색 귀족이 쾌락을 맛본 악마 같은 웃음을 지으며 소켈을 보았다.

어쩐지 이 사람도 소켈을 몰아세우는 걸 즐기는 것 아닌가 착각해 버릴 것 같았다.

"마족 살해자인 펜드래건 사작이라면, 맨손으로도 젊은이 셋을 때려눕히는 것이 가능합니다."

분명히 셋이 아니라 3천명이라도 간단히 할 수는 있는데.

그보다도 소켈이 괜한 말을 하니까 구경꾼들 사이에서 내 가문명과 「마족 살해자」의 칭호를 수근거리기 시작했잖아…….

딱히 인간 수준의 범주에서 유명해지는 정도라면 상관없기는 한데…….

"소켈 경이 이렇게 말하고 있음이어요만, 펜드래건 경은 이 세 사람을 때려눕힌 것임이어요?"

"억울합니다. 애당초 저는 그들의 손가락 하나 건드리지 않았습니다."

"그의 말은 사실이다. 왕조 야마토 님과 에르탈 가문의 이름을 걸고 거짓 없는 사실이라고 선언하지. 뭣하면 비스탈 공작 가문의 가문명에 맹세할까?"

"그럴 것은 없음이어요."

아무래도 에르탈 장군 덕분에 누명은 벗었군.

"소켈 경은 자택에서 잠시 머리를 식힘이어요. 위병들은 그 괴한을 태수공관의 감옥으로 옮기는 것이어요."

"—그럴 수는 없다."

틈을 타서 괴한들을 데리고 가려는 녹색 귀족을 에르탈 장군이 막았다.

"얼버무릴 셈인가?"

"터무니없는 일임이어요. 주검약의 루트를 조사함이어요."

녹색 귀족이 고개를 훌훌 옆으로 저었다.

"가문명에 맹세할 수 있나?"

"왕조 야마토 님과 포프테마 백작가문에 맹세함이어요."

"좋다."

녹색 귀족이 맹세의 말을 하자 에르탈 장군이 수긍했다.

보아하니 주검약은 그 정도로 위험한 마약인 모양이군.

"정말이지, 주검약은 성가심이어요. 또 『동족포식 뱀』의 잔당이 숨을 되찾은 것일지도 모름이어요?"

우려 섞인 내용인데, 녹색 귀족의 표정은 그게 아닌 것처럼 웃고 있었다.

"다시 마신다! 가자, 펜드래건 경."

에르탈 장군이 어깨에 손을 두르고 그 자리를 벗어났다.

그가 「다시 마신다」라고 한 것은 녹색 귀족에게 어필한 것이리라. 나를 성가신 일에서 빼내준 모양이다.

그렇지, 덤으로 물어보자.

"『동족포식 뱀』이란 건 유명한가요?"

"아주 옛날에 마인약과 주검약을 미궁도시로 들여온 범죄 조직이라네."

내 물음에 에르탈 장군이 대답해주었다.

일단 맵을 검색해 봤는데, 미궁도시 세리빌라를 포함한 왕국 직할령에는 그런 조직이 없었다.

"마왕의 계절이 다가오면 잡초처럼 끈질기게 부활하는 성가신 놈들이지."

에르탈 장군이 역겨운 듯이 중얼거렸다.

"마인약을 사용한 범죄자를 제압하는 것만도 성가신데, 이번에는 주검약이라…… 정말이지, 세리빌라 시는 **저주 받은** 모양이야."

"미궁 오지에서 재료가 나오니까 필연이죠~."

대장이 한탄하자, 여우 장교가 괜한 소리를 해서 꿀밤을 맞았다.

밤새 마시게 될 것 같기에, 꽁트 사이에 공간 마법「원거리 통화」로 아리사에게 사정을 이야기해두었다.

그건 그렇고—.

소켈이 나를 함정에 빠뜨리려고 한 건 확실하지만, 묘한 약까지 써가며 괴한이 나를 습격하도록 한 이유는 뭐지?

생각이 짧아 보이는 그라면「샤로릭 제3왕자의 복수 대행」이나「단순히 마음에 안 들어서」란 가능성도 있지만, 그렇다 쳐도 너무 거창하다.

내 뇌리에 미티아 왕녀가「복면을 쓴 옷차림이 좋은 괴한」에게 습격을 받았다고 한 것이 떠올랐다.

그것도 소켈이 한 짓이라면 목적이 뭘까?

이어서, 뇌리에 「소켈은 귀식약으로 태수부인에게 빌붙었다」라든가 「미티아 왕녀의 『정화의 숨결』도 같은 효과가 있다」는 정보가 떠올랐지만 그것과 내가 이어지지 않는다.

—응, 모르겠다.

옛날부터 추리는 서툴렀거든.

일단 자기 방어를 위해서 무슨 대책을 생각해두는 편이 좋겠군.

"아야야~ 오늘은 펜드래건 경이 사는 건가요? 비싼 술 부탁해도 돼요?"

"네, 물론입니다. 마음껏 주문하세요."

사양 않는 여우 장교에게 웃으며 대답했다.

소켈에 대한 대책이라고 말하면 실례가 되지만, 궁지를 구해준 그들과 더 친해지는 것부터 시작하도록 할까.

그 날은 아침까지 장군 일행과 마시면서, 미궁방면군에 대한 이야기를 이것저것 들었다.

여우 장교가 정말로 비싼 술만 주문했지만 맛있는 술을 이것저것 알 수 있었으니 만족이다.

새로운 길드증

"사토입니다. 지난 세대의 샐러리맨은 승진을 목표로 멸사봉공하는 게 보통이었다고 합니다. 한편으로 요즘 세대의 샐러리맨은 승진에 무게를 두지 않고, 자기 생활을 우선하는 걸 선호한다고 하는군요."

"다음은 1개월 뒤에 온다네. 곤란한 일이 있으면 에르탈 장군이나 어제 소개한 귀족들을 의지하게."

"네, 감사합니다."

다음날 아침, 취해서 뻗은 미궁방면군 세 사람을 술집에 남기고 미궁방면군의 주둔지 안에 있는 비공정 발착장에서 시멘 자작을 배웅하고 있었다.

나는 새로운 사용인 미테르나 씨와 함께 시멘 자작이 탄 비공정이 동쪽 하늘로 사라지는 것을 지켜보고, 그녀가 모는 마차로 저택에 돌아왔다.

"주인 나리, 저 애들은 대체?"

"아아, 주변 빈터를 정비하는데 고용한 애들이야."

아직 이른 아침인데 아이들이 빈터에서 일 시작을 기다리고 있었다.

이 애들을 보고 있으니 어젯밤 술래잡기를 하는 와중에 본 뒷골목 부랑아들이 떠올랐다.

내가 신경 쓸 일이 아닐지도 모르지만, 하다못해 보이는 범위의 사람들은 행복하면 좋겠다.

—주로 내가 기분 좋게 관광을 할 수 있도록.

"미테르나 씨, 이 도시의 양육시설 사정은 알아?"

"주인 나리, 저는 미테르나라고 불러주세요. 사용인에게 경칭을 사용하거나 존댓말로 이야기를 하면 하위인 자들이 가볍게 보고 불이익을 당하는 일이 있을 수 있습니다."

"충고 고마워. 그러면 앞으로는 미테르나라고 부를게."

그녀가 나를 「주인 나리」라고 부르는 건 사용인의 평범한 호칭이라고 한다.

"양육시설에 대해서 말입니다만—."

미테르나 씨의 말에 따르면, 미궁도시에는 탐색자 길드에 하나, 각 신전마다 하나, 합계 8개의 양육시설이 있었다.

다만 각 신전에 부속된 양육시설은 지난번에 본 것처럼 「아리따운」 아이들밖에 들어가지 못하고, 탐색자 길드의 양육시설도 사망한 적철 탐색자의 아이들밖에 들어가지 못한다.

"전에는 왕립 양육시설도 있었습니다만, 원장이 나라에서 내려온 경영자금을 횡령한 것이 노출되어 처형되고 양육시설도 문을 닫고 말았습니다."

미테르나 씨의 친구가 그 양육시설의 직원이었다고 한다.

그 사람 말에 따르면 횡령 자체가 누명이었고, 양육시설을 담당하는 관리가 요구한 뇌물을 건네지 않아서 조작된 사건이었다고 한다.

물론 그 관리는 이미 녹색 귀족 포프테마 상담관이 처단했다고 한다.

"그러면, 양육시설 재건도 가능하겠네."

"……네."

미테르나 씨의 동의하는 말이 늦은 이유를 물어봤다.

"다만, 지금 태수님은 복지에 흥미가 없으신 것 같습니다……."

태수가 바뀌거나, 유력한 귀족의 진정이라도 없는 한 공립 양육시설 부활은 무리란 거군.

—과연, 그러면 **지금**은 무리구나.

나는 맵을 바라보며 작게 중얼거렸다.

◆

"아침에 온데다가 여자까지!!"

"길티."

저택에 도착하자마자, 밤을 샌 얼굴의 아리사와 미아가 마중나왔다.

어젯밤에 원거리 통화로 연락했는데 계속 일어나서 기다렸나 보군.

"이 사람은 새로운 메이드장이야."

"어? 어제 말한 사람?"

"우응?"

시멘 자작을 배웅하고 온 걸 말하며 저택 안으로 들어갔다.

"어서 오~."

"어서 오세요, 인 거예요!"

다다닷 달려온 타마와 포치가 내 다리를 끌어안았다.

평소처럼 머리를 부비면서 어리광부리던 도중에 미테르나 씨를 발견하고 움직임이 멎었다.

"뉴!"

"모르는 사람인 거예요."

둘이 내 뒤로 숨어서 몸을 움츠렸다.

"두 사람, 손님에게 실례입니다."

리자가 타마와 포치를 타일렀다.

"어서 오십시오, 주인님."

"마스터, 귀환을 환영한다고 고합니다."

동료들이 거실로 모인 참에 미테르나 씨를 소개했다.

"이 사람은 집을 관리해줄 메이드장 미테르나야."

"미테르나라고 합니다. 배움이 얕고 재주도 보잘것없지만 있는 힘껏 섬기고자 하니, 잘 부탁드립니다."

그녀가 등줄기를 쭉 편 걸 보고, 동료들도 자세를 바로잡았다.

"보르에난 숲의 가장 어린 엘프, 라미사우야와 리리나트아의 딸, 미사날리아 보르에난."

"에, 엘프님?"

미아가 제대로 된 자기소개를 하자 미테르나 씨가 놀란 소리를 냈다.

“나나입니다, 라고 자기소개를 합니다. 저는 마스터의 것이라고 주장합니다.”

“부인이신가요?”

“가족 같은 사람이지만, 아내나 애인은 아니야.”

나나의 소개에 미테르나 씨가 착각을 하기에 재빨리 정정했다.

미아가 자기를 가리키며 「약혼자」라고 했지만 미테르나 씨는 농담으로 받아들인 모양이다.

“루루입니다. 요리와 세탁을 하고 있어요.”

“저 말고도 메이드가 있었군요.”

“그래, 그녀는 사용인이 아니라 가족 같은 거야. 그리고 요리는 나도 하고 있어.”

내가 말하자, 미테르나 씨가 루루에게 고개를 숙였다.

“실례했습니다, 루루 아가씨.”

“아, 아가씨라뇨.”

미테르나 씨가 사과하자 루루가 얼굴 앞에 팔을 파닥파닥 움직이면서 황급히 부정했다.

부끄러워하는 루루는 평소와 다른 매력이 있어 귀여운걸.

“타마.”

“포치는 포치인 거예요.”

“리자라고 합니다. 저희들은 주인님의 노예이니, 잡무가 있다면 맡기십시오.”

아인 소녀들이 어쩐지 긴장한 기색이었다.

“이 애들도 다른 애들처럼 내 가족 같은 거니까 그렇게 생각하고 대해줘."

미테르나 씨가 「노예를, 말인가요?」라며 이해하기 어려운 기색이었지만, 주인의 말에 이견을 내지는 않는지 조용히 인사를 하여 수긍의 뜻을 드러냈다.

그리고 마지막으로—.

"아리사야. 나랑 루루도 주인님의 미래의 아내야!"

아리사가 선언하자 다른 애들도 편승했다.

개중에서 루루는 볼을 붉히고 「앞으로 5년이면……」이라고 중얼거렸다. 5년 뒤에 상대가 없으면 결혼해준다는 약속은 아직 유효한 모양이군.

미테르나 씨는 흐뭇하게 모두를 바라보며, 「모두들 사이가 좋으시군요」라는 감상을 말했다.

서로 소개가 끝난 참에 미테르나 씨에게 저택 안의 설비에 대해서 설명했다.

"이 방은 설마—."

"목욕탕이야. 배수로는 완성이 안 됐으니까, 가까운 시일 안에 공사를 부탁해야지."

미테르나 씨도 목욕을 좋아하는지 욕조를 보고 놀란 소리를 냈다.

"물론, 미테르나도 써도 돼."

"감사합니다."

어라? 미테르나 씨 목소리가 어쩐지 딱딱한데.

기분 탓인지, 살짝 숙인 얼굴에 뭔가 앓는 표정이 떠오른 것 같다.

“물이 귀중한 미궁도시에, 이 악몽 같은 설비가 있다니…….”

미테르나 씨가 입 속에서 중얼거리는 원망의 말을 「엿듣기」 스킬이 포착했다.

혹시 목욕 싫어하나?

“주, 주인 나리. 우, 우물은 어디에 있는 건가요?”

정신을 차린 미테르나 씨가 표정을 꾸미며 나에게 물었다.

역시 메이드장으로서 물이 신경 쓰이는 거겠지.

주방의 출입구로 나가서 우물로 안내했다.

“도르래가 망가졌으니까, 배수로를 달 때 수리공사도 함께 부탁하려고 해.”

“통과 밧줄은 쓸 수 있겠군요. 우물물을 봐도 될까요?”

“타마, 길어~?”

“포치도 돕는 거예요!”

미테르나 씨가 우물의 뚜껑을 열고 통과 밧줄을 손에 쥐자 타마와 포치가 돕겠다고 나섰다.

새로운 동료의 도움이 되고 싶은 거겠지.

“아뇨, 아가씨들을 번거롭게 할 수는—.”

“괜찮으이~?”

“맡겨줘, 인 거예요.”

미테르나 씨가 사양했지만, 타마와 포치는 의욕이 가득해서 미테르나 씨에게 돕게 해달라고 부탁했다.

순식간에 길어 올린 두 사람에게 인사를 하고 통을 받았다.

미테르나 씨는 힘이 별로 없는 사람인지 통을 받을 때 떨어뜨릴 뻔했다.

"엣? 이만큼이나 길었는데 그렇게 빠른 건가요? 아가씨들은 대단하군요."

"에헤헤~?"

"칭찬 받은 거예요."

솔직하게 칭찬하자 타마와 포치가 몸을 꼬물거리며 쑥스러워했다.

미테르나 씨가 통의 물을 손으로 떠서 한 모금 마셔본 뒤에 말했다.

"물은 깨끗하군요."

보아하니 수질은 합격인가 보다.

"다음은 가마를—."

아까 지나친 주방으로 돌아갔다.

"석탄이 떨어졌군요. 창고는 어디에 있나요?"

"죄송해요, 석탄은 아직 사질 않았어요."

루루의 대답에 미테르나 씨가 의심스런 표정을 지었다.

"그러면 아침식사 전에 사와야겠군요."

"저, 저기, 석탄은 뭐에 쓰는 거죠?"

"그야 당연히 가마에 쓰는 거죠—."

미테르나 씨의 대답을 들은 루루가 조리대의 상판을 슬라이드 시키시 안에 있는 화로 마법 도구를 드러냈다.

오늘 아침 식사는 우유죽인지 부드럽고 따스한 우유 향이 주방에 퍼졌다.

“저택에서는, 이걸 쓰고 있어요.”

“서, 설마 마법 도구인가요?”

“네, 화력 조정이 달려 있으니까 가마를 쓸 때보다 편리해요.”

놀라는 미테르나 씨에게 루루가 조금 자랑스레 대답했다.

“받침대에 설치한 마법 도구로군요. —설마, 다른 조리 기구도 마법 도구인가요?”

“네, 이건 오븐 마법 도구, 이건 물을 긷는 마법 도구예요. 목욕물을 데우는 마법 도구도 있으니까 나중에 사용법을 알려드릴게요.”

루루가 마법 도구 하나하나를 소개할 때마다 미테르나 씨가 일일이 놀라준다.

시멘 자작 저택에도 조리용 마법 도구는 잔뜩 있을 것 같지만, 여기에 있는 건 내 오리지널 마법 도구인데다 일본의 빌트인 형 시스템 키친을 모방한 거니까 모양이 일반적인 것과 다른 거겠지.

“물을 긷는 마법 도구— 귀중한 물 광석을 평소부터 쓰시는 건가요?”

“우물까지 길으러 가는 게 힘들잖아.”

귀중하다고 해도, 작은 돌멩이 사이즈의 물 광석이면 1개월 정도 쓸 수 있으니 따져보면 그렇게 큰 금액도 아니다.

내가 가진 「나락의 물 주머니」는 공간 마법 계통의 아이템이라서 얻을 수 있는 효과는 같지만 구조는 전혀 다르다.

"아까 그 욕조에도 물 광석을 설치했으니까 목욕하고 싶을 때 물을 길어올 필요는 없어."

나는 그렇게 말하며 실제로 목욕탕에 물을 넣어 보여줬다.

"—근사하군요."

물을 흘리는 회로에 마력을 흘려본 미테르나 씨가 감격한 기색으로 말했다.

아무래도 목욕을 싫어하는 게 아니라, 목욕물 데우기와 물 길어오기의 고행이 싫었나 보군.

그러고 보니, 세류 백작의 영빈관이나 공도의 홈스테이 저택에서도 다부진 하인들 몇 명이 활약할 정도로 목욕 준비가 큰일이었지.

그런 일이 있었지만, 이제 막 산 집이다 보니 금세 저택 안내가 끝났다.

내 집무실에서 내려간 곳에 있는 전이용 지하실에는 들어가지 않도록 말을 해두었다.

"근사한 저택입니다. 이렇게 꼼꼼하게 청소와 보수가 된 저택은 처음 봤어요. 분명 전임자가 경험이 풍부한 분이셨군요."

감탄의 한숨을 쉬는 미테르나 씨에게 미안하지만, 청소는 레리릴의 마법으로 했다.

모처럼 감탄하고 있는 모양이니까 괜한 말은 말아야겠다.

미테르나 씨에게 은화와 동화가 든 작은 주머니를 건넸다. 잡화나 식료품을 사려면 현금이 필요할 테니까."

"주인 나리, 귀족 저택의 경우 외상으로 장을 볼 수 있으니 사용인에게 이런 거금을 맡기실 필요는 없습니다."

그러고 보니 공도에서도 외상으로 샀었지.

거금이라지만 금화 20닢 정도밖에 안 되니까 그대로 맡겼다.

다른 애들도 아침 식사가 아직인 모양이라, 조금 늦은 아침을 먹기 위해 식당으로 갔다.

"오늘 아침은 우유죽이구나."

"응, 벌꿀 첨가."

"달콤하고 맛있다고 고합니다."

아주 약간 레몬즙을 넣었는지, 달콤한데도 상큼해서 하루의 시작에 딱 맞는 느낌이었다.

"오늘 아침에 갓 짠 우유를 배달해줘서 만들어봤어요."

"맛있다, 루루."

내가 칭찬하자 루루가 볼을 붉히며 기쁜 기색으로 웃었다.

"루루 아가씨, 그라탕의 굽기는 이 색이면 괜찮을까요?"

"아, 네! 괜찮아요."

미테르나 씨도 함께 식탁에 앉자고 권했지만, 사용인과 주인이 같은 테이블에서 식사를 하는 건 그녀의 주의에 반하는지 내게 고개를 숙이며 거절했다.

겉보기와 마찬가지로 딱 부러지는 사람이네.

융통성이 없지만, 사용인으로서 신용할 수 있는 사람이군.

"녹색 접시는 미아에게 부탁해요."

"알겠습니다."

미아 것은 베이컨 대신에 미궁 버섯의 슬라이스와 시금치가 들어 있구나.

우유죽으로는 부족한 느낌이던 아인 소녀들이 곧장 그라탕에 달려들었다.

"아뜨뜨~?"

"작열한 거예요."

기세 좋게 먹은 타마와 포치가 황급히 물에 손을 뻗었다.

바깥은 별로 안 뜨거워서 방심한 모양이군.

"안은 뜨거우니까 조심해서 먹어."

"네잉~?"

"안에 베이컨이 숨어있는 거예요!"

아인 소녀들을 바라보면서 나도 그라탕을 먹었다.

농후하여 무척 맛있다. 아까 우유죽을 먹으면서도 느꼈지만, 세리빌라 둔우의 우유는 가공하면 더욱 맛있어 지는군.

"목장에서 받아온 유제품을 써봤어요."

"응, 굉장히 맛있어. 다음에 과자에도 써볼까?"

"네, 주인님!"

웃음 짓는 루루에게 미소로 답하고, 식기 전에 그라탕과 우유죽 아침 식사를 탐닉했다.

비네르나 씨가 아침 식사를 먹는 시간을 만들기 위해 거실에서 느긋하게 쉬는데, 아이들 상태를 보고 있던 나나가 발 빠르게 돌아왔다.

"마스터, 보호한 유생체가 눈을 떴다고 고합니다."

어제 아침에 의식이 돌아오긴 했지만 체력 회복을 위해서 수면제가 들어간 영양제를 먹여 재워두었다.

"귀족님, 우리를 구해주셔서, 감사합니다."

"""""감사합니다."""""

아이들 방에 들어가자, 아이들이 일제히 엎드려 인사를 했다.

젊음과 마법약의 회복력이 상승효과를 발휘했는지, 이제 침대에 누워있지 않아도 괜찮아 보였다.

그때 아침 식사를 마친 미테르나 씨가 합류했다.

엄청나게 빨리 먹는군. 식사는 맛을 보면서 잘 씹어 먹어야 되는데.

"주인 나리. 이 애들도 가족인가요?"

"아니, 저택에서 보호한 애들이야."

미테르나 씨의 물음에 보호한 경위를 알려주었다.

"귀족님, 우리가 은혜를 갚게 해줘!"

가장 나이 많은 애가 나에게 진지한 시선을 보내며 호소했다.

미테르나 씨가 내 앞으로 슥 이동했다.

"말투가 좋지 않군요. 귀족님의 저택에서 일을 하는 것은 당신들이 생각하는 것보다 힘듭니다. 만약 굶주림을 벗어나는 게 목적이라면 물러가세요."

"아니야! 우리는 은혜를 갚고 싶어."

미테르나 씨의 차가운 말에 나이 많은 애가 강하게 반발했다.

"아무도 필요 없다고 해서 죽어갔을 우리를 구해준 건 귀족님 뿐이었어."

"아프고 괴로운 거 고쳐줬어."

"상냥하게 해주써."

"내 움직이지 않는 다리를 움직이게 해줬어."

"행보캐써."

나이 많은 애를 지원하듯이 다른 애들도 적은 어휘를 구사해서 필사적으로 호소했다.

미테르나 씨는 그 아이들을 조용히 바라보았다.

어째선지 우리 애들도 함께 조마조마한 모습으로 그것을 지켜보고 있었다.

"—좋습니다."

한 마디 중얼거린 미테르나 씨가 이쪽을 돌아보았다.

"주인 나리. 허가해주신다면, 이 아이들을 단기로 고용하여 잡무를 시킬까 합니다. 최소한의 예의범절은 제가 책임지고 가르치겠습니다."

굳이 고생을 떠안다니 미테르나 씨는 참 사람이 좋구나.

"좋아, 고용하자. 이 애들의 작업복을 준비해야겠네."

"그러면 잠시 뒤에 중고 옷가게에 가서 적당한 것을 구입하겠습니다."

"그래, 부탁해."

그때 초인종이 울렸다.

응대한 미테르나 씨가 편지를 받아 돌아왔다.

길드에서 청동증이 발급됐으니 받으러 오라는 호출이었다.

그리고 편지를 읽는 동안, 내 지인이 왔다고 하기에 거실로 들였다.

"아야우메~?"

"카지로 스승님도 있는 거예요!"

방문자는 사가 제국의 사무라이 카지로 씨와 아야우메 양 두 사람이었다.

"타마, 포치, 정진하고 있느냐?"

"네잉~?"

"스승님 다리가 큰일 난 거예요!"

"아아, 이거 말이냐. 미궁의 마물에게 덥석 먹혀 버렸다."

자조하는 카지로 씨의 왼쪽 다리가 무릎 아래부터 없었다.

"아프지 않아~?"

"아픈 거 아픈 거 날아가라~ 인 거예요."

타마와 포치가 울상을 지으며 카지로 씨의 왼쪽 다리에 다가가 아픔이 날아가는 주문을 외어줬다.

"둘 다 상냥하구나. 이제 아프지 않으니 안심해라."

카지로 씨가 상냥하게 웃으며 두 사람에게 말했다.

"목숨이 무사하면, 얼마든지 만회할 수 있다고 주장합니다."

"그럼! 이 정도로 술에 빠지는 무른 놈은 사무라이라고 할 수 없지."

나나의 격려에 카지로 씨가 억지로 활기를 짜내며 대답했다.

"제가 아는 사람 중에 우수한 마법 도구 기사가 있으니 카지로 공의 의족을 만들어 달라고 부탁해보죠."

"고맙소. 펜드래건 사작의 후의에 기대도록 하지."

고개를 숙이는 카지로 씨와 아야우메 양의 눈동자에서 뭔가 빛난 것 같지만, 그건 못 본 척했다.

"카지로 공과 아야우메 양에게는 저택의 경호를 부탁했어. 미테르나, 두 사람을 방으로 안내해줘."

병상의 아이들도 이제 간병할 필요 없고, 어른이 셋이나 있으면 풀베기나 청소에 고용한 아이들의 감독을 맡기면 되니까 괜찮겠지.

저택의 마차에는 8명이나 탈 수 없어서 우리는 산책을 겸하여 걸어서 탐색자 길드에 갔다.

◆

"이상한 것이어요."

서쪽 길드 근처의 약간 높은 곳에서 노점의 인파를 바라보는 녹색 귀족을 발견했다.

보기 드물게 웃는 표정이 아니라 의심스런 표정이었다.

"이렇게 **옅을** 리가 없는 것이어요."

뭐가 옅다는 거지?

그와 거리가 제법 떨어져 있어서, 잘은 모르겠지만 어쩐지 신경 쓰인다.

"젠장!"
녹색 귀족이 바라보던 쪽에서 젊은 탐색자가 한 손으로 머리를 쥐어뜯었다.
"왜 또 난리야."
"미린다의 술이 또 맹탕이 됐단 말이다."
"거기 술은 언제나 맹탕이잖아."
"그러니까 더 맹탕이 됐다고."
설마 술이 옅어졌다는 얘기는 아닌 것 같은데…….
그렇게 생각하며 녹색 귀족에게 시선을 돌렸지만 이미 인파 속으로 들어가 안 보였다.
레이더에 비치는 마커의 위치를 보니 노점가 쪽을 시찰하러 갔나 보군.
"이 무례한 놈! 놓아라!"
서쪽 길드 쪽에서 들리는 미티아 왕녀의 목소리를 엿듣기 스킬이 포착했다.
그쪽으로 시선을 돌리자 길드 앞에서 소켈에게 팔을 붙잡힌 채 싫어하는 미티아 왕녀를 발견했다.
호위인 종자 아가씨가 있지만, 소켈을 섣불리 건드릴 수 없는지 막지 못하고 있었다.
친구가 난처한 상황인데 방치할 수는 없지.
나는 맵을 닫고 동료들에게 먼저 가라고 한 뒤, 다툼을 각오하고 길드 앞으로 발길을 옮겼다.
"사토 공!"

나를 발견한 미티아 왕녀가 반기는 목소리로 나를 불렀다.

나와 눈이 마주친 소켈의 표정이 밉살맞게 일그러졌다.

"숙녀는 조금 더 상냥하게 다뤄야 합니다."

미티아 왕녀의 가녀린 팔을 사양 않고 움켜쥔 소켈의 손가락을, 부러지지 않도록 주의하면서 하나씩 떼어냈다.

불쌍하게도 미티아 왕녀의 팔에 손가락 형태의 멍이 들었다.

풀려난 미티아 왕녀가 내 팔을 끌어안고는 뒤로 몸을 숨겼다.

"이, 이 힘만 센 애송이가……!"

소켈이 내가 떼어낸 손을 감싸면서 이쪽을 노려보았다.

손가락이 부러지지 않도록 세심한 주의를 한 젊은이에게 실례되는 말을 하는군.

그 순간—.

"무엇을 하는 것임이어요?"

"포, 포프테마 님."

녹색 귀족의 모습이 나타났다.

"자네는 근신중이었을 것이어요."

녹색 귀족이 지적하자 소켈이 으그극 분한 듯 신음하고는 커다란 발소리를 내며 물러갔다.

그것을 지켜본 녹색 귀족이 말하면서 만족스런 웃음을 보였다.

"소켈도 참 난처함이어요."

어쩐지 언동과 표정이 일치되지 않는 사람이군.

"사토 공, 고맙구나."

"아뇨, 도움이 되어 다행입니다."

인사를 하는 미티아 왕녀에게 웃음으로 답했다.

“전하, 괜찮아?”

“응, 치유해. ■ ■ ■…….”

뒤따라온 동료들이 미티아 왕녀의 멍을 보고 입을 모아 걱정했다.

“무슨 일이 있었나요?”

“후음. 몇 번이고 거절했는데 끈질기게 구혼을 하는구나.”

내가 묻자 미티아 왕녀가 지겨운 기색으로 이유를 가르쳐 주었다.

“애당초, 소국이라지만 왕족인 본녀가 영세 작위도 없는 귀족과 결혼할 수 있을 리가 없는 것이거늘.”

탄식하는 미티아 왕녀를 미아가 쓴 치료 마법의 빛이 감쌌다.

“고맙네, 미사날리아 님.”

“미아면 돼.”

감사하는 미티아 왕녀에게 미아가 애칭을 허가했다.

사정을 알게 된 아리사가 종자 아가씨에게 설교를 하고 있는데 바위의 기사가 귀족 거리 방면에서 나타나 두 사람을 데리고 돌아갔다.

◆

“길드증을 갱신하러 왔습니다만, 이쪽 창구면 될까요?”

나는 혼잡한 서쪽 길드 창구에서 아까 받은 편지를 보여줬다.

"아뇨, 담당자가 안내를 할 테니 길드장실까지 와주세요."

"약속된 전개, 와따~앗!"

접수원 아가씨의 말에 흥분한 아리사가 기성을 지르며 주먹을 하늘로 치켜들었다.

아리사의 외침에 접수원 아가씨가 놀라서 물러났다.

"아리사, 그렇게 들뜨는 건 우리끼리 있을 때만 하자."

어색한 태도의 아리사 머리를 가볍게 따콩 때렸다.

"지퍼~?"

"아리사, 입에 지퍼인 거예요."

타마와 포치까지 주의를 주자 풀이 죽은 아리사를 리자가 옆구리에 끌어안았다.

평소의 타마와 포치 같은 시체 포즈다.

"죄송합니다, 소란을 피웠군요."

내가 대표로 사죄하자 길드 아가씨가 쓴웃음을 지으며 용서해 주었다.

잠시 지나서, 담당자로 보이는 서른 줄 여성이 접수원에게 말을 걸더니 우리들에게 다가왔다.

그녀는 조금 높은 사람인지 뒤에 직원 두 명이 따르고 있었다.

"펜드래건 사작님이신가요?"

"네, 그래요."

"저는 길드장의 비서관 우샤나라고 합니다. 길드장실로 안내할 테니 따라오세요."

아까 아리사의 기성으로 신경이 흐트러졌지만, 청동증으로 갱신하는데 누구나 길드장을 만날 수 있는 건 아니겠지.

아마도 술집의 소문으로 들은 우리들의 부정의혹 때문일 거다.

우리는 우샤나 씨를 따라 계단을 올라갔다.

서쪽 길드의 첨탑 하나가 길드장실인가 보군.

"길드장, 펜드래건 사작과 파티 멤버 여러분을 데리고 왔습니다."

우리를 문 앞에서 기다리도록 한 우샤나 씨가 안으로 들어갔다.

잠시 지나고서—.

"펜드래건 경만, 들어와라."

—길드장의 목소리로 추정되는 노파의 목소리에 이끌려 방으로 들어갔다.

눈앞에 지팡이 한 자루가 쇄도했다.

그것은 창처럼 날카롭게, 문을 연 내 눈앞으로 찔러 들어왔다.

리자의 창보다 날카로운 공격을 손으로 가볍게 쳐서 흘려냈다.

상대는 받아 흘린 지팡이를 고쳐 쥐고서 반대쪽 어깨 너머로 두 번째 공격을 뿌렸다.

—이건 장술(杖術)이란 건가?

자유자재로 변화하는 지팡이 공격을 모두 받아 흘려냈다.

이 사람 뭘 하고 싶은 거지?

이 부조리한 공격을 막은 것은 안쪽 방에서 나타난 우샤나 씨의 말이었다.

"길드장님! 더 이상 **장난**을 치시면 세베르케아 님께 혼내 달라고 할 겁니다."

"칫, 모처럼 재미있어지는 참인데……. 그렇지, 사토?"

아까부터 지팡이 공격을 하고 있던 것이 길드장이었다.

87세의 노파라서 반격하지도 못하고 계속 흘려내기만 했다.

그녀는 레벨 52의 마법사인데 불꽃과 빛 마법 스킬을 가졌다.

"유감이지만 기습을 받고 기뻐하는 취미는 없어요."

치기가 넘치는 그녀에게 테니온 신전 무녀장의 손톱 때라도 달여서 먹이고 싶군.

"뭐야. 첫날부터 미궁에 묵어가며 마핵을 100개 이상 회수해 오는 전투광이 아닌가?"

—실례잖아요.

내가 쓰러뜨린 마물의 수는…… 응, 수는 문제가 아니구나.

"저는 지켜봤을 뿐이고, 미궁에서 싸운 건 동료들입니다."

"헹, 그런 헛소리를 누가 믿겠나? 만약 사실이라고 해도 직접 싸울 필요도 없는 잔챙이라는 거였지?"

유감이지만 「직접 싸울 필요도 없는 잔챙이」라서 지켜본 게 아니라, 「내가 돕지 않으면 쓰러뜨릴 수 없는 강적」이 아니라 지켜본 건데요.

"그리고, 그 검은 도하루 영감이 만든 거지? 그 영감이 잔챙이 같은 놈에게 자기가 벼린 검을 줄 리가 없지. 얼버무리고 싶다면 천이라도 둘러서 진인을 숨겨둬라."

그래도, 보통 사람의 범주에서 강한 것까지 얼버무릴 생각은 없었다.

"도하루 노사는, 술친구입니다."

차마 도하루 노인과 함께 벼린 검이라고 할 수는 없군.

내 입에서 「술친구」라고 말한 순간에, 길드장의 눈이 먹잇감을 발견한 육식짐승처럼 빛났다.

"호오? 그러면, 나하고도 술친구가 되면 좋겠군?"

"네, 저라도 괜찮다면 술과 안주를 지참하고 실례하죠."

배틀 매니아 같아서 곤란하지만 어딘지 도하루 노인과 비슷한 「미워할 수 없는 노인」 카테고리의 사람인 모양이다.

노괴를 상대하는 건 사양하겠지만, 이 사람 술 상대라면 미궁도시의 재미있는 옛날 얘기를 이것저것 들을 수 있겠지.

에르탈 장군에 이어서 두 번째 술친구 획득이군.

하지만, 가끔은 바보 같은 이야기를 할 수 있는 동년배의 남자 친구가 있으면 좋겠군.

"좋아, 그러면 연회다!"

"안 됩니다."

길드장이 즐겁게 선언했지만, 상자를 들고 돌아온 우샤나 씨가 기각했다. 아직 오전이니까.

"먼저 이 길드증을 수여해 주세요."

"칫, 오~냐 알았다."

길드장이 우샤나 씨가 가져온 상자를 귀찮다는 태도로 받았다.

그때였다—.

"길드장님! 그 펜드래건이 왔다면서요!"

히스테릭한 쇳소리와 함께 오만한 미녀가 뛰어 들어왔다.

어디서 본 얼굴인데…….

"노크 정도는 하세요."

"이 애송이가 소켈 님이 말했던 펜드래건!"

우샤나 씨의 잔소리를 무시하고 오만한 미녀가 나를 가리키며 외쳤다. 무척 실례로군.

그러나 그녀의 말로 생각났다.

전에 서쪽 길드에서 소켈과 함께 있는 걸 봤던 여성 직원이군.

"길드장! 어째서 부정을 저지른 펜드래건이 청동증을 받는 건가요!"

"근거도 없이 부정을 했다고 말하는 게 너뿐이니 그렇지."

쨍쨍 울리는 목소리로 오만 미녀가 길드장에게 대들었지만 길드장은 전혀 개의치 않고 건성으로 대했다.

"부정을 저지르지 않았다면 심의관의 판정을 받으세요! 받을 거죠? 펜드래건! 부정을 저지르지 않았다면 받을 수 있겠죠?"

말투가 열 받긴 하지만, 크하노우 백작령에서 히드라를 봤을 때도 심의관의 판정을 받은 적이 있으니 그 정도 수고라면 받아도 상관없지.

"딱히 받는 것 정도는―."

"기다려봐라, 사토."

승낙하려는 내 말을 길드장이 강한 어조로 막았다.

"귀족, 그것도 작위를 가진 귀족에게 심의관의 판정을 받으라고? 너 인마, 자기가 무슨 말을 하는 건지 이해는 하고 있는 거래냐?"

길드장이 등 뒤에 홍련의 불꽃이 환시될 정도로 분노하고 있었다.

그 박력에 한 순간 압도된 오만 미녀가 얼굴이 파랗게 물들며 한 걸음 물러났다.

"저, 저저, 저는……."

부서진 레코드처럼 같은 말을 반복하는 오만 미녀의 말을 기다리지도 않고 길드장이 자기 말을 이었다.

"다른 영지의 영주 직신에게 모욕으로 들리는 발언을 한 거다. 네 친가인 상회째로 망할 각오가 있는 거겠지?"

길드장의「모욕」으로 생각났다.

귀족에게「심의관의 판정」을 받으라고 하는 건 가문명과 왕조 야마토에게 맹세한 말조차 믿을 수 없다는 최고급의 모욕이 된다고, 무노 남작령의 신인 귀족 강습에서 들은 적이 있었다.

"아니면, 젊은 사토를 도발해서『심의관의 판정을 받았다』라는 불명예한 전례를 만드는 게 목적이냐? 더욱 큰 함정을 위한 포석이라는 거냐?"

길드장이 오만 미녀를 잿더미로 바꿀 것처럼 사나운 표정으로 노려보았다.

오만 미녀는 당장이라도 스트레스로 쓰러질 것 같았다.

"아, 아니……."

"뭐가 아니냐! 너도 길드 직원이라면 애인의 이익보다 길드원의 이익을 지켜라!"

길드장이 일갈하자 오만 미녀는 기어이 거품을 물며 쓰러져 버렸다.

"그 녀석 끌고 가라. 오늘 부로 징계면직이야. 우샤나, 적당한 이유로 서류 부탁한다."

"네, 알겠습니다."

과연 봉건국가, 간단히 해고를 할 수 있나 보군.

"왜 그러지? 얼른 수속을 하고 와."

길드장이 의문스럽게, 생긋 웃으며 움직이지 않는 우샤나 씨를 재촉했다.

"길드장이 펜드래건 사작에게 새로운 길드증을 건네고 나면 가겠습니다."

"하는 수 없네. 연회는 길드증을 건넨 다음이다."

길드장이 상자를 열더니 사람 수만큼 길드증을 꺼냈다.

"사토, 이 적철증을 받아라."

어라? 청동증 아니고?

"의문스런 표정 짓지 마라. 그 벽창호 자작이 네 공적을 입이 닳도록 얘기했거든?"

그러고 보니 시멘 자작이 내 구출대 결성을 위해서 여기저기 찾아 다녔다고 했었지.

"분명히 『무노 시 방어전의 영웅』에 『구릅리안 시의 마족 살해자』였던가? 구릅리안 시 때 우리 길드의 중견 클래스 녀석들이 있었는데 기억 하냐?"

기억이 잘 안 나네. 우리가 참전하기 전에 싸우고 있던 사람들 중 누군가겠지.

혹시 이파사 경과 함께 싸웠던 대형 방패의 전사인가?

"그 녀석들이 올린 보고도 있다. 하급이라지만 마족을 상처 없이 쓰러뜨리는 파격적인 파티를 나무증이나 청동증으로 둘 수는 없는 법이지."

"그렇다고 미스릴증은 너무하세요. 하다못해 중급 마족과 싸워 이길 정도는 되어야죠."

"흥, 길드 평의원 바보 놈들이 수긍했으면 신기록 달성이었는데 참 아까웠다."

아무래도 길드장은 우리들에게 미스릴증을 떠넘기려고 꾸몄던 모양이다.

나는 본 적도 없는 길드 평의원의 양식에 마음속 깊이 감사했다.

뒤쪽 문틈으로 엿보던 아리사가 「칫, 평의원 놈」이라고 불평했지만, 받았을 때 디메리트가 너무 많으니까 그러면 된다.

"그러면 적철증에 대해서 말입니다만—."

우사나 씨가 적철증에 대해 설명해 주었다.

물론 나뿐만 아니라 다른 멤버도 모두 적철증으로 승격이었다.

간단히 받아 버렸지만, 본래는 청동증을 가진 탐색자가 등급이 높은 마핵을 장기적으로 길드에 팔아야 승격할 수 있었다.

보통은 5년이나 10년 단위라고 하니까, 이 적철증이라도 충분히 트러블의 원인이 될 수 있겠다.

"괜찮은가요? 우리는 미궁에 한 번 들어갔던 것뿐인데요?"

"적철증까지는 길드장의 권한으로 수여할 수 있어요. 남발할 수는 없지만, 올해는 한 장도 발행하지 않았으니까 왕도에서 불평하는 일도 없겠죠."

우샤나 씨의 설명이 이래저래 이어지고, 이야기는 적철증에 따라오는 메리트에 대해서가 되었다.

길드의 각종 수수료 반액이나 길드가 보유한 가옥의 가격이 반액이 되는 등 금전적인 것을 비롯하여, 세세한 메리트가 있었다.

금전적으로는 전혀 곤란할 것 없으니 별로 기쁘지 않았다.

"마지막으로, 가장 중요한 점입니다만—."

중요하다면 처음에 말을 합시다.

"—이 적철증을 가진 자는 준귀족으로 취급됩니다. 사작님처럼 귀족 특권까지 부여되지는 않지만, 기사급의 사회적 지위가 보장됩니다. 이것은 시가 국왕의 이름으로 보장되는 것이니, 국내는 물론이고 다른 나라를 방문했을 때도 유효합니다."

물론 인간족뿐 아니라 아인에게도 유효했다. 세류 시처럼 아인 차별이 뿌리 깊은 지역에서도 적철증을 소지하고 있으면 보통 여관에 묵을 수 있었다.

"그건 굉장하네요."

"알고 계실지 모르겠지만, 탐색자 길드는 이름은 길드라도 실제로는 시가 왕국 미궁자원성의 관리하에 있습니다. 길드장은 시가 왕국 미궁자원성 대신의 직위도 겸하기 때문에 재직중에는 명예 백작 취급을 받으니 이 정도 권리 부여가 가능한 겁니다."

우샤나 씨의 설명에 감사를 표했다.

전반은 이미 아는 정보였지만 후반의 길드장이 대신 취급이란 것은 처음 알았다.

아마 중간관리직일 거라고 생각했는데 사실은 굉장하구나.

준귀족 취급이 되는 증서를 가볍게 발행할 수 있을 법 하군.

만약을 위해서 물어봤더니, 미스릴증을 소지한 자는 국왕폐하가 명예 귀족의 작위를 수여한다고 한다.

“그런데 사토. 연회 예정은 오늘 밤 어떻지?”

“오늘은 선약이 있으니 내일 밤이 어떨까요?”

오늘 밤은 미테르나 씨와 사무라이 페어의 환영회를 열 예정이었다.

“칫, 하는 수 없지. 내일로 용서해주마. 그건 그렇고, 소문에 듣자니 에르탈 꼬마가 참 맛있는 술을 얻었다고 자랑을 했다더군—.”

에르탈 장군을 꼬마라고 불러도 되는 건가?

길드장이 말하는 건 럼주랑 요정 포도주겠지. 둘 다 통 단위로 비축해뒀으니 제공하는 것 자체는 문제가 없다.

가만, 술을 목적으로 이례적인 승격을 시킨 것이 아닌가 조금 걱정된다.

“뭐, 뭐냐, 그 눈은. 아니거든? 승격과 술은 아무 상관없거든?”

조바심 내는 길드장이 조금 수상했지만, 우샤나 씨가 부정해줬으니 정당한 승진으로 생각해도 괜찮겠군.

나는 내일 연회를 약속하고 길드장실을 나섰다.

“야후~! 길드장의 보증으로 승격이다!”

아리사가 거창하게 기뻐하며 한쪽 팔을 하늘로 치켜들고 점프했다.

아까 혼이 난 탓인지 길드장실에서는 삼가고 있었나 보다.

"해냈다~?"

"만세인 거예요!"

타마와 포치도 아리사를 흉내 내어 점프했다가 천장에 머리를 부딪칠 뻔했다.

자기 신체 능력을 파악하지 않으면 위험하거든?

"제대로 된 평가를 받은 것 같아서 기뻐요."

"그렇군요, 루루."

"응, 멋져."

"평가 상승에 환희한다고 고합니다."

다른 멤버도 얌전하긴 했지만 기뻐하고 있었다.

동료들과 기쁨을 공유하면서 출구로 향했다.

"이어요~?"

"아까 그 녹색 아저씨인 거예요."

타마와 포치의 시선 끝에 귀족 자제로 보이는 아이들이 녹색 귀족을 따라 창구에서 등록하는 모습이 보였다.

가장 잘나 보이는 통통한 친구가 태수의 3남인데, 내 지인인 레일리 씨하고 별로 안 닮았다.

그 밖에도 세검을 가진 미소녀와 이지적인 미소년, 그리고 특징이 너무 없는 범용한 소년과 약삭빨라 보이는 소년 등도 있다. 상당히 버라이어티하군.

딱히 아는 사람이 있는 것도 아니라서 동료들과 환영회에 대한 의논을 하며 저택으로 돌아왔다.

그리고 그 날은 성대한 환영회. 다음날에는 사바트가 이러랴 싶을 길드장과의 주연을 거쳐, 드디어 그 다음날에 동료들과 미궁에 들어갈 수 있었다.

그리고, 맵과 공간 마법「멀리 보기」를 이용해서 소켈 저택 지하에 있는 마인약 창고와 하수도로 이어지는 숨겨진 문을 조사했다. 정보를 기록한 종이는 길드장의 방에 던져두었다.

미궁도시 근교의 폐허 같은 장소에 있던, 마인약 집적장이나 슬럼가에 몇 갠가 있는 범죄 길드 아지트의 마인약 보관고도 덤으로 기록해 두었다.

뒷일은 마인약을 싫어하는 길드장이 적절하게 처리를 해주겠지.

◆

"어쩐지 지옥까지 이어지는 나락 같아."

아리사가 새까만 공동을 내려다보며 중얼거렸다.

여기는 미궁 안의 군 주둔지 안쪽에 있던, 적철증만 들어갈 수 있는 통로에 있는 장소였다.

커다란 공간의 중앙에 반경 50미터쯤 되는 수직 구멍이 뚫려 있는데, 여기에서 중층으로 내려가는 모양이다.

"저 승강기로 내려가는 모양이다."

승강기에는 모두 탈 수 있을 것 같기에 아래에 한 번 내려가 보기로 했다.

"엘리베이터를 타고 있을 때 마물이 공격하지 않을까?"

"괜찮아."

만에 하나 공격해와도 내가 함께 있으면 괜찮고, 승강기가 부서져도 천구와 「이력의 손」을 조합하여 여기로 돌아올 수 있으니까.

"수동 승강기, 라고?!"

"빙글빙글~?"

"돌아돌려인 거예요."

아리사가 경악했지만, 타마와 포치는 개의치 않고 신이 나서 수동 승강기를 돌리기 시작했다.

아무리 이 둘이라도 중간에 지쳤는지, 리자와 나나가 교대했다.

다른 맵으로 바뀌자 모든 맵 탐사 마법을 사용했다.

상층보다 조금 좁지만 비슷한 느낌의 층이다.

적당한 구역을 골라서 조사해봤는데, 상층보다 평균 레벨이 조금 높은 것과 특수능력을 가진 적이 많은 정도의 차이밖에 없었다.

게임처럼 계층이 깊을수록 적의 레벨이 극적으로 오르는 건 아닌 모양이군.

여기 말고도 미궁 안쪽에 상층과 중층을 잇는 통로가 또 하나 있었다.

이 굴은 미궁 하층에도 이어지는 모양이니까, 사람이 없을 때 몰래 내려가 볼까 생각했다.

"사람이 가득하네요."

루루가 말한 것처럼 중층의 승강기 앞 광장에 「적룡의 포효」 멤버의 물자를 모아두는 장소가 있고, 「적룡의 포효」의 보급을 담당하는 몇 명의 탐색자들이 바쁘게 움직이고 있었다.

맵을 보니 여기서 갈 수 있는 통로는 둘 뿐이고, 한쪽은 「적룡의 포효」가 구역의 주인 토벌을 위해 점유하고 있었다. 또 한쪽은 약사 길드와 연금술사 길드의 구성원이 봉쇄하고 있었다.

"이끼를 나르고 있는 거야?"

"저 이끼가 마법약의 재료가 되는 모양이네."

토라자유야 씨의 레시피 책에 따르면, 저 이끼는 그대로 써도 하급 체력 회복약의 재료가 되는데다가 농축하면 중급 체력 회복약의 재료가 된다.

"여기는 안 될 것 같다."

"그렇네, 위로 돌아가자."

옆으로 지나가게 해줄 것 같기도 하지만, 굳이 여기로 가지 않아도 그밖에 마물은 얼마든지 있다.

우리는 또 다시 승강기를 타고 상층으로 돌아갔다.

◆

"역시 단단한 적을 공간 마법으로 싹둑싹둑 자르는 건 중독된다니까."

상층으로 돌아온 우리는 내 선도로 상층 안쪽에 있는 적당한 구역을 6일 연속으로 공략했다.

각각의 구역에는 전이용 안전지대만 확보하고, 취침은 처음 공략할 때 만든 미궁 별장을 사용했다.

"아리사, 금강치의 껍질은 방어구 재료가 되니까 너무 싹둑싹둑 자르지마."

"아차, 그랬었나? 그러면 중앙선으로 두 동강을 내둘게."

금강치는 다이아처럼 투명한 물고기다.

비늘은 다이아 그 자체는 아니지만 투명한 데다가 다이아에 필적할 정도의 경도를 가졌기 때문에 방어구 말고도 액세서리나 마법 도구 등 여러모로 용도가 많다.

"다음, 거북이~?"

"혈홍 거북의 껍질 구이를 먹고 싶다고 고합니다."

피죤블러드 루비 같은 붉고 투명한 껍데기로 방어하는 거대 거북이가 타마를 쫓아 다가왔다.

현재 공략하고 있는 구역에서는 이 녀석이 마지막 마물이었다.

"입에서 불을 뿜으니까 조심해! 하늘은 못 날지만, 단거리 점프로 박치기를 할 거야! 그리고, 미아! 하급 마법은 껍데기 때문에 사라지니까 주의!"

"응, 중급."

아리사의 지시를 받은 동료들이 싸움을 시작했다.

그다지 강적은 아니지만, 중급 이상의 공격 마법밖에 안 통하니까 생각보다 귀찮은 녀석이다.

지금까지의 경험으로 보면 전투 시간이 길어지는 경향이 있으니 시간을 때울 겸 공간 마법으로 저택의 상태를 살피거나,

보르에난 숲이나 남쪽 바다 낙원섬의 친구들과 이야기를 하면서 싸움을 지켜보았다.

이윽고 싸움은 순조롭게 끝났다.

"우~응, 레벨 30이후는 레벨 업에 필요한 경험치가 많아."

"굳이 따지자면 적당한 적이 줄어든 게 타격이 크지 않나?"

지난 6일 동안 3개의 구역을 공략했음에도 동료들의 레벨은 36이다.

평범하게 싸우면 필요 경험치가 다른 애들보다 많은 미아만 레벨이 뒤쳐지니까, 세 번째 구역은 거의 나와 미아 둘이서 괴멸시켰다.

"이제 곧 귀환예정일이니까 지상에 돌아갈까?"

탐색자 길드에는 한 소월, 다시 말해서 10일로 등록했지만, 미테르나 씨에겐 7일 뒤에 돌아온다고 말해뒀다.

그리고 미궁에 들어온 날에 **펜과 창 용 상회의 배**가 무역도시 타르투미나에 입항했으니, 빠르면 내일이나 모레쯤 미궁도시 세리빌라에 도착할 거란 말이지.

"기왕이니까 다음 공략 구역의 각인판만이라도 설치하고 돌아가자."

"그렇네. 그럼 다음 공략 구역 희망은 있니?"

모두를 둘러보며 물어봤다.

"고기~?"

"포치도 맛있는 고기랑 싸우고 싶은 거예요."

"짐승 고기도 좋지만, 새고기도 버릴 수 없군요."

"우응, 버섯."

"고기류랑 야채의 밸런스가 좋은 장소가 좋아요."

"유생체들에게 선물로 주기 좋은 개구리 구역이 좋다고 희망합니다."

아니, 저기 너희들…… 식자재 희망이 아니라 전장의 희망을 물었거든?

"주인님!"

오, 아리사는 성실한 느낌이다.

"전이용 각인판을 전부 설치해서 순서대로 돌자! 그러는 편이 안 질릴 것 같아!"

식사적으로는 정론이지만 그건 내가 듣고 싶은 대답이 아냐.

"어쩔 수 없지. 그러면 아리사 말처럼 전부 순서대로 돌아볼까?"

스스로도 무르다고 생각하지만, 동료들의 레벨 올리기는 본래 이 애들의 생존률을 올리기 위한 일이니까 즐기는 편이 좋겠지.

한가할 때 각각의 구역을 검색해뒀으니 모두의 희망에 맞는 구역을 조사했다.

"아쉽지만 새고기 주체의 구역은 없네."

"그렇습니까—."

코카트리스 구역이 있기는 있지만, 그래도 석화의 리스크를 범하면서까지 싸울 필요는 없을 것 같아.

하지만 리자의 아쉬운 모습이 좀 가여우니까 조금이라도 새 계통이 많은 구역을 찾아봤다.

"고륙수 구역이라면 시조새도 있고 육류도 풍부하겠다. 그 옆

구역이 반 수몰 구역이고 식물형 마물이랑 수생 마물이 많아 보이네.”

“고륙수?”

“멀리 보기 마법으로 보니까 공룡 계통 마물의 총칭인 것 같아.”

남쪽 바다에서 본 모사사우루스 비슷한 것은 고해수라고 분류를 했었지.

반 수몰 구역의 보스는 부유하는 잭 오 랜턴 같은 괴물 호박이니까 특대 펌프킨 파이를 만들 수 있겠어.

우리는 나와 아리사의 마법으로 적절하게 지름길로 이동하면서 다음날 아침에는 공략 구역의 전이 포인트 설치를 완료했다.

귀환하려고 맵을 연 나는 별로 멀지 않은 장소에서 아는 사람이 위기에 빠진 것을 발견하고 모두 함께 구원하러 갔다.

◆

“구, 구원에 감사한다.”

“갈비뼈가 부러진 모양이니 말하지 마세요.”

구해준 상대는 미궁방면군 사람들이었다.

미아의 물 마법을 이용한 범위 치유가 빈사의 병사들을 치유했다.

“주인님, 병사 사마귀 및 전투 사마귀를 토벌했습니다.”

“고마워, 리자. 움직일 수 없는 부상자가 있으면 마법약을 나눠줘.”

"알겠습니다."

적십자 완장을 찬 동료들이 살아남은 병사에게 말을 걸고 다녔다.

"펜드래건 경, 어서 이 자리를 벗어나는 편이 좋다. 놈들이 또 새로운 마물을 끌고 올 거야."

피투성이라서 누군지 몰랐는데 시멘 자작의 요청으로 내 구조를 하러 오려던 제오른 소대장이었다.

"놈들이라면?"

"미적왕 루더만이야."

맵 검색을 해보니 루더만이란 인물은 조금 멀리 있었다.

여기로 오지는 않을 것 같지만 아직 안심할 수는 없다.

이 광장으로 이어지는 몇 개의 통로에서 미적들이 마물을 끌고 이쪽을 향해 달려오는 것을 맵으로 발견했다. 인위적인 연쇄 폭주로군.

정말이지, 게임도 아니고 MPK—「마물을 이용한 살인」 같은 막돼먹은 짓을 생각하네.

맵을 보고 있자니 중간에 몇 명의 광점이 사라지고 두 통로의 마물들 움직임이 멎었다.

마물을 유도하던 미적들은 쓰고 버리는 말단인가 보군.

"리자, 이쪽은 내가 맡을 테니까 다들 데리고 연쇄폭주로 다가오는 마물을 처리하고 와라."

"알겠습니다. 미아는 치료를 위해 남길까요?"

"아니, 중상자는 이미 치유했으니까 이제는 내가 가진 마법약으로 어떻게 될 거야."

나는 동료들에게 마물의 대처를 맡겼다.

"무모하다, 펜드래건 경. 몇 마리라면 어떻게 될지도 모르지만 상대의 수가 많아."

"괜찮아요. 우리 애들은 다수의 적과 싸우는 법을 아니까요."

다가오는 마물은 수가 많지만, 지금 동료들에게는 연습도 안 되는 잔챙이라서 문제없다. 특히 아리사의 공간 마법은 거점 방어에 뛰어나니까.

나는 걱정해주는 제오른 소대장에게 생긋 웃어주고, 병사들이 움직일 수 있도록 마법약과 영양제를 나눠줬다.

미적왕 루더만의 광점을 어쩐지 보고 있었는데 전진하는 방향에 지인을 나타내는 마커가 있는 걸 깨달았다.

아직 접촉은 안 한 것 같고, 강한 호위를 다수 데리고 있으니 괜찮겠지만 언제든지 구원하러 갈 수 있게 해야겠군.

미티아 왕녀의 모험

"본녀는 미티아이니라. 자극이 없는 조국의 나날에 싫증이 난 본녀는 시가 왕국의 아시넨 후작에게 딸을 병에서 구해달라는 의뢰를 받고 두말없이 뛰쳐나왔느니라."

"감사합니다, 미티아 님."

본녀의 「정화의 숨결」을 받은 태수 4녀 시나 양이 감사의 말을 했다.

"뭘 말인가. 이제야 본래의 사명을 할 수 있어 안도하고 있느니라."

태수 부처가 돌아올 때까지 소켈 공이 방해해서 치료를 할 수 없었다.

"하는 수 없어요. 소켈 님은 아버님과 어머님께 저희들을 부탁 받았으니까요."

소심한 시나 양은 소켈 공을 감쌌다.

소켈 공은 얼굴은 멋지니까 풋풋한 시나 양은 금세 속아넘어간 것이 아니겠는고.

"미티아 님, 이 과자는 어떠세요?"

"음. 먹도록 하마."

시가 왕국의 설탕 과자는 다소 달콤함이 강하지만 우리나라에서는 결코 먹을 수 없는 사치품인 게다.

설탕은 같은 무게의 금에 필적하는 가치가 있다고 할멈이 말한 적이 있었다.

시나 양의 치료를 하면서 얻는 특전이라 생각하며 탐닉하도록 하리라.

이윽고 시나 양이 말을 많이 해서 기운이 빠진 것을 보고, 건너편 시녀가 재촉하여 다과회는 끝이 났다.

"시나 님은 전하를 참 좋아하시는 모양입니다."

"그래. 겉보기에 나이가 가까운 탓에 편하게 대화를 할 수 있는 것이겠지."

네 살이나 차이가 나는데, 본녀의 앳된 외견은 10살인 시나 양과 그리 다르지 않구나.

주변에서도 겉모습과 같은 나이로 보는 것은 늘 있는 일이다만, 그렇다고 그것이 분하지 않은 것은 아니다.

나이 차가 거의 없는 사토 공에게도 어린 아이 같은 취급을 받지 않던고.

물론 그 인물은 예지의 덩어리라고 할 수 있는 엘프 미사날리아 님까지 어린애 취급을 하니, 어쩔 수 없는 일이로다.

방으로 돌아오는 도중, 안뜰에 접한 회랑에서 태수 3남 게릿츠 공의 통통한 모습이 보였다.

오늘은 게릿츠 공의 친구들도 놀러 온 모양이로구나.

"우왓, 정말로 청동증이다! 잔스, 굉장하잖아!"

"전에 말한 적철증의 사촌이 데리고 가준 거야?"

"그렇지. 역시 후다이 백작가문의 적자로서, 청동증 정도는 필요할 것 같아서."

조금 냉혹한 느낌의 옅은 다갈색 단발의 청년이, 그에게 다가오는 두 소년의 말에 자랑스레 대답했다.

통통한 흑발이 랄포트 남작 4남인 페이슨 공, 조금 영리해 보이는 키가 작은 금발이 고하트 자작 3남인 딜른 공이었을 터.

그것이 재미가 없는지, 게릿츠 공과 추종자인 토케 남작 차남 루람 공이 독설을 뱉었다.

"흐, 흥. 어차피 사촌 뒤에서 돌이라도 던진 거 아냐?"

"그래, 그래! 검으로는 한 번도 메리안을 이긴 적 없는데 마물을 쓰러뜨릴 수 있을 리 없어."

그것을 들은 듀케리 준남작의 장녀 메리안 양이 재빨리 세검을 뽑아 루람 공의 코끝에 겨누었다.

"그건, 내 검이 마물에게 안 통한다고 말하는 거야?"

"그, 그건 아냐. 그런 거 아니니까 검은 집어넣자."

얼굴이 굳어서 애원할 바에는 섣부른 발언을 안 하면 되지 않던가?

아니면, 이것이 친구들 사이의 대화란 것인고?

조금 부럽도다.

본녀도 사토 공 덕분에 황금증을 가지고 있지만, 라브나와 할멈이 허락하지도 않을 테니 미궁에는 들어갈 수가 없었지.

가능한 일이라면, 탐색자 길드로 가서 베테랑 탐색자들의 이야기를 듣는 것뿐.

하기는 검의 연습을 이틀 만에 좌절했고, 마법 공부는 2년을 계속해도 불씨 하나 일으키지 못하며, 남들에게 뽐낼 수 있는 것이라곤 「정화의 숨결」 정도밖에 없지 않더냐.

노로크 가문의 문장이 새겨진 단검을 바라보며, 본녀는 깊은 한숨을 내쉬었다.

"게릿츠 님, 이런 곳에 계셨군요."

"아아, 소켈이군. 무슨 용건 있나?"

고개를 들자, 저택 본동에서 나타난 소켈 공이 아랫사람들에게는 결코 보이지 않는 웃는 표정으로 게릿츠 공에게 말을 거는 것이 보였다.

"기뻐하세요. 허가를 받았습니다.

"허가— 미궁 탐색 허가 말인가?!"

"네, 어떻게 태수님과 사모님의 허가를 받아냈습니다."

"잘했다."

"게릿츠 님, 저도! 저도 같이 가고 싶어요!"

페이슨 공이 재빨리 게릿츠 공에게 매달렸다.

그것을 들은 그의 친구들이 앞 다투어 그의 곁으로 모였다.

본녀도 함께 가고 싶었지만, 소켈 공의 구혼을 거절했으니 그의 공적으로 미궁 탐색을 하는데 끼워달라고 말을 꺼내기는 어려운 일이겠지.

"사양은 미덕이 아닌 것이어요?"

뒤에서 들린 목소리에 돌아보자 녹색으로 통일된 특이한 모습의 귀족이 있었다.

—본녀는 이 자가 무섭다.

복식과 묘한 말꼬리를 제외하면 말투도 정중하고 아랫사람에게도 공평한 귀족의 귀감 같은 노인일진대, 그의 눈동자가 본녀를 바라보면 그대로 삼켜질 것 같은 착각을 느낀다.

이성이 아니라 본녀의 본능이 거리를 두라고 호소하고 있도다.

“보, 본녀는 방으로 돌아가마.”

“저 애들과 함께 미궁에 가고 싶은 것 아님이어요? 제가 라브나 공의 허가를 받아줌이어요.”

그 제안이 너무나 매력적이라 잠시 머뭇거린 끝에 수긍하고 말았다.

그 뒤, 포프테마 공이 훌륭하게 라브나를 설득하여 본녀는 게릿츠 공 일행과 함께 미궁에 갈 수 있게 된 것이다.

◆

“소켈은 어디 있지?”

“근신중인지라, 오늘 탐색에는 동행하지 못합니다.”

태수의 호위기사 한 명이 게릿츠 공의 물음에 대답했다.

소켈 공은 탐색 이야기가 나온 날 밤에 무슨 사고를 저질러서 자택 근신을 받았다는 것 같구나.

그런 상황임에도 굳이 외출한 본녀에게 구혼을 하는 등, 소켈 공은 무슨 생각인지…….

어제 소켈 공의 충혈된 눈은 평소보다 더 무서웠도다.

종자 류라는 얼굴이 단정한 소켈 공에게 열을 올려 도움이 안 되고, 사토 공이 와주지 않았다면 억지로 입술 정도는 빼앗겼을지도…….

—우으, 상상만 해도 오한이 드는구나.

“저와 동료가 게릿츠 님을 지켜드릴 테니, 마음 편히 놓으시고 미궁탐색을 즐기십시오.”

“그래, 부탁하지.”

태수의 호위기사 두 명 말고도 게릿츠 공의 친구들 가문에서도 몇 명씩 호위가 동행하고 있으니 상당한 수가 되었다. 본녀의 호위를 맡은 기사 라브나와 종자 류라 두 사람도 함께 가니 말이다.

그 탓에, 주위의 탐색자들에게도 주목을 받아 침착할 수가 없지 않은고.

어째선지 무장한 본녀를 보고 「로리 공주님 귀여워」라고 말하는 무리도 있다.

다소 무례하다만, 칭찬의 말 같으니 너그럽게 봐주도록 하마.

“게릿츠 님이시지요? 저는 소켈 님 지시로 안내를 맡은 탐색자 루라기우라고 합니다요.”

어쩐지 당장이라도 배신할 법한 눈을 한 남자로다.

그리고 썩은 고기 같은 이상한 냄새가 나서 코가 비뚤어질 것 같구나.

신경 쓰는 것은 본녀 뿐인 듯하여 분위기를 읽어 아무 말도 안

했지만, 이 남자에게는 다가가지 않도록 주의해야 하겠도다.

"그렇군. 오늘은 소켈이 안 오지만, 안내를 맡긴다."

"옙, 알겠습니다요."

게릿츠 공의 말에 루라기우가 꾸벅꾸벅 고개를 숙이고, 선두에 서서 미궁으로 이어지는 회랑에 발을 들였다.

일말의 불안을 품으면서도, 본녀의 마음은 처음으로 미궁 탐색을 하는 것에 들떴다.

◆

"갑니다. ■ ■ …… ■ 작은 바람탄(윈드 샷)."

바람 마법사 딜른 공의 마법이 선두에 선 고블린을 날려버렸다.

재빨리 달려온 탐색자 루라기우가 일어서려는 고블린을 단창으로 땅에 꿰뚫어 박았다.

"굉장하다, 딜른! 좋아, 나도 간다!"

"기다려, 나도!"

게릿츠 공과 메리안 양이 세검을 한 손에 들고 쓰러진 고블린에게 달려갔다.

"게릿츠 님, 기다려요!"

"나도 간다."

루람 공과 신중한 페이슨 공이 뒤를 따랐다.

"미티아 님은 안 가?"

"그, 그래. 움직이지 못하는 마물을 괴롭히는 것은 다소 가책이 느껴지는구나."

잔스 공이 움직이지 않는 본녀를 배려해 주었다.

"처음에는 어쩔 수 없어. 어느 정도 마물을 쓰러뜨린 다음이 아니면 제대로 된 무술 훈련을 받지도 못하니까."

이미 청동증을 가진 잔스 공이 그렇게 말한다면 평범한 일일지도 모르지만, 아무래도 기분이 좋지는 않구나.

그런 본녀의 심정을 깨달았는지, 잔스 공은 쓴웃음을 한 번 짓고 고블린이 있는 곳으로 걸어갔다.

"어이, 안내인. 적이 너무 적어."

얼굴에 튄 피를 종자에게 닦으라고 한 게릿츠 공이 그렇게 불평했다.

불만을 말했음에도 안내하는 탐색자 루라기우는 입꼬리가 올라갔다.

"그렇다면, 제11구역을 추천 드립니다."

그렇게 말하는 탐색자 루라기우의 눈앞에 태수의 호위기사가 검을 뽑아 겨누었다.

"무슨 속셈이냐? 제11구역이라면『기사 살해자』가 둥지를 튼 위험 지대다."

호위 기사의 말에 주변 호위들이 술렁거렸다.

"진정해 주십쇼. 제가 안내하는 건『기사 살해자』가 없는 숨겨진 곳입니다요. 기사님들처럼 두꺼운 갑옷이라면 모를까, 제 얇은 가죽갑옷으로『기사 살해자』가 있는 위험한 장소로 안내할 리가 없습니다요."

다수의 기사들에게서 살기가 쏟아지자, 아무리 탐색자인 루라기우라도 표정이 떨리고 식은땀을 흘렸다.

“나는 그 숨겨진 곳이란 것에 흥미가 있다.”

“위험해—. 『기사 살해자』는 무서워.”

“시끄럽다, 루람. 겁쟁이는 먼저 돌아가.”

“그럴 수가—.”

불안한 표정의 루람 공이 게릿츠 공에게 뜻을 거두라고 재촉했다.

“게릿츠 님, 위험합니다.”

태수의 호위 기사들도 루람 공과 같은 의견인지 게릿츠 공을 설득하고자 했다.

“너희들이 지켜줄 것 아니냐? 아버님께 너희들의 우수함을 자주 들었다.”

게릿츠 공의 말에 자존심이 자극된 호위기사들이 승낙하자, 본녀들은 제11구역이란 곳을 향해 이동하기 시작했다.

몇 번 정도 휴식을 했지만, 운동부족인 본녀들이 견딜 수 있을 리 없었다. 일각도 지나지 않아 동반한 술리 마법사가 만든 「이동하는 판」을 타고 이동하게 되었다.

미궁의 변함없는 광경에 본녀들은 어느샌가 졸기 시작했고, 종자 류라가 깨웠을 때야 도착을 알았다.

“제법 쾌적했다. 그대에게는 특별상여를 내리도록 아버님께 주청을 드리지.”

게릿츠 공이 술리 마법사를 격려하고 커다랗게 기지개를 켰다.

“이 벼랑 아래 광장은 마물의 소굴이니 벼랑 가장자리에는 다가가지 마십쇼.”

사냥터는 벽에 빛나는 돌이 나 있는 원통형 광장이었다.

빛나는 돌은 듬성듬성 박혀 있어서, 광장은 표식비가 있던 통로보다 어슴푸레하고 마치 지옥으로 이어지는 착각이 느껴지는 것이로다.

그러나 게릿츠 공은 그런 것은 느끼지 못하는지—.

“그래, 얼른 마물을 데리고 와라.”

“옙, 지금 갑니다—.”

재빨리 지시를 내리고 사냥을 시작했다.

탐색자 루라기우가 안내한 장소의 마물은 본녀들이라도 쓰러뜨릴 수 있을 만큼 약하고, 또한 벼랑 아래에 많은 수가 배회하고 있다고 한다.

본녀들은 호위 기사와 신관의 보호를 받으며 마물 사냥에 열중했다.

“해냈다! 레벨이 올랐어!”

종자가 레벨 업을 알려주자 게릿츠 공이 뛰어 오르며 기뻐했다.

바람 마법사 딜른 공과 세검을 쓰는 메리안 양이 먼저 레벨 업한 것을 분하게 여기고 있었기 때문에 대단히 기뻐하고 있었다.

본녀도 질 수야 없는 일인 게야.

그 마음은 뒤처진 루람 공과 신중한 페이슨 공도 마찬가지인 모양이었다.

"좋~아, 우리들도."

"다음이다! 다음 마물을 데리고 와!"

"그래, 맡겨만 둬."

외치는 두 사람의 목소리에 낯선 여성의 목소리가 대답을 했다.

"웬 놈이냐!"

태수의 호위기사가 외쳤다.

"저기다!"

잔스 공이 눈썰미 좋게 가까운 바위 위에 나타난 사람을 가리켰다.

"미적인가!"

"그래, 나는 단검 공주 데린. 이 단검으로 당신들을 갈기갈기 찢·어·줄·게."

데린이라고 이름을 밝힌 여자 미적이 양손에 든 단검을 기분 나쁜 동작으로 핥았다.

"미적이 혼자서 나타날 리 없다. 주위를 살펴라! 게릿츠 님과 미티아 전하를 우선적으로 안전한 장소에 이동시켜라!"

태수의 호위기사가 명령하자 호위와 종자들이 재빨리 움직였다.

과연 여기저기서 모였다지만 대국 귀족의 가신들이로다.

"전하, 무슨 소리가 안 납니까?"

"류라, 산만하다. 전하를 지키는 것에 집중해라."

"앗, 예!"

기사 라브나가 타이르자 종자 류라가 황급히 주위에 시선을 돌렸다.

그러나 본녀는 종자 류라의 말이 신경 쓰여 어쩔 수 없어, 귀를 기울인 것이니라.

그러자―.

"라브나! 발소리니라! 제릴 공에게 들은 적이 있다! 미적들은 인위적으로 마물의 연쇄폭주를 일으켜 탐색자들에게 보낸다!"

"위험하군, 통로에서 떨어져라!"

본녀의 말을 들은 기사 라브나가 외쳤다.

몇 명의 기사와 종자는 반응했지만, 나머지 다수는 탁류처럼 나타난 메뚜기와 벌의 마물에 치어서 벼랑 아래로 떨어졌다.

"『기사 살해자』인가!"

"그렇지~. 판금 갑옷조차 꿰뚫는 외뿔(혼 호퍼) 메뚜기와 튼튼한 투구조차 찌그러뜨리는 바위머리(록헤드 비) 벌들의 돌격을 듬뿍 받아보라구~."

커다랗게 웃는 여자 미적을 마법사들이 공격했지만, 거리가 너무 멀어서 간단히 바위 뒤로 숨어 버렸다.

"집중을 풀지 마라! 마물을 제거하는데 전력을 다해라!"

"꺄하하하― 그래, 열심히 사력을 다해봐."

여자 미적이 결사의 각오로 싸우는 호위들을 비웃었다.

호위들은 기사 라브나에게도 필적하는 강자들뿐이라, 순식간에 「기사 살해자」들의 시체가 늘어났다.

"그래그래. 서두르지 않으면 다음이 올 거야."

새롭게 나타난 거대한 사마귀 괴물들, 그것도 일곱 마리의 무리였다.

"이번에는 병사 사마귀가 온다."

"실력에 자신이 있는 자만 따라와라! 다른 자들은 게릿츠 님 일행의 호위로 남아라!"

태수의 호위기사들을 선두로 기사들이 거대한 사마귀들을 공격했다.

기사 라브나는 내 호위를 우선하여 이 자리에 남았지만, 싸움터에 가지 못해 분한 것인지 움켜쥔 주먹에서 붉은 핏방울이 떨어졌다.

붉은 빛을 두른 마검이 병사 사마귀를 베어냈다.

—저것은 마인?

태수의 호위기사들은 본녀의 기사 라브나와 마찬가지로 마인을 쓸 수 있는 것이로구나.

"굉장해, 굉장하다!

그 활약을 본 게릿츠 공이 상황도 잊고서 기사들을 응원했다.

마법의 지원을 받은 기사들이 차례차례 병사 사마귀들을 해치웠다.

"전투 사마귀다!"

누군가가 말한 그 한 마디의 의미는 금세 알게 되었다.

그토록 강했던 기사들이 졸병처럼 아무렇게나 정리되었다.

전투 사마귀는 병사 사마귀가 어린애처럼 보이는 크기였다.

"그렇게는 못한다!"

태수의 호위기사들이 전투 사마귀 앞을 막아섰다.

그러나 병사 사마귀와 싸우느라 힘을 소모한 두 사람에게는 다소 무거운 짐이라고 느끼지 않을 수 없을 터.

"전하."

기사 라브나가 투지가 용솟음치는 표정으로 본녀를 보았다.

"허가하마."

"저, 전하?"

본녀의 말에 종자 류라가 비명 같은 소리를 냈다.

"가거라, 라브나. 노로크 기사의 강함을 시가 왕국의 사람들에게 보여주거라."

"알겠습니다!"

대검을 짊어진 기사 라브나가 질풍처럼 전투 사마귀에게 접근했다.

"참암검(斬巖劍)!"

붉은 빛을 두르고 상단에서 크게 휘두른 일격이 전투 사마귀의 방패 앞다리를 부러뜨렸다.

"라브나의 기술로도 벨 수 없다니, 미궁의 마물은 굉장하구나."

기사 라브나가 참전하자 팽팽하던 전투가 단숨에 이쪽에 유리해졌다.

그 싸움을 지켜보고 있는데 갑작스레 발치에서 하얀 연기가 피어올랐다.

"뭐, 뭐냐."

"누구냐, 연기 구슬을 쓴 놈은!"

"또 너냐, 루람!"

"내, 내가 한 거 아냐!"

게릿츠 공들의 자리에 안 어울리는 목소리에 돌아볼 것도 없이 주위를 하얀 연기가 뒤덮었다.

"꺅!"

연기 틈으로 선혈을 흘리며 쓰러지는 종자 류라의 모습이 보였다.

"류—."

이름을 마지막까지 부르지 못하고, 본녀의 입이 막혔다.

썩은 고기 같은 냄새가 코를 찔렀다. —혹여 입을 막고 있는 범인은 탐색자 루라기우인 것이냐?

아무리 몸부림쳐도 그 손을 떼어내지 못하고, 로프 같은 것이 몸통에 감겼다.

—삐이이이이이이이이.

"뭐냐, 이 휘파람 소리는?"

"새로운 미적일지도 모른다. 게릿츠 님 일행을 지켜라!"

그런 호위들의 말이 점점 멀리 떨어졌다.

—아니다.

본녀가 어딘가로 끌려가고 있는 것이로다.

숨이 막히는 충격 다음에 본녀는 짐처럼 어딘가에 매달렸다.

"하앙? 이국의 공주님이라고 해서 와봤더니, 뭐야? 이 꼬맹이는?"

실례로군— 불평을 하려고 고개를 들었지만, 얼굴 오른쪽 절반을 가면으로 가린 모습이 눈에 들어온 순간 심장이 옥죄인 것처럼 공포에 묶였다.

탐색자 루라기우와 마찬가지로 썩은 고기 냄새가 나는 것조차, 잠시 깨닫지 못했을 정도였다.

아까 그 여자 미적밖에 없던 장소에 가면의 남자를 비롯한 몇 명의 미적들이 나타났다.

“혀, 형님. 이, 이거 나 주라아.”

본녀를 로프로 묶어 매단 거한이 뜨거운 시선으로 본녀를 내려다보았다.

“이 녀석은 마인약 비료밖에 안 되겠군. 어차피 죽일 테니까 멋대로 즐겨라.”

가면 남자가 길가의 돌을 내려다보는 것처럼 무관심하게 거한에게 허가했다.

“전하!”

기사 라브나가 벼랑 벽을 달려 다가왔다.

한 걸음이라도 발을 헛디디거나, 망설여서 속도가 떨어지면 벼랑 아래 마물의 소굴로 떨어지게 되는 위험한 행위이지 않은고.

그런데, 본녀는 라브나의 몸을 염려하기보다 그녀가 구하러 온 것에 안도를 느끼고 있었느니라.

“허어, 저런 바보는 싫어하지 않지.”

“전하를 놓아라!”

“상대해주지, 이 몸은 루더만. 미적왕 루더만이다.”

자기소개를 한 미적왕 루더만이 흉흉한 전투 도끼로 라브나의 대검을 받아냈다.

“실력이 좋군. 그러나 무기가 청동검이어선 이 몸의 마도끼하고는 치고 받을 수 없지.”

대검과 전투 도끼가 부딪힐 때마다 암벽을 붉은 빛이 비추었다.

두 사람의 체격은 비슷한데, 미적왕 루더만이 명백하게 완력과 속도에서 기사 라브나를 웃돌고 있었다.

"루더만, 치사해. 나도 다녀와야겠네."

"기사는 상관없지만 꼬맹이들은 손대지 마라."

—뭣이?

"안다니까~아. 태수의 위병이 오면 그럴 듯한 대사를 외치고 도망치면 되는 거지?"

"알고 있으면 됐다. 가서 화려하게 괴롭히고 오라구."

이 자들은 무슨 말을 하는 것이냐?

그것은 마치—.

"이제, 끝이냐?"

"검이 부러져도, 기사의 마음은 부러지지 않는다."

투구와 어깨 보호대가 날아가고 몸 여기저기서 피를 흘리지만, 반쯤 부러진 대검을 겨눈 기사 라브나는 미적왕 루더만에게 사납게 덤벼들었다.

누군가, 누군가 라브나를 구해다오.

부탁이니, 라브나를—.

"—구해줘."

결사의 바람을 담아 중얼거렸다.

"게에엣, 우, 우는 거야, 공주님? 누, 누가 구해주러 오는데?"

본녀의 로프를 잡은 거한이 본녀의 볼을 지저분한 혀로 핥으며 비웃었다.

굴욕과 무력감에 눈물이 한 줄기 흘렀다.

"—그거야 당연히 정의의 사도지!"

앳된 목소리가 절망의 전장에 울렸다.
그 목소리의 주인은—.

결판

"사토입니다. 온정은 남을 위해 베푸는 것이 아니다[#4]라는 말이 있습니다. 가끔 본래의 의미를 착각하는 사람을 보는데, 사회에 나온 뒤부터 이 속담의 의미를 실감하는 일이 많은 것 같습니다. 그것은 이세계에서도—."

"미티아 왕녀는— 저기 있군."

원통형 광장에 다다른 우리는 미티아 왕녀와 미적들이 있는 암벽의 대각선 위쪽으로 나왔다.

직선거리로 100미터 정도 떨어진 암벽에서 바위의 기사와 거대 도끼를 든 거한 미적이 싸우고 있었다.

미티아 왕녀와 함께 온 귀족 자제들과 호위기사들은 더욱 대각선 아래쪽 방향의 평지에서 전투 사마귀 두 마리와 사투를 벌이고 있었다.

거기에 여자 미적이 이끄는 미적들이 벽을 타고 내려가 전투에 참가하는 게 보였다.

"계단은 없군."

본래는 여기서부터 암벽을 따라 내려가는 나선계단이 있었나

#4 온정은 남을 위해 베푸는 것이 아니다 남에게 온정을 베풀면 반드시 보답이 돌아온다는 뜻의 속담.

본데, 지금은 붕괴한 벽에 흔적만 남아 있었다.

"위험해. 라브나 씨 대검이 부러졌어."

옆구리에 끌어안은 아리사가 공간 마법「멀리 보기」와「멀리 듣기」로 보고 들은 상황을 중얼거렸다.

아리사를 땅에 내려주고, 손바닥에 자갈을 꺼내 언제든지 전투에 개입할 수 있도록 준비했다.

다른 애들도 조금만 지나면 따라잡을 거다.

영지군 사람들은 조금 늦고 있지만 이동하면서 본 적은 내가 모두 섬멸했으니 괜찮겠지.

엿듣기 스킬이 암벽 위 대화를 포착했다.

"이제, 끝이냐?"

"검이 부러져도, 기사의 마음은 부러지지 않는다."

과연 바위의 기사.

그 사나이다운 모습에 무심코 반할 것 같았다.

"가세하러 가야겠다. 아리사는 다들 도착하면 상황을 전달해줘."

"응, 알았어."

여차하면 천구도 있으니까, 나선계단 흔적을 발판 삼아 달려 내려가야겠군.

"—구해줘."

"게에엣, 우, 우는 거야, 공주님? 누, 누가 구해주러 오는데?"

미티아 왕녀의 애원과, 그것을 깔보는 삼류 미적의 목소리를 엿듣기 스킬이 포착했다.

"—그거야 당연히 정의의 사도지!"

무심코 확 열이 오르는 삼류 미적의 말을 아리사의 말이 잘라버렸다.

지휘용으로 만든 확성 마법 도구를 썼나 보군.

아래쪽 사람들의 시선이 이쪽을 향하는 가운데, 나선계단의 흔적을 달려서 내려갔다.

"바보가 벽을 달려온대냐!"

—누가 바보냐.

암벽 위의 미적들이 이쪽으로 단창과 검을 겨누었다.

선단 공포증이 있는 사람이라면 무심코 고개를 돌리고 싶어지는 광경이었다.

나는 품속에서 이미 사용한 두루마리를 꺼냈다.

두루마리 앞에 빛 마법 「환영」으로 그럴듯한 마법진을 그리고, 메뉴의 마법란에서 고른 대인 제압용 「유도 기절탄」을 약하게 쏘았다.

"—마법의 두루마리다!"

"군청 거북이 방패를—."

잔챙이 미적들이 뭐라고 외쳤지만 이 근거리에서 어떻게 할 수도 없었다.

보이지 않는 마법탄에 맞아 창과 방패가 튕겨 날아가고, 잔챙이 미적들이 비명을 지르며 몸부림쳤다.

"가세한다! 기사 라브나!"

달려 내려오는 도중에 요정검을 뽑으며 바위의 기사에게 외

쳤다.

빛이 듬성듬성하기에 이쪽 모습이 보이지 않을 것 같았거든.

"왕녀의 목을 부러뜨린다!"

거한 미적이 미티아 왕녀의 가녀린 목을 졸랐다.

—놔둘 것 같냐?

거한 미적의 몸이 마침 날 가리는 걸 이용해 축지로 발치까지 순식간에 이동했다.

나를 놓친 미적들이 허둥거리는 것조차 용납하지 않고 바람처럼 빠르게 요정검을 튕겨 올렸다.

손목의 힘줄이 끊어진 미적의 배를 걷어차, 바위의 기사에게 마무리를 지으려던 미적왕 루더만에게 날려버렸다.

쏟아져 내리는 핏줄기는 「이력의 손」으로 우산을 만들어 받아내며 스토리지의 쓰레기통 폴더에 버린 뒤 해방된 미티아 왕녀를 받아냈다.

"내, 내 소오온!"

"비켜라, 이 뚱땡이!"

미적왕 루더만이 욕설을 내뱉으며 거한 미적을 걷어차서 치웠다.

바위의 기사가 짧아진 대검으로 비틀거리는 거한 미적의 이마를 무참하게 갈랐다.

우왓, 가차없군……. 징그러운 건 봐주세요.

자세를 바로잡은 미적왕에게 추가 공격을 할 수 없다고 깨달은 바위의 기사가 백스텝으로 이쪽으로 이동했다.

"조력에 감사한다."

"그보다도 회복해 주세요."

인사를 하는 바위의 기사에게 마법약이 든 주머니를 건넸다.

"칫, 저런 곳에서 내려오다니 머리가 어떻게 됐구만."

"친구들의 위기를 구하려면 다른 수가 없었거든."

실례되는 말을 하는 미적왕 루더만에게 어깨를 으쓱거렸다.

제압용으로 사용한 「유도 기절탄」이 너무 약했는지 바닥에 혼절해 있던 미적들이 머리를 흔들며 몸을 일으키는 게 보였다.

게다가 레이더에는 이 암벽 위로 접근하는 미적 수십 명의 광점이 비쳤다.

―위협이 되지야 않지만.

"흥, 정의의 사도라도 되는 거냐? 애송이."

"친구를 악인에게서 구하는데 정의 같은 거야 상관없지."

그런 건 용사 하야토에게 맡겼다.

나는 내가 아는 사람을 구할 수 있으면 그거면 돼.

눈앞에서 죽음에 처한 사람을 버리지야 않겠지만, 굳이 곤란한 사람을 찾으러 가면서까지 구해주는 취미는 없다.

"기다리게 했군, 펜드래건 경. 그 남자는 강하다. 둘이서 연계하지 않으면 결코 이길 수 없다."

"어이어이, 그 부러진 고철 검으로 싸울 거냐?"

미적왕 루더만이 크게 웃었다.

그러고 보니 바위의 기사의 검이 부러졌지.

나는 격납 기방을 경유해서 스토리지의 마검을 꺼냈다.

전에 아리사와 미아의 도움을 받아 만든「불꽃의 마검」이다.

이번에 미궁 탐색할 때도 이것저것 만들어봤지만, 아무래도 여기서 오리하르콘제 오리지널 **성검**을 꺼낼 수는 없으니까.

"대검이 아니라 죄송하지만, 이걸 쓰세요."

"이것은— 마검이군. 대단한 명검이야. 이거라면 이길 수 있다."

검을 받아 든 기사 라브나가 마검에 불꽃과 마인을 둘렀다.

"허어? 이건 비싸게 팔릴 것 같은데."

미적왕 루더만이 입술을 핥았다.

"무기가 호각이라면 네놈에게 뒤지지 않는다."

"그건, 어떨려나아?"

놈이 품에서 꺼낸 환약을 으적으적 씹어 먹었다.

AR표시를 보니 그 환약은「마인약」이었다.

"힘이 솟아오르는구만."

미적왕 루더만의 상태가「마인약: 과잉섭취」로 바뀌었다.

놈의 몸 표면에 붉은 빗줄 같은 마법진이 떠올랐다 사라졌다.

"지금 나는 누구보다도 강하다아아아아아!"

온몸에서 검붉은 마력의 빛을 끌고, 미적왕 루더만이 외치며 접근했다.

바위의 기사가 상단에서 내려오는 전투 도끼를 막았다.

두 사람 사이에 붉은 빛과 불꽃이 튀었다.

바위의 기사 발치가 만화 연출처럼 움푹 내려앉았다.

암벽에 균열이 생겼다.

이대로 가면 어딘가 부서지는 거 아닐까?

레이더의 광점에 변화가—.

"빈틈투성이야, 젊은 나리."

곡도를 든 반라의 여자 미적이 등 뒤에서 공격해왔다.

—타앙. 가벼운 소리가 울리면서 여자 미적이 보이지 않는 누군가에게 맞은 것처럼 날아갔다.

"고마워, 루루!"

아무래도 내가 반격하기 전에 루루가 저격해준 모양이다.

"칫, 마법사가 대기하고 있었냐."

미적왕 루더만이 벼랑 위에 도착한 내 동료들을 보고 짖었다.

"갑니다, 주인님!"

"렛츠라~?"

"고, 인 거예요!"

아인 소녀들이 벽에 있는 약간의 발판을 달려서 내려왔다.

—야야야! 위험하잖아! 떨어지면 어쩌려고!

나는 재빨리 「이력의 손」을 준비하여 조마조마한 심정으로 아인 소녀들의 도착을 지켜보았다.

"마창에 마검이잖아! 저 계집들 무기는 우리가 받는다!"

죽은 척하고 있던 미적들이 일어서서 아인 소녀들을 공격했다.

이 녀석들도 아까 미적왕 루더만처럼 마인약을 먹어서 붉은 밧줄 같은 마법진을 몸에 두르고 있었다.

"주인님의 마창 앞에 설 거라면, 목숨이 아닌 모든 것을 포기하세요!"

붉은 빛을 끄는 리자가 마인약으로 강화된 미적들의 중앙을

유성처럼 돌파했다.

"아킬레스 헌터~?"

양손에 마인을 두른 마검을 들고 타마가 낮은 자세로 빙글빙글 춤추며 미적들의 아킬레스건을 베어냈다.

"칫, 이놈이고 저놈이고 멋대로 당하다니."

균청 거북이 대형 방패를 든 미적이 포치 앞을 가로막았다.

"타앗~ 인 거예요!"

포치가 공중을 발판 삼아 재가속하더니 눈앞에 나타난 대형 방패 위를 뛰어 넘었다.

"2단 점프, 인 거예요!"

아마도 천구에 이르기 전의 스킬이겠지.

잔챙이 미적들은 우리 애들한테 맡겨도 되겠군.

"사토 공! 라브나가!"

내가 등 뒤에 지키고 있던 미티아 왕녀가 바위의 기사의 위기를 가르쳐 주었다.

—어이쿠, 위험해라.

미적왕 루더만이 날려버린 바위의 기사를 받아냈다.

"한꺼번에 끝장을 내주마!"

붉은 빛을 끄는 전투 도끼가 눈앞에 내려왔다.

"주인님!"

아리사의 필사적인 목소리가 전장에 울렸다.

"죽어랏!"

미적왕 루더만의 외침을 지우듯이 붉은 빛이 암벽 위를 물들이고 붉은 피보라가 튀어 올랐다.

"협력기의 승리일까?"

내 요정검이 미적왕 루더만의 전투 도끼를 받아 흘리고, 바위의 기사의 마검이 놈의 옆구리를 베어냈다.

미적왕 루더만이 뒤로 뛰었다.

추가 공격을 하고 싶지만 두 다리를 크게 다친 바위의 기사를 내던질 수도 없어서, 두 눈 뜨고 그걸 놓치고 말았다.

그때 벼랑 아래쪽 귀족자제들 쪽에 원군이 도착했다.

"나는 태수 대리 소켈 보넘! 미적들아! 얌전히 체념하라!"

어째선지 위병을 이끌고 있는 것은 소켈이었다.

여기에 위병을 이끌고 왔다는 것은 길드장의 방에 놓고 온 「마인약 밀조」의 고발 문서가 도움이 안 된 건가?

"벌써 원군이 왔구만. 얘들아, 튀자."

""""예에.""""

소켈을 본 단검의 여자 미적들이 배우처럼 국어책 읽기로 외친 다음 벽을 타고 이쪽으로 도망쳤다.

"소켈 님, 전투 사마귀가!"

"우옷, 너희들, 마물을 쓰러뜨려라!"

"무, 무리입니다!"

소켈은 도망치는 미적을 쫓기는커녕, 귀족자제의 호위들이 싸우고 있는 전투 사마귀를 보고 패닉을 일으키고 있었다.

정말이지, 뭘 하고 싶은 거지?

—아앗, 그쪽으로 도망치면 귀족 자제들까지 위험하잖아.

통통한 태수 3남이 미소녀를 감싸고 뒤쳐진 것이 보였다.

소켈은 몰라도, 귀족자제나 일을 하러 온 위병들까지 잡아먹히는 걸 못 본척하면 기분이 나쁘겠지.

나는 태수 3남을 깨물려는 전투 사마귀에게, 스토리지에서 꺼낸 자갈을 던졌다.

자갈은 호를 그리지 않고 전투 사마귀의 겹눈을 분쇄하며 멀리 벽에 파고들었다.

—KWAWWWMMMAAA.

눈이 뭉개진 전투 사마귀가 비명 같은 포효를 지르고 벼랑에서 뛰어내리더니, 비틀거리면서 엉뚱한 방향으로 도망쳤다.

의도한 결과하고는 조금 다르지만 목적은 달성했으니 좋다치자.

"칫, 때가 됐군— 물러난다."

미적왕 루더만과 잔챙이 미적들이 주위에 연기 구슬을 던지자 하얀 연기가 암벽 위를 채웠다.

—놓칠 생각 없거든?

나는 손가락에 끼운 오닉스 반지에서 흑요석의 돌창을 꺼냈다.

팔 힘으로만 던진 돌창이 미적왕 루더만의 팔을 꿰뚫고 놈을 벽에 박아 버렸다.

"크아아아아— 이 창은 뭐냐! 부러지지도 않고, 뽑히지 않아!"

아무리 마도끼라도, 부자연스러운 자세로 절단될 만큼 무르지 않거든.

일단 마법의 물품이니까 마력을 듬뿍 담아 만들면 강철제 창보다 단단해진다.

"루더만, 먼저 간다."

"살아남으쇼, 루더만 형님."

두 사람의 간부 미적들이 미적왕 루더만을 버리고 도망치는 게 하얀 연기 너머로 보였다. 범죄자답게 박정하군.

"이, 이, 끈질기다구, 비늘 여자!"

"털복숭이에게 주황 비늘족의 비늘이 업신여겨질 이유가 없습니다."

리자와 싸우는 대형 낫잡이 미적이 도망칠 타이밍을 놓치고 폭언을 뱉었다.

"슈파파~?"

"크게 휘두르면 안 되는 거예요?"

그때 타마와 포치가 참가하여 형세가 단숨에 아인 소녀들에게 기울었다.

하얀 연기 너머로 보이는 AR 정보에 따르면, 다른 잔챙이 미적들은 아인 소녀들이 이미 제압했다.

"으라아아아아!"

하얀 연기 너머, 벽에 붙박힌 미적왕 루더만이 전투 도끼를 휘두르는 게 보였다.

—으엑.

"크오오오오오!"

선혈을 튀기면서 짐승처럼 짖었다.

미적왕 루더만이 노린 것은 돌창이 아니라, 돌창에 꿰뚫린 자기 팔이었다.

“도망치려고 그렇게까지 하는 거냐…….”

내가 질색하는 동안 미적왕 루더만이 하얀 연기에 뒤섞여 도망쳤다.

—그러니까 놓칠 생각 없다니까.

아까와 마찬가지로 이미 사용한 두루마리를 꺼내서, 대인제압용「유도 기절탄」을 연타했다.

내 근처에는 미티아 왕녀와 바위의 기사가 있지만 하얀 연기 덕분에 부자연스러움을 모를 거야.

하얀 연기 너머의 미적들이「혼절」상태가 된 것을 맵으로 확인하고 두루마리를 품에 넣었다.

먼저 도망친 놈들도 포함하여 일망타진이다.

“리자, 그 녀석들을 모두 묶은 다음에 통로에 기절해 있는 녀석들도 부탁한다.”

“알겠습니다.”

그러면, 저쪽은 아인 소녀들에게 맡기고 나는 바위의 기사의 다리를 치료해야겠군.

“생각보다 상처가 심하군요.”

바위의 기사의 두 무릎이 갑옷과 함께 부서져 있었다.

“뭘, 이런 상처는 술이라도 뿌려두면 곧 낫는다.”

—그럴 리가 있나.

바위의 기사도 그건 알고 있을 거다.

“그러면 응급 처치를 해두죠.”

"미안하다, 수고를 끼치는군."

증류주로 상처를 세정하는 척하면서, 술리 마법「투시」로 부서진 뼈 상태를 확인하고, 상처 입구로 들어간 갑옷 파편이나 옷의 섬유를 상세하게 체크하면서, 정밀 조작이 가능한「이력의 실」로 제거했다.

마지막으로 중급 체력 회복약을 마시게 하면 완료다.

"펜드래건 경, 조력과 치유에 감사한다."

"당연한 일을 했을 뿐입니다."

바위의 기사에게 웃으며 답하고, 보통 통로로 이쪽에 오는 우리 애들을「원거리 통화」마법으로 유도했다.

"사토 공, 고맙도다."

"미티아 님도 참 열심히 하셨습니다."

내 목을 끌어안고 인사를 하는 미티아 왕녀의 머리를 쓰다듬으며 동료들의 도착을 기다렸다.

벼랑 아래의 귀족자제들 쪽은 나머지 한 마리 전투 사마귀와 전투를 계속하고 있었지만, 우리가 지원하지 않아도 이길 것 같아 방치했다.

"주인님, 포박한 미적들도 모두 한데 모았습니다."

"그래. 고마워, 리자."

리자의 등 뒤에는 튼튼한 밧줄로 한데 묶은 미적들이 굴러다니고 있었다.

타마와 포치가 미적들을 등지고 승리의 포즈를 취하고 있었다.

"둘 나 열심히 했구나."

칭찬해달라는 말이 들리는 듯 반짝거리는 눈빛으로 이쪽을 보기에, 두 사람 머리를 쓰다듬으며 칭찬해 주었다.

포치의 꼬리가 붕붕 흔들리고, 타마는 쓰다듬는 내 손을 밀어내는 것처럼 머리를 마구 밀어붙였다.

먼저 칭찬해 버렸으니 위험한 행동을 꾸짖는 건 저택으로 돌아간 다음에 해야겠군.

◆

"위병들이여! 펜드래건 사작을 붙잡아라!"

합류한 동료들과 함께 미티아 왕녀 일행을 귀족자제 진지로 호송했더니 소켈이 외쳤다.

명령을 받은 위병들도 난처한 표정이었다.

귀족자제들은 모두 지쳐서 축 늘어져 있고, 이쪽으로 시선을 돌리는 자는 거의 없었다.

"소켈 공! 느닷없이 무슨 말인 것이냐!"

맨 먼저 소켈의 말에 화를 낸 것은 의외로 터프한 미티아 왕녀였다.

우리 애들한테는 설전에 참가하지 말라고 수신호를 보냈다.

"미티아 님, 이번 미적 습격 사건을 꾸민 것은 펜드래건 사작이옵니다."

"무슨 증거가 있느냐!"

"이 자가 모두 말했습니다."

소켈이 턱짓을 하자, 위병 뒤에서 탐색자가 나타나 우리 앞으로 남자의 시체를 던졌다.

—여보세요. 시체는 좀 더 정중하게 다루자고.

"이, 이 남자는 소켈 공이 보낸 안내인이 아닌가!"

"아뇨, 틀립니다."

미티아 왕녀의 말에 소켈이 고개를 옆으로 저었다.

"제가 파견한 안내인은 이 남자입니다."

소켈이 아까 시체를 던진 탐색자를 가리켰다.

"그러면, 이 시체는?!"

"펜드래건 사작의 수하입니다."

소켈의 말에 주위의 시선이 나에게 모였다.

"아뇨, 전혀 모르는 얼굴입니다."

AR표시되는 생전의 정보에 따르면 범죄조직에 소속된 탐색자였다.

"시치미를 떼는 건 그만 두시지! 이 남자가 죽기 전에 모두 자백했다."

소켈이 사디스틱한 표정으로 나를 내려다보았다.

설마하니 나한테 죄를 씌워서 죽이려는 건가?

"그건 묘하구만."

"뭐라고!"

동료들 뒤에서 들린 소리에 소켈이 격앙했다.

"네 말이 정말이라면, 펜드래건 경은 무엇을 위해 태수의 자식과 왕녀를 위험에 빠뜨렸지? 그리고 어째서 자기 손으로 구했지?"

"빤하지! 자작으로 게릿츠 님을 구하고 태수부인에게 은혜를 입히기 위해서다!"

소켈이 큰 소리로 외쳤다.

"과연, 미적에게 습격을 시킨 다음에 돕는다는 거군."

"그렇다! 그것 말고 있을 리가 없지."

동의하는 목소리에 소켈이 만족스레 대답했다.

마치 자기 꿍꿍이가 그랬다고 자백하는 것처럼 들리는데.

"그렇다면, 그건 있을 수 없다고 단언해주지."

목소리의 주인이 리자와 나나 뒤에서 모습을 드러냈다.

"펜드래건 경은 우리들과 함께 있었다. 그 자리에 때맞춰 간 것은 우연에 지나지 않는다."

"네놈들도 펜드래건 사작 일당이 아니냐!"

"나는 미궁방면군 소대장 제오른이다! 왕조 야마토 님과 미궁방면군의 이름에 걸고, 우리가 미적과 손을 잡는 일은 없다!"

"어, 어째서 미궁방면군이 펜드래건 사작과 함께…… 설마 에르탈 장군의 책략인가?"

제오른 소대장의 등장에 동요한 소켈이 뭔가 오해를 하고 있었다.

"참 신기하네~."

침묵이 지배한 순간, 아리사의 목소리가 울렸다.

"태수 대리인 소켈 님은, 어째서 이 장소를 알 수 있었을까~?"

아리사가 쥐를 몰아넣는 고양이 같은 목소리로 말했다.

“흥, 그야 당연히 황금증에서 나오는 마법 신호를 따라왔지!”

자신에게 향한 의혹을 떨쳐내려고 소켈이 거창한 태도로 외쳤다.

그의 옆에 있던 탐색자가 그 발언은 위험하다고 말하고 싶은 표정으로 소켈을 보았다.

“헤~ 그렇구나~.”

이야기 도중에 아리사의 웃음소리가 섞였다.

“뭐가 우습나! 나를 우롱하느냐, 계집!”

“네, 그럼 논파.”

아리사가 묘한 포즈를 취하며 척 소켈을 가리켰다.

“황금증의 정기 신호 발신 간격이 하루에 몇 번 정도뿐인 것은 탐색자라면 누구나 알고 있어. 설령 그 신호를 포착했어도 이렇게 빨리 도착하는 건 무리야.”

아리사가 차근차근 이해시키듯 말했다.

그러고 보니 등록할 때 동쪽 길드 직원이 그렇게 말했던 기억이 나는군.

아리사는 용케 기억하고 있었네.

“여기에 도착할 수 있는 건, 우리처럼 우연히 근처를 지났거나 처음부터 여기서 범죄가 일어날 것을 알고 있거나 둘 중 하나야.”

아리사의 말에 소켈이 으그극 신음했다.

“그러한 것이니라! 본녀를 붙잡은 여자 미적이 말을 했느니라! 『태수의 위병이 오면 그럴 듯한 대사를 외치고 도망치면 된다』라고 했지! 미적들은 미궁에 올 리 없는 위병들이 이 자리에 올 것을 알고 있었던 것이로다!"

와오, 소켈 녀석 새까맣잖아.

"미, 미티아 님. 그런 거짓을 말하시다니, 제 구혼이 폐가 되었습니까! 제 사랑은 언제나 당신을 향하고 있는데!"

그렇게 고백하는 소켈의 눈동자에는 연모의 기색이 한 조각도 없었다.

이런 꽁트에 속아 넘어가는 자는 아무리 그래도 없겠지.

묵묵히 이야기를 듣고 있던 태수의 호위기사가 소켈과 나 사이에 나섰다.

그의 친가도 소켈과 마찬가지로 백작가문이었다.

"소켈 공, 결백하다면 왕조님과 가문명에 맹세해라. 그쪽 흑발 귀족도."

냉혹해 보이는 생김새지만 생각보다 제대로 된 사람이군.

"저의 청렴결백을 왕조 야마토 님과 펜드래건 가문의 가문명에 맹세합니다."

소켈이 입을 다물고 있기에 내가 먼저 맹세했다.

"소켈 공?"

"나는 결코 게릿츠 님을 해치려는 생각이 없었다고, 왕조 야마토 님과 보넘 백작가문의 가문명에 맹세합니다."

—어허?

기분 탓이 아니라 아까부터 소켈은 미티아 왕녀를 대상에 넣지 않는 것 같은데 말이야.

소문으로는 미티아 왕녀에게 구혼을 했다는데 신기한 일이군.

미티아 왕녀를 공격한 괴한들의 흑막은 소켈일 가능성이 극히 높다고 생각하지 않을 수 없다.

"흠. 그러면 이 자리에서는 양자가 결백한 것이오. 이의를 제기하는 자는 태수 각하께 서면으로 신청하시오."

태수의 호위기사가 선언하여 이 자리가 수습되었다.

그건 그렇고, 이걸로 소켈이 나를 함정에 빠뜨리려고 한 게 두 번째로군…….

소켈의 「마인약 밀조」 고발문서 같은 간접적인 수단이 아니라 좀 더 적극적으로 움직이는 편이 좋을까?

나는 맵을 확인했다.

응, **내일**쯤이 타이밍으로 봐서 **딱 좋을 것 같다**.

나는 돌아가는 동안 심심풀이로 소켈의 무력화 시나리오를 메모장에 적었다.

◆

"후우, 지쳤다~."

"정말 그래."

미궁도시의 저택으로 돌아온 우리는 메이드장인 미테르나 씨가 타준 차를 마셨다.

귀족자제나 미적들의 이동에 생각보다 시간이 걸려서, 돌아왔더니 늦은 밤이었다.

미적왕 루더만을 포박하여 생각 이상으로 큰 소동이 일어났지만, 지쳐 있어서 사정청취 같은 건 나중에 새삼 탐색자 길드로 출두하게 되었다.

미궁 안의 범죄자인 미적들은 탐색자 길드의 관할이었다.

"지치따아~?"

"삐~인 거예요."

타마랑 포치가 기지개를 켜는 고양이처럼 내 무릎 위에 올라오거나 했다.

다른 애들도 피로가 쌓였는지 소파에 앉자마자 잠들어 버렸다.

"목욕과 식사는 한잠 잔 다음에 하자."

"우이~."

아리사도 잠들 것 같네.

나는 이번 일의 수훈자인 아리사를 제일 먼저 안아 침실로 옮기고 다른 애들도 순서대로 옮겼다.

마지막으로 나나를 재우고 나도 특대 침대의 빈 공간에 몸을 던졌다.

"안녕~?"

"아침밥인 거예요!"

다음날 아침, 타마와 포치의 올라타기 공격으로 진흙 같은 깊은 잠에서 깨어났다.

밤을 샌 것은 하룻밤뿐인데 소켈 때문에 누명을 쓸뻔하느라 정신적으로 지쳤나 보군.

"안녕, 잘 잤니?"

"네잉!"

"포치는 잘 자고, 잘 먹는 착한 아이인 거예요!"

샤삭 포즈로 대답하는 둘의 머리를 쓰다듬으며 부드러운 머리칼의 감촉을 즐긴 뒤에 함께 손을 잡고 식당으로 갔다.

"오늘은 괴물 호박과 뛰뛰기 감자의 조림과 눈 없는 생선의 소금 구이, 그리고 히야얏코[#5]로 일본풍으로 해봤어요."

미궁 탐색에서 돌아온 다음날 아침인데, 루루가 이것저것 정성 들인 아침 식사를 만들어 주었다.

"—히야얏코?"

"네, 미궁도시에도 두부를 만드는 가게가 있기에 미테르나 씨한테 구해달라고 부탁했어요."

"간 생강과 다진 파도 빠짐없이 준비했어."

"응, 근사해."

히야얏코에 간장을 뿌린 아리사가 입을 크게 벌리고 만족스럽게 먹고 있었다.

그리고 더욱이 뜨끈뜨끈한 밥을 덥석 한 입 먹고는 만족스럽게 씹었다.

"소시지~?"

"두꺼운 베이컨이 멋진 거예요."

"둘 다 맛있습니다."

아인 소녀들을 위한 고기 옵션도 확실하게 붙어 있었다.

#5 히야얏코 찬 두부 위에 각종 고명을 올려 먹는 일본 요리.

평화로운 아침 식사 뒤에 미테르나 씨가 성가신 편지를 건네주었다.

"무슨 편지야?"

"태수 각하의 호출이야."

아리사의 물음에 대답하며 나는 봉납을 페이퍼 나이프로 뜯어내고 내용을 살폈다.

"태수 3남 게릿츠 군을 구해준 답례로 점심 식사에 초대한다고 하는데."

게다가 개최가 오늘이군.

지금부터 따지면 2시간도 없다.

귀족의 상식으로 생각하면 꽤 성급한 호출이었다.

너무 서두르는 게 조금 신경 쓰이지만, 태수 부처는 자식들 걱정이 많다고 했으니, **아들을 구해준** 나를 함부로 대하지는 않겠지.

소켈의 동향이 신경 쓰여서 만약을 위해 맵으로 조사를 했더니 녹색 귀족과 함께 태수의 집무실에 있는 걸 발견했다.

—아뿔싸.

태평하게 자는 동안 선수를 쳤나?

내심 혀를 차면서 소켈 저택의 마인약을 확인했다.

이쪽은 아직 그대로였지만, 소켈의 저택을 탐색자 길드의 척후나 미궁방면군 첩보부원들이 감시하는 걸 발견했다.

내가 가르쳐준 지하도나 출구에도 사람을 배치하고 있었다.

보아하니, 현행범으로 붙잡기 위해서 소켈을 내버려두는 상태인 모양이다.

전에 시멘 자작의 만찬에서 들은 것처럼, 소켈의 배후에 녹색 귀족이나 듀케리 준남작, 혹은 태수 부처 같은 거물이 버티고 있지 않은 한 그의 파멸은 시간 문제였다.

다만, 이 상황에서 소켈이 녹색 귀족이나 태수 부처와 함께 있는 게 신경 쓰이네.

공간 마법 「멀리 보기」와 「멀리 듣기」로 소켈이 무슨 얘기를 하고 있는지 조사하고 싶지만, 도시 핵의 수호를 받는 태수 집무실의 상황을 알려고 하는 건 리스크가 높았고, 첩보의 프로인 녹색 귀족이 공간 마법을 이용한 감시를 눈치채지 못할 리 없었다.

나는 괜히 자극을 주지 않도록 그 수단으로 정보 모으기를 포기했다.

—어라?

이제 슬슬이라고 생각하여 맵을 스크롤 했더니, 미궁도시가 있는 분지에서 마차 한 대가 수십 명의 도적과 범죄 길드 인원에게 포위된 것을 발견해 버렸다.

"잠깐, 용건이 생겼어."

나는 그렇게 말하고 발 빠르게 서재로 뛰어들어가, 담쟁이 저택으로 「귀환전이」했다.

"꼬, 꼬마, 놀래키지 말라고! 임다."

"미안 미안."

놀라서 엉덩방아를 찧은 레리릴에게 가볍게 사과를 하고 정원으로 나갔다.

맵을 재빨리 조작하여 대인제압용「유도 기절탄」을 최대 수로 쏘았다. 만약을 위해 3세트.

잠시 시간을 두고서, 범죄자들의 상태가「기절」로 변한 것을 확인한 뒤에 저택의 비밀 지하실에「귀환전이」로 돌아왔다.

"갑자기 왜 그래?"

"아아, 도적들이 마차를 노리고 있기에 구하고 왔어."

"정말로, 치트라니까."

아리사는 여우에 홀린 표정을 지었지만 그렇게 한 마디 불평하고 납득했다.

그러면, 태수 부처의 점심식사에 그냥 참가하기만 하면 또 시시하지.

시간은 없지만 조금 잔재주를 부려봐야겠다.

파티의 서프라이즈는 중요하거든.

◆

"펜드래건 사작님, 이쪽에 태수 부처께서 기다리고 계십니다."

점심식사라고 들었는데 집사가 안내해준 방은 창이 없는 응접실이었다.

그곳에는 호위기사를 거느린 태수 부처가 기다리고 있었다. 시가 왕국에서는 높은 사람이 나중에 들어오는 법이라, 어쩐지 희한한 느낌이었다.

소켈과 녹색 귀족은 없었다. 그들은 다른 방에서 대기하고 있었다.

보아하니 묻지도 따지지도 않고 나를 투옥할 셈은 없는 모양이군.

"잘 왔어요, 펜드래건 경—."

태수부인은 3남 게릿츠 군과 닮은 통통한 중년 여성이었다.

젊었을 때는 미인이라기보다는 귀여운 느낌이었겠군.

태수는 뚱하니 살이 쪘지만 차남 레일리 씨와 닮은 생김새였다.

"어제는 게릿츠의 위기를 구해줬다고 들었어요. 대단히 감사하고 있답니다."

태수부인이 인사도 대충 하고 본론으로 들어갔다.

귀족들은 빙 둘러 말하는 사람이 많은데, 태수부인은 급하게 호출을 한 것도 그렇고 관례를 깨는 걸 좋아하는 선진적인 사람인가 보군.

"그리고, 수많은 고가의 선물까지 주셨다고 집사가 전해주더군요."

—어라?

선물은 분명히 했지만, 게릿츠 군과 별개로 목숨을 구해준 레일리 씨 이야기가 나오질 않네.

그쪽은 또 달리 인사를 할 셈인가?

"그다지 특별할 것이 없는 것이라 송구합니다—."

"게릿츠를 구해준 데다가, 그 정도 선물까지 바치다니. 펜드래건 경은 어떤 것을 바라는 걸까요?"

태수부인이 내 말을 가로막으며 힐문하는 어조로 물었다.

—바라는 것?

혹시 사관을 바라고 뇌물을 바쳤다고 생각하는 건가?

공도의 다과회 연장선상으로 생각했는데, 이 지방의 시세를 좀 더 조사한 다음에 고르는 편이 좋았을지도 모르겠군.

시간이 없어서 시멘 자작에게 소개받은 귀족들을 방문할 틈이 없었단 말이지.

—그렇지!

"만약 괜찮다면—."

"괜찮다면?"

말을 찾는 나를 태수부인이 웃으며 재촉했다.

눈은 안 웃고 있어서 어쩐지 무서운데요.

선부른 말은 할 수 없겠다.

"—공립 양육시설의 재건 허가를 받을 수 있을까요?"

"양육시설?"

"네, 공립이 무리라면 사립 양육시설의 건설 허가나 부랑아와 빈곤자들의 식사배급 허가라도 상관없습니다."

내 말을 들은 태수부인의 웃음이 짙어졌다.

뭐지? 그녀의 입술이 올라가는 각도가 입술을 핥는 맹수의 턱처럼 보인다.

"어머나 어머나. 펜드래건 경은 젊은데도 백성들을 염려하는 고귀한 생각을 가졌군요."

태수부인이 테이블 위에 있던 벨을 울렸다.

다른 방에서 대기하고 있던 녹색 귀족과 소켈이 메이드의 인도를 받아서 들어왔다.

—뭐지?

이 타이밍에 두 사람을 불러오는 의도를 잘 모르겠군.

"들어봐요, 포프테마 공. 펜드래건 경은 곤궁한 어린 아이들을 위해서 양육시설과 식사배급을 희망하신다고 해요. 마치 『동족포식 뱀』의 일화가 떠오르는 위업이라고 생각지 않아요?"

"네, 참으로 근사한 일임이어요."

위업을 이루는 자선사업 단체치고는 「동족포식 뱀」이란 어수선한 이름이 안 어울리는데.

어쩐지 「동족포식 뱀」이란 이름은 전에 어디서 들어본 것 같은데.

—어디였더라?

"허가를 하심이어요?"

"네, 물론이죠. 레일리의 편지에 적혀 있었는걸요."

어이쿠, 이제야 레일리 씨의 이름이 나왔군.

녹색 귀족이 편지를 건네는 걸 잊은 거 아닌가 걱정이었는데, 제대로 건네준 모양이다.

레일리 씨가 뭐라고 썼는지는 모르지만, 태수부인의 어조를 보니 자기를 구조한 게 나라고 썼나 보네.

"펜드래건 경의 부탁은 자신의 부탁이나 마찬가지이니, 무슨 일이 있어도 이루어줬으면 한다고."

아니아니, 레일리 씨. 그건 너무하지 않아요?

“3녀인 고나나 4녀인 시나를 아내로 바란다면, 일족으로 받아들여달라고.”

—응? 레일리 씨가 그런 걸 쓰려나?

마도왕국 라라기의 술집에서 펜과 창 용 상회 설립 파티를 할 때 공도에서 구혼을 거절하느라 고생했다는 이야기를 했을 텐데…….

“권력을 바란다면 태수 대리를 맡기고, 영달을 바란다면 문벌 귀족의 데릴사위로 추천해 달라고도 썼어요.”

“펜드래건— 네놈!”

소켈이 얼굴이 파래져서 격앙했지만, 태수부인의 차가운 시선을 받고 입을 다물었다.

소켈이 나에게 소리친 것은, 내가 태수 대리가 되면 그가 밀려나기 때문이겠지.

그건 그렇고 레일리 씨에게 출세욕 같은 건 없다고 말을 했을 텐데……

“그건 정말로 적혀 있는 내용입니까?”

아무리 그래도 레일리 씨답지 않다.

실제로 태수부인 옆에 앉은 태수도 처음 들은 표정으로 놀랄 정도였다.

“그래요, 적혀 있어요. 틀림없이 그 아이의 글씨. 정성스럽고 성실했던, 그 아이의 본질이 잘 나타나는 깨끗한 글씨예요.”

태수부인이 편지의 글자를 사랑스럽게 쓰다듬었다.

—뭐지?

마치 고인을 두고 이야기를 하는 태도다.

"들어봐요, 펜드래건 경. 마지막에 이렇게 적혀 있어요."

태수부인이 편지의 글자를 따르며 말했다.

"『신월의 밤하늘을 올려다보며 이 편지를 쓰고 있습니다. 아버님과 어머님 곁에도 상냥한 달빛의 가호가 있기를』이라고—."

편지에서 고개를 든 태수부인의 볼에서 또르르 눈물이 흘렀다.

—으잉?

울만한 포인트가 어디였는지 모르겠는데요.

"아직도 시치미를 떼는군요."

태수부인의 웃음이 사라지고 정색한 표정으로 나를 노려보았다.

—어라? 어쩐지 전개가 수상한데?

"불길한 신월과 죽음을 연상시키는 달빛을 마지막 구절로 쓰는 부자연스러움은 시가 왕국의 귀족이라면 누구나 깨닫겠죠."

아뇨, 전혀 몰랐는데요.

돌이켜보면, 신화의 그림책에「신월의 밤에는 마신의 힘이 가장 강해진다」라거나「마신을 하늘 너머의 달로 쫓아낸다」고 쓰여 있었지.

"하지만, 우리들 아시넨 가문에는 조금 다른 의미도 있어요.

"어떤 의미인가요?"

어쩐지 상상은 되는데…….

"『달빛의 가호』는 강요를 받아서 자신의 의사가 아닌 편지를 쓰고 있다는 은어."

오오, 과연 귀족은 적이 많은가 보네.

하지만, 그런 중요한 은어를 나나 소켈이 있는 장소에서 말해도 되나?

"그리고—."

태수부인이 눈물과 오열로 말문이 막혔다.

"—그리고, 『신월의 밤하늘』은, 이제부터 자신이 살해당한다. 그런 때에만 쓰는 은어랍니다. 이제 알겠죠?"

태수부인이 눈물에 젖은 얼굴로 나를 노려보았다.

증오로 사람을 죽일 수 있다면 그대로 목숨을 잃을 것 같은 시선이었다.

—위험하네.

아무래도 편지를 위조한 누군가에게 레일리 씨 살해 누명을 쓴 모양이다.

"태수부인—."

"소켈 공, 당신 주장도 이참에 말을 해버리는 것임이어요."

내가 오해를 풀려고 입을 열자 녹색 귀족이 생긋 웃는 얼굴로 가로막았다.

"네, 네엣!"

—무슨 말을 할 셈이지?

"펜드래건 사작은 미티아 님과 밀월 관계입니다."

남한테 유녀 취향 의혹을 씌우지 마.

"이 녀석은 미티아 님을 배후에서 조종하여 『정화의 숨결』이 필요한 시나 님을 인질 삼아 태수부인의 총애를 받으려고 생각한 겁니다."

아니아니, 그건 소켈 자신이 「귀식약」으로 한 거잖아.

"그리고, 마인약을 미궁도시에 만연시켜 그것을 대가로 미적들 또한 조종하여, 게릿츠 님을 위험으로 몰아넣은 뒤 구해내어 태수부인의 신뢰와 게릿츠 님의 환심을 사려는 계획을 꾸민 것입니다."

그것도 소켈 자신이 꾸민 거였지?

—그렇구나.

레일리 씨 살해의 누명을 씌우는 김에 자기 죄도 나한테 씌울 셈인가 보군.

이 그림을 그린 것이 소켈인지 녹색 귀족인지는 모르겠지만, 이대로 입 다물고 있으면 투옥되어 재판도 없이 유죄가 될 거다.

실제로 이 방에 내 편은 한 명도 없었다.

녹색 귀족의 자리에 안 어울리는 함박웃음은 그렇다 치고, 태수 부처는 나를 자식의 원수로 오해하여 증오에 찬 눈으로 노려보고 있다. 호위기사들은 칼자루에 손을 올리고 살기에 찬 시선을 던지고 있었다.

그리고 자기 승리를 확신한 소켈이 잔학하게 일그러진 웃음을 지으며 내려다보고 있었다.

그야말로 사면초가.

지금, 이 방에는 적들뿐이다.

그러나, 굳이 말하지.

—체크메이트야, 소켈.

이제부터 게임판을 뒤집어주마.

"할 말이 있나요? 펜드래건 경."

태수부인의 떨리는 목소리가 무섭다.

—앞으로 30초쯤이면 되나?

"네, 그렇군요. 두 가지 정도 괜찮겠습니까?"

타이밍이 중요하다.

"말을 해봄이어요."

"소켈 공의 말은 모두 그 자신이 꾸몄던 계획을 스스로 고백한 것이군요?"

"뭐라고, 네놈! 날 우롱하느냐!"

소리치는 소켈을 무시하고 태수부인을 바라보았다.

—앞으로 5초.

"그리고, 또 하나—."

쾅, 노크도 없이 문이 열렸다.

나는 문 쪽으로 손을 내밀며 말을 이었다.

"—레일리 공은 살아 있습니다."

모두의 시선이 문에서 나타난 인물로 향했다.

소켈은 턱이 빠질 정도로 놀라고 있었다.

하지만, 「말도 안 돼」나 「죽었을 텐데」라는 걸 속으로 생각하는 거라면 모를까, 입으로 말하는 건 참 어리석은 짓인데.

"야아, 아버님, 어머님! 불초 자식 레일리가 돌아왔습니다. —뭐지? 이 분위기는?"

명랑한 미소를 지은 레일리 씨가 당황하며 주위를 둘러보았다.

"야아, 펜드래건 경 아닌가! 나중에 펜과 창 용 상회의 장부를 보여줄게. 굉장하거든—."

나를 발견한 레일리 씨가 스스럼없이 말을 걸었다.

""레, 레일리!""

"어라? 아버님? 어머님? 그렇게 재회를 기뻐해주니 감격이네에."

태수와 태수부인에게 얼싸안긴 레일리 씨가 태평한 감상을 말했다.

나는 태수부인이 땅에 떨어뜨린 편지를 주워 지면을 훑었다.

—역시 그렇군.

최대까지 올려둔 내 「위작」 스킬이 이 편지가 가공됐음을 알려주었다.

"레일리 공, 이 편지는 당신이 쓴 건가요?"

"응? 분명히 내 글씨군…… 이건 뭐지? 완전히 엉터리가 아닌가? 게다가 이 마무리 구절은 내가 죽은 게 되는걸, 마치 누군가 펜드래건 경을 함정에 빠뜨리려고 꾸민 것 같잖아!"

레일리 씨의 분개하는 말을 듣고 태수부인이 아들을 올려다보았다.

"사실은 뭐라고 썼니?"

"대강 말하면, 바다에서 표류하고 있는 걸 펜드래건 경이 구해준 거랑, 교역상회를 설립할 자금을 내준 것, 그리고 그는 우리 아시넨 후작 가문에 엄청나 부를 가져다 줄 존재니까 결코 함부로 대하지 말라는 것 세 가지? 그리고 근황 같은 거지."

응, 그 내용이라면 대강 사실이군.

태수부인이 아들의 말을 들으며 조용히 사고에 빠졌다.

"그러고 보니 소켈의 저택에는 문서 위조가 특기인 가신이 있음이어요."

녹색 귀족이 조용히 폭로했다.

"포, 포프테마 님. 그것은 비밀로 해달라고 그토록……!"

그것을 들은 소켈이 작은 소리로 반문하여 장렬하게 자폭했다.

그때 얌전한 노크와 함께 얼굴을 내민 메이드가 녹색 귀족에게 말을 걸었다.

"포프테마 님, 가문의 시종이 찾아왔습니다."

매달리는 소켈을 떨쳐낸 녹색 귀족이 문 앞으로 가서 지저분한 복장의 남자에게 귓속말을 들었다.

내「엿듣기」스킬이 그것을 포착했다.

아무래도, 소켈 저택과 범죄 길드의 일제 적발이 시작된 모양이다.

이 마무리는 내가 외출하기 전에 심어둔 서프라이즈다.

"태수부인, 잠시 귀를."

태수부인이 재회의 포옹을 방해 받아 조금 기분이 상한 듯 보였지만, 묵묵히 녹색 귀족의 귓속말을 들었다.

방금 전의 일제 적발에 대해 전하는 모양이다.

"소켈. 오랜 시간, 수고가 많았어요."

"무슨— 레이텔 님, 기다려 주십시오! 편지를 위조한 것은 제가 아닙니다! 누군가가 저를 함정에 빠뜨린 겁니다!"

태수부인의 차가운 선고에 소켈이 필사적으로 매달렸다.

"당신에게 내 이름을 허가했던가요?"

"죄, 죄송합니다, 태수부인님—."

차가운 목소리의 태수부인에게 소켈이 고개를 꾸벅꾸벅 숙였다.

"그렇지, 어머님. 미궁도시 주변의 치안이 나빠졌어."

레일리 씨가 뜬금없이 아까 습격 받은 일을 어머니에게 말했다.

"도적 집단이 마차를 공격했단 말이니?"

"그래, 보이지 않는 마법사가 구해줬으니 무사했지만."

태수부인의 시선이 녹색귀족을 향했다.

"아까 제 부하에게 보고가 들어왔음이어요. 레일리 공을 습격한 도적들 중에 소켈 가문의 옛 집사가 있었다고 함이어요."

—그런 보고 없었는데?

"유감이지만, 옛 집사는 사망하여 심문하지 못했음이어요."

—아니아니, 레일리 씨 습격범들은 아무도 안 죽였는데?

녹색 귀족의 말은 고개를 갸웃거리게 만드는 내용들뿐이었지만, 레일리 씨를 봤을 때 소켈이 「죽었을 텐데」라고 했으니 딱히 신기할 것은 없었다.

애당초 미궁도시에서 레일리 씨를 습격하여 이익을 얻는 사람은 내가 아는 한 소켈뿐이다.

"미궁 일도, 미티아 님이 한 말이 진실이었던 모양이네."

태수부인이 감정이 담기지 않은 표정으로 말했다.

아무래도 미티아 왕녀가 귀환한 다음 곧장 태수부인에게 내 결백을 호소해준 모양이다.

참 의리가 두터운 애로군.

"아, 아뇨, 저는 정말로 황금증을 추적해서 구원하러 간 것입니다!"

소켈의 발버둥은 누구의 귀에도 닿지 않았다.

"소켈, 북쪽 첨탑에서 머리를 식히세요."

"태, 태수부인!"

"왕도의 귀범원(貴範院)에서 심의관이 올 때까지 신변정리 준비를 해두세요. 당신의 친가에도 편지를 보내두겠습니다. 이익에 민감한 보넘 백작이 가문보다 당신을 택할 것을 기도하세요."

"나, 나는, 나느은……."

소켈이 최후통첩을 받은 표정으로 바닥에 두 손을 짚고, 인터넷 아스키 아트 orz의 포즈로 절망을 체현했다.

땅에 이마를 문지르던 소켈이 자기 손가락을 깨물면서 중얼중얼 원망의 말을 했다.

"저 놈이, 저 놈이 없었다면……."

소켈의 경우 대부분 자업자득인 것 같은데.

딸랑 시원스런 방울 소리가 방에 울렸다.

태수부인이 방울로 부른 사용인들이 좌우에서 소켈의 팔을 붙잡아 일으켜 세웠다.

그때 소켈의 어두운 눈동자와 시선이 마주쳤다.

"네놈이 없었다면……!"

사용인의 팔을 뿌리친 소켈이 묘하게 재빠른 움직임으로 호신용 단검을 뽑아 찔러 들었다.

칼 끝에는 검은 액체가 묻어 있다. 무슨 독을 바른 건가 보군.

"레일리!"

태수부인의 비명이 울렸다.

어째선지 소켈의 단검은 내가 아니라 레일리 씨 쪽을 향하고 있었다.

호위 기사들이 움직였지만, 레일리 씨와 소켈 사이에 있는 태수의 몸이 방해가 되어 늦는다.

—그렇게는 못하거든?

스토리지에서 꺼낸 넛츠를 손가락으로 퉁겨 소켈이 든 단검을 튕겨냈다.

그래도 레일리 씨를 붙잡으려는 소켈을 적당히 힘을 뺀 앞차기로 벽까지 날려버렸다.

AR표시에 따르면, 아까 그 괴력과 재빠른 속도는 「마인약」의 효과였다.

손가락을 깨무는 동작을 했을 때 「마인약」을 먹은 거겠군.

"덕분에 살았어, 펜드래건 경."

"아뇨, 다친 곳이 없으셔서 다행입니다."

가슴을 쓸어내리는 레일리 씨와 대화를 나누었다.

호위기사들이 소켈을 밧줄로 묶어 일으켜 세웠다.

"아, 아니야! 나는 저 밉살맞은 펜드래건을 죽이려고— 더욱

혼란을, 더욱 악의를 불러일으켜야 해— 아, 아니야, 나는!"

소켈이 지리멸렬한 말을 외쳤다.

흠. 「마인약」에는 정신착란의 부작용이라도 있나?

날뛰는 소켈은 조금 난폭하게 복도 너머로 끌려갔다. 그는 소리가 사라질 때까지 의미불명의 말을 외치고 있었다.

자업자득일지도 모르지만 어쩐지 가여운 말로다.

"소켈 공은 누군가에게 정신 마법으로 조종당한 것일지도 모르겠음이어요."

"정신 마법? 그 꺼림칙한 사법을—."

태수부인의 미간에 주름이 생겼다.

과연, 정신 마법은 정말로 미움 받고 있구나.

일단 맵 검색을 해봤지만 미궁도시 안에 정신 마법을 쓸 수 있는 자는 없었다.

"소켈 공의 친구들에게 쓰인 주검약도 포함하여 조사를 해야겠음이어요."

"그래요, 부탁할게요."

녹색 귀족이 태수부인에게 거창한 예를 취하고 방을 나섰다.

어쩐지 녹색 귀족의 소켈을 업신여기는 언동과 마지막 소켈의 기행이 조금 신경 쓰이지만, 추궁하면 새롭게 귀찮은 일에 말려들 것 같았다.

군자는 위험을 가까이 하지 않는다고 하잖아.

에필로그

"사토입니다. 일이 잘 안 풀려서 발버둥치고 또 발버둥친 끝에 갑자기, 도미노처럼 순조롭게 진행되는 경우가 있습니다. 그것은 운이 좋기만 한 게 아니라 발버둥칠 때 쌓인 경험이 살아 있기 때문이라고 생각합니다."

"어머나어머나. 레일리와 펜드래건 경은 친구 사이였구나."

"그래. 은인이면서 내가 사주를 맡은 펜과 창 용 상회의 출자자 겸 오너야."

아까 그 일로 태수부인의 사과를 받은 뒤에 공용 응접실에서 태수 일가의 사적인 거실로 장소를 옮겼다.

오해가 풀린 탓인지, 태수부인이 아까하고는 다른 사람처럼 호의적이었다.

"사모님, 펜드래건 사작님의 선물을 가져왔습니다."

담소를 하고 있는데, 집사가 받침대에 올린 선물을 반입했다.

공도에서 나눠준 것과 같은 빛 광석 세공 말고는 대부분 설탕 항로에서 입수한 물건이었다.

받침대 위에서 가장 눈에 띄는 「미남자 나상」을 본 태수가 「후오오오오오!」라는 기성을 질렀다.

태수부인이 남편의 추태를 커버하려고 새침한 표정으로 말하기 시작했다.

"하나하나가 시가왕국에서는 귀중한 물건이군요. 특히 이 미술품은—."

그러나, 매니아의 마음이 자극을 받은 태수의 정열은 멈출 줄을 몰랐다.

"이것은 프루 제국 갈드이라 기사의 작품, 그것도 환상의 후기 작품이야! 이 약동감은 그의 제자는 낼 수 없지! 틀림없이 갈드이라 기사 자신의 손으로 만든 물건이 틀림없—."

"—여보."

뜨거운 어조로 미술품에 대해 논하는 태수의 입을 태수부인이 한 마디로 틀어막았다.

적당히 고른 나상이었는데 매니아인 태수도 충분히 만족하는 물건이었나 보다.

그건 그렇고 훌륭한 방이군.

꽃들이 흐드러진 정원에 맞닿은 쪽은 미궁도시에서는 보기 드문 유리창이고, 반사를 이용한 유리 세공이 반짝거리며 빛의 예술을 만들고 있었다.

차도 나오지 않았던 아까와 달리, 맛있는 청홍차에 근사한 다과도 따라왔다.

태수 가문 셰프가 만든 꿀과자는 보석처럼 예뻤지만 나에게는 단맛이 좀 너무 강했다.

"헤~ 별난 과자군."

"카스테일라라고 하는군요. 참 맛있어요."

레일리 씨와 태수부인이 내가 선물로 가져온 카스텔라를 절찬했다.

"레일리, 아까 펜드래건 경이 상회의 출자자 겸 오너라고 했는데 그건 어떻게 된 거니?"

카스텔라를 다 먹은 태수부인이 방에 들어왔을 때 나온 화제로 이야기를 되돌렸다.

"말 그대로야. 그가 없었다면 상회 발족 같은 건 생각할 수 없었다니까."

"저는 레일리 님에게 자금과 배를 제공했을 뿐입니다."

너무 추켜올리면 곤란하니까 사실만 정정해두었다.

그리고 차와 과자에 흥미가 없는 태수는 아까 내가 선물한 나상을 어떻게 장식할 것인지 고민하느라 바빠서 대화에 참가할 기색이 없었다.

"겸손하지 않아도 돼. 왕도의 문벌 귀족이라도 한 가문이 외양범선을 세 척이나 준비할 수는 없어."

그건 어쩌다가 표류하던 무인선을 주운 것뿐인데요.

"그리고 자네의 주후 작위와 막대한 자금이 없었다면 이번처럼 큰 이익을 보는 장사는 할 수 없었지."

레일리 씨는 「막대한 자금」이라고 했지만, 상품 구매에 필요한 자금의 2배정도밖에 제공하지 않았다.

내 총자산을 따져보면 오차 정도의 금액이니까.

"주후? 들어보지 못한 말인데, 마도왕국 라라기의 주작 같은 칭호니?"

"그래. 주후는 주작보다 위야. 마도왕국 라라기에서는 후작위에 필적하고, 그 말도 안 되는 관세를 거의 무효로 할 수 있는 마법의 칭호야."

태수부인이 주후의 지위에 반응하자 레일리 씨가 자기 일처럼 자랑했다.

레일리 씨는 의자 옆에 둔 가방에서 꺼낸 보석 상자를 사용인에게 명령하여 테이블 위에 올렸다.

"관세? 그러면 혹시—."

"맞아. 왕도의 부인들이 아주 좋아하는 이슈라리에의『하늘의 눈물방울』이야."

레일리 씨가 재는 표정으로 보석 상자를 열자 태수부인이 함박웃음을 지었다.

"엄머나아아아아, 어쩜 이렇게 근사할까!"

환성을 지른 것은 태수부인뿐이 아니었다.

주위에 대기하던 시녀들도 서로 손을 맞잡고 새된 소리를 냈다.

방금 전의 정숙한 분위기하고 갭이 굉장하군.

이「하늘의 눈물방울」이 그 정도로 인기란 거겠군.

"이건 일급품이구나. 빛을 향해 들었을 때 예쁜 문양이 확실히 보이네."

"어머님, 이걸 왕도의 살롱에서 팔고 싶어. 어머님 친구인 릿튼 백작부인에게 부탁해서 한 마디 해줄 수 없을까?"

"그래, 물론이고말고. 에마도 기뻐할 거야."

나중에 레일리 씨에게 들었는데, 에마 릿튼 백작부인은 태수부인의 절친한 친구이며 왕도의 문벌 귀족 여성들 사이에서도 특히 정보 발신력이 높은 인물이었다.

"그건 그렇고, 이 정도 물건을 용케 사들였구나. 레일리는 상재가 있었나?"

"그래! ―라고 말하고 싶지만, 이것도 펜드래건 경의 연출 덕분이지. 그의 귀족깃발을 건 덕분에 이슈라리에 왕국의 사반 왕자를 조국으로 호송하는 대역을 맡았어. 그 인연으로 1급품『하늘의 눈물방울』을 다루는 거지."

"그러면, 이건 이번으로 끝이 아닌 거니?"

태수부인의 눈동자가 번득였다.

"그래, 물론이지. ―다만, 펜드래건 주후의 깃발을 계속 걸고 다니는 한이지만 말이야?"

레일리 씨가 나를 돌아보며 깜빡 윙크를 했다.

이런 동작은 일본인은 흉내 낼 수가 없지.

"어머나어머나. 그러면 펜드래건 경하고 가족처럼 지내야겠구나."

태수부인이 육식 짐승처럼 웃으며 이쪽을 보았다.

결혼 이야기만 안 하신다면 얼마든지 주후 깃발을 쓰세요.

"어머님, 방계의 딸을 아내로 주는 거라면 그만 두는 게 좋아."

"어머? 직계를 주라는 거니?"

"그게 아니야. 그는 요정 나라의 여왕님께 상사병을 앓고 있거든. 여왕님에게 차일 때까지는 역효과가 날 거야."

조금 부끄러우니 본인 앞에서 상사병이라고 말하지 마시죠.

“그러니까, 평범하게 그가 바라는 편의를 봐주면 되는 거야.”

“평범한 편의— 펜드래건 경, 아까 뭐라고 말을 했었죠?”

“네, 공립 양육시설의 재건 허가와—.”

나는 말하는 도중에 도시 안의 부랑아들 수를 검색했다.

예상보다 많았다. 이래서는 공립 양육시설만으로는 수용할 수가 없겠군.

“—사립 양육시설의 신설 허가, 그리고 정기적인 식사배급 허가 세 가지를 부탁하고 싶습니다.”

내 요구를 들은 레일리 씨가 질린 듯이 말했다.

“상업 우선권이나 이권이 아니라 자선 사업인가? 마도왕국 라라기 때도 해적들에게서 구해낸 녀석들이 길가에 내몰리지 않도록 원조를 해줬었고, 자네는 정말로 사람이 좋아.”

딱히 봉사활동을 좋아하는 게 아니다.

내가 기분 좋게 미궁도시 생활을 하는데 필수일 뿐이야.

산책하는 도중에 뒷골목에서 무릎을 끌어안고 있는 애들을 보면 맛있는 걸 먹으면서 다니는 게 켕긴단 말이지.

“그 정도라면, 당장이라도 이루어주겠어요. 공립 양육시설은 전에도 진정이 올라왔으니, 관리들에게 재건하도록 말하면 되겠죠.”

태수부인이 쾌속으로 허가해 주었다.

“사립 양육시설의 토지와 건물은 확보했나요? 아직이라면 집사인 바스티앙에게 상담하세요. —바스티앙, 펜드래건 경에게 좋은 물건이나 공방을 소개하세요."

후반은 벽 근처에 서 있는 집사에게 한 말이다.

그건 그렇고 공도의 집사 세바흐 씨도 그렇고, 어째서 이렇게 니어미스인 이름들인지 신경 쓰이네.

내 저택 주위에 빈터나 빈집이 남아 있으니 사립 양육시설은 그것을 보수해서 쓰면 되겠지.

길드에서 권하는 대로 한꺼번에 사두길 잘했다.

그리고 인재를 모집할 때 시멘 자작에게 소개를 받은 귀족들이나 태수부인이 힘을 빌려줄 예정이었다.

이렇게 의미 있는 다과회가 끝나고 레일리 씨가 입구까지 배웅해 주었다.

"지금처럼 교역을 이어갈 수 있다면 3년이면 자네의 출자금을 변제할 수 있을 거야. 가능하다면 추가로 배가 있으면 좋겠다고 생각할 정도지."

"그러면 가깝게 지내는 상인에게 의뢰를 해두죠. 전에 외양범선 세 척을 입수할 수 있을 것 같다는 편지를 받았습니다."

나는 아킨도우란 가공의 이름을 레일리 씨에게 알려줬다.

얼른 명명 스킬 가진 사람을 찾아서 교류란의 이름 리스트에 가명 등록을 해야겠군.

"이건 이번 일의 배당금이야. 다음부터는 상업 길드의 어음으로 보내지."

"네, 기대하겠습니다."

금화가 든 묵직한 주머니를 받으며 나는 이 나라에 어음이 있는 것에 놀랐다.

하긴 그렇네. 「보물 창고」 스킬을 가진 사람이 그리 많은 것도 아니고, 이런 무거운 금화를 대량으로 옮기는 건 힘들 테니까.

◆

"어서 와. 표정을 보니까 잘 된 모양이네?"

저택으로 돌아오자, 정원에서 아이들과 함께 잡초로 노끈을 꼬던 아리사가 맞이해 주었다.

아리사에게 꼬는 법을 배운 아이들도 입을 모아서 「젊은 나리, 어서 오세요」라고 말하며 웃었다.

"아아, 양육시설 재건 허가를 받았어. 공립은 인원 모집이나 예산도 전부 시가 왕국에서 나올 거야. 사립 양육시설 건설은 장인 길드에 말을 해주기로 했고, 우리 저택 주변에도 위병이 순찰로를 추가해준다고 했어."

이걸로 뒷일을 걱정하지 않고 취미인 공작을 하거나 동료들과 미궁 탐색에 열중할 수 있다.

내 말을 들은 아리사가 눈을 동그랗게 떴다.

"헤~ 파격적이네. 어떤 마법을 부렸어?"

"좀 길어지니까 차라도 마시면서 얘기하자."

나는 아리사에게 바깥에서 일하고 있는 동료들을 불러오라고 했다.

사막에서 불어오는 모래 섞인 바람이 내 머리칼을 흔들었다.

하늘을 올려다보니, 구름 한 점 없는 쾌청한 하늘에 하얀 만월이 보였다.

"날씨 좋네."

미티아 왕녀에게 불이익이 될까 봐 안 꺼냈지만, 만능약이나 하급 엘릭서가 있으면 태수 부처 딸의 병도 완치할 수 있을 거다.

당분간은 미티아 왕녀의 「정화의 숨결」이 있을 테고, 그쪽 사정을 조금 더 이해한 다음에 약품을 제공해주자.

담쟁이 저택 지하 설비를 사용해서 미궁 소재의 아이템도 만들고 싶고, 이제야 좋아하는 일을 마음껏 할 수 있겠어.

미궁도시에 온 주목적인 동료들 레벨 올리기는 이제 한두 달이면 달성할 수 있겠다.

이 도시는 아인 차별도 적고, 아리사와 미아의 협력을 받아서 상급 마족 수준에 대항할 수 있는 랭크의 오리지널 장비도 가능성이 보였다.

"이제는, 느긋하고 즐겁게 미궁생활을 보내야지."

아리사를 따라서 달려오는 동료들에게 손을 흔들면서, 나는 유쾌한 미래를 상상하며 웃었다.

그러면, 오늘도 이세계의 하루를 즐기자!

■작가 후기

안녕하세요? 아이나나 히로입니다.

「데스마치에서 시작되는 이세계 광상곡」 제10권을 집어주셔서 정말로 감사합니다!

그래요, 10권! 드디어 두 자릿수입니다!

제1권을 집필할 때는 예상도 못했던 권수라서 참으로 감개무량합니다.

이 감동을 그대로 유지하며 애니화 기획의 진척에 대해 말하고 싶습니다만, 상당히 이른 단계에 후기를 쓰고 있기 때문에 속보는 아직 없습니다. 죄송합니다.

이번 권이 간행될 무렵에는 어떤 새로운 정보가 나왔을지도 모르니까, 흥미가 있는 분은 카도카와 BOOKS의 데스마치 공식 사이트를 살펴 주세요.

(※한국 발매시기인 2018년 1월에는 애니메이션 방영이 시작됨.)

그러면, 이대로 이 책을 계산대까지 가져가주실 수 있도록, 이번 권의 볼거리를 말해보죠.

신규 작성한 지난 권과 지금까지 진행한 권에 비해서, 이번 권은 새로운 에피소드 비율이 적은 편입니다.

이렇게 들으면 「일을 대충 했구나!」라고 할 수도 있겠지만, 실제로는 신규 작성이었던 지난 권보다 훨씬 수고가 들었으니 안심하세요.

이 미궁 편은 WEB판의 구성과 문장이 상당히 맘에 들기 때문에 원본의 좋은 느낌을 살리면서 새로운 메인 에피소드를 엮어 집필하는 수법을 도입해 봤습니다.

본권의 게스트 히로인「로다 공주」미티아 왕녀에게 초점을 맞추면서, 사토 일행이 미궁도시에 거점을 잡아가는 모습을 느긋하게 묘사했습니다.

물론 WEB판에는 없는 사토와 동료들의 활약 장면이나 미궁 요리에 혀를 내두르는 장면, 그리고 사토의 규격을 벗어난 행동 시리즈도 확실하게 추가를 했습니다.

조금만 더 얘기하고 싶지만, 이번에는 페이지 수가 적어서 제10권의 내용은 이쯤에서 마무리 하죠.

마지막으로 늘 그렇듯이 인사입니다! 새로운 담당자 A 씨, 그리고 shri 님, 그밖에 이 책의 출판과 유통 판매에 관련된 모든 분들, 그리고 응원해주시는 독자 여러분에게 감사를!

본 작품을 마지막까지 읽어주셔서 정말 감사합니다!

그러면 다음 권, 미궁도시 편 Ⅱ에서 만나요!

아이나나 히로

■역자 후기

안녕~하세요~. 불초 역자입니다. 핫하! 고고고고고고고.

2017년 1×월!

세상은 마감의 불꽃에 휩싸였다!

그렇습니다. 역자의 연말은 갔습니다. 하하하하하!

솔직히 언젠가 이런 날이 올 줄은 알았어요. 하지만 설마 트리플 부킹이 올 줄은 몰랐다니까요. 음하하하!

예. 그렇습니다. 출판사 세 곳의 마감이 겹쳤습니다. 아……. 그러니까 말이죠. 본래 역자는 출판사 두 곳에서 번역을 받았습니다. 현재 주력은 L노벨이고, 그 전 출판사에서는 맡고 있던 시리즈는 완결이나 원서 발간을 따라잡았기 때문에 소강상태였죠. 그러는 차에, 또 다른 출판사에서 연락이 와서 의뢰가 들어왔습니다!

역자는 고민했습니다. 역자는 여러 출판사와 인연이 있을수록 좋단 말이죠. 재빨리 마감 일정을 검토해봤습니다. 아아, 이럴 수가 있나.

—노는 시간을 줄여야겠군.

이란 결론을 내리고 의뢰를 받은 것이었습니다. 에헷♪ 아 뭐 거, 사람들이 다 잘 먹고 잘 살고 잘 놀고자 일하는 거 아니겠습니까? 아무튼 노는 시간을 좀 줄여가며 일을 하면 되겠다 싶어서 의뢰를 받았습니다. 핫하! 연시에는 고료가 풍족하겠군!

역자는 새롭게 맡은 소설부터 작업을 시작했습니다.

—밀레밀레밀레밀레밀레밀레~.

응? 무슨 소리지? 귓가에 묘한 소리가 들리기 시작했습니다. 이것은 분명히 창 밖에 선 택배 차량 소리 같은데 어째서 엔진 소리가 이런……?

—밀밀밀밀레레레레!

어, 어라? 분명히 현관을 노크하는 소리인데 어째서 소리가 이런……?

역자는 크나큰 의문을 품고서 택배를 받으러 나갔습니다. 의문의 택배 상자를 수령하고 그것을 뜯었더니, 아니 그것은 그간 소강상태였던 첫 출판사 번역작의 신간 원서가 아니겠습니까! 그 순간이었습니다!

—번밀레~~~~~~.

지금까지 귓가에 맴돌던 그 소리! 귀가 확 밝아지면서 그 소리가 확실하게 들린 것이었습니다. 그 맑고 청아한 소리에 눈이 뜨인 역자는 큰 깨달음을 얻었습니다.

—연말에 놀기는 글렀구나.

그리하여 내내 일만 하여 더블 부킹 때 뒤로 밀었던 마감 일정을 오히려 다시 앞당기게 되었다는 훈훈한 전설이 전해지고 있습니다.

크아아아악! 놀고 싶어어어어어! 근데 아직도 마감이 남았잖아아아아!

데스마치에서 시작되는 이세계 광상곡 10

초판 1쇄 발행 2018년 1월 10일

지은이_ Hiro Ainana
일러스트_ shri
옮긴이_ 박경용

발행인_ 신현호
편집부장_ 김은주
편집진행_ 최은진 · 김기준 · 김승신 · 원현선 · 김솔함 · 권세라
편집디자인_ 양우연
국제업무_ 정아라 · 고금비
관리 · 영업_ 김민원 · 이주형 · 조인희

펴낸곳_ (주)디앤씨미디어
등록_ 2002년 4월 25일 제20-260호
주소_ 서울시 구로구 디지털로 26길 111 JnK디지털타워 503호
전화_ 02-333-2513(대표)
팩시밀리_ 02-333-2514
이메일_ lnovelpiya@naver.com
L노벨 공식 카페_ http://cafe.naver.com/lnovel11

ISBN 979-11-278-4357-1 04830
ISBN 979-11-278-4247-5 (세트)

값 9,000원